Martin Schneider

Mikes erster Fall

AF210055

Martin Schneider

Mikes
erster Fall

Kriminalroman

Danke Petra

Die Deutsche Nationalbibliothek verzeichnet diese Publikation
in der Deutschen Nationalbibliografie; detaillierte bibliografi-
sche Daten sind im Internet über dnb.dnb.de abrufbar.

© 2025 Martin Schneider

E-Mail:martin-schneider-autor@gmx.de

Selbstverleger

Verlag:

BoD · Books on Demand GmbH, Überseering 33,

22297 Hamburg, bod@bod.de

Druck:

Libri Plureos GmbH, Friedensallee 273, 22763 Hamburg

ISBN: 978-3-8192-6367-5

Sascha

Sascha Biermann beendet sein Training in einem kleinen Fitnessstudio, mitten in seinem Kietz. Die junge sportliche Frau hinter dem Tresen spricht ihn an: „Hey, Sascha, Dein Mitgliedsbeitrag fehlt mir noch!"

„Ach ja, Mist, ich habe heute kein Geld dabei, aber beim nächsten Mal bringe ich es bestimmt mit. Ist versprochen, Jacky!", vertröstet sie Sascha.

„Lass es doch vom Konto abbuchen, dann muss ich Dir nicht ständig hinterherbetteln! Außerdem geht dann alles automatisch!", sagt Jaqueline, die attraktive Betreiberin.

Sascha geht etwas dichter an Jaqueline heran. „Ach Jacky, Du kriegst doch immer Dein Geld."

„Jaja, aber ich brauche es pünktlich.", sagt Jaqueline.

„Das nächste Mal habe ich es dabei und ich lade Dich auch auf einen Drink ein!", verspricht Sascha.

„Wehe, wenn nicht!" Jaqueline denkt an das letzte Mal, als Sascha sie eingeladen hat. Sie hat ihren Laden gerade aufgemacht, da stand er mit zwei Kaffeebechern da und hat seine Schulden bezahlt, dann hat er sie verführt. Auf der Hantelbank hat er sie genommen, Jaqueline kam, als der nächste Gast das kleine Fitnessstudio betrat. „Was für ein Timing!", hat Jaqueline gesagt, als sie schnell ihre Sporthose anzog und zum Eingang eilte.

Sascha duscht und zieht sich dann wieder an. Er achtet sehr auf sein Äußeres, schließlich macht es sich bezahlt, stets elegant zu wirken. Vor vier Jahren ist er in eine Boutique eingebrochen und hat, neben dem Bargeld, auch jede Menge Klamotten mitgenommen. Drei Anzüge, feinste Pullover, ja sogar Unterwäsche mit den entsprechenden Markenlogos am Bund hat er mitgehen lassen und all das nur für seinen Eigenbedarf.

Die letzte Nacht hat Sascha mit Nadine verbracht. Er hat sie am Abend in einer Berliner Bar kennengelernt. Nadine hat sich bei einem Drink die Zeit vertrieben und Sascha hat sie angesprochen. Sie hat ihm ihre ganze Lebensgeschichte erzählt, doch leider gehört Nadine zu den Frauen, die nur mit Karte zahlen. Seine ganze Arbeit war umsonst, weil sie nur ein paar Münzen dabei hatte. Sascha ist sehr geschickt. Noch bevor er eine Frau auszieht, hat er auch schon ihr Bargeld, ohne dass sie was davon merkt. Darf er sie nach Hause oder ins Hotel begleiten, dann findet Sascha auch das beste Versteck. Es passiert Sascha immer öfter, dass diese Business-Frauen gänzlich auf Bargeld verzichten. Wozu auch, denn überall kann man heutzutage mit Karte zahlen. Scheiß Giro-Karten, denkt sich Sascha, er braucht dringend wieder Geld, denn auch seine Vermieterin hat ihn schon zweimal angesprochen, weil sie seine Miete noch nicht hat.

Ein Job war für Sascha nie eine Option. Nach seiner Schulzeit ging er in die Lehre. Neben ihm gab es noch zwei alte Gesellen in der Autowerkstatt und dann war da noch die

Frau vom Meister. Im zweiten Lehrjahr hat sich Sascha das erste Mal an sie herangemacht. Obwohl sie nicht sein Typ war, hat Sascha ihr schöne Augen gemacht. Für Sascha war diese Affäre lediglich ein notwendiges Übel, doch es hat sich gelohnt, denn sie hat ihm dafür stets in Schutz genommen. Von da an wusste Sascha, dass man auch ohne harte Arbeit gut leben kann. Dank der Frau vom Meister hat Sascha nun einen Gesellenbrief in der Tasche. Noch ganze drei Monate hat er in der kleinen Autowerkstatt gearbeitet. In dieser Zeit hat er sich nach seiner ersten eigenen Wohnung umgesehen, aber der Berliner Wohnungsmarkt ist nicht besonders mieterfreundlich. Sascha wollte nicht den halben Monat nur für seine Miete arbeiten. Doch in die billigeren Plattenbausiedlungen am Stadtrand wollte er auch nicht ziehen, schließlich liebt er seinen Kiez am Berliner Ostkreuz.

Eine gute Freundin hat ihn damals gefragt, ob er ihr nicht bei einem Umzug helfen könne und Sascha hat ihr selbstverständlich geholfen. Seine Bekannte hatte nicht viele Möbel und freundlicherweise machte ihr die Vermieterin ein Angebot: „Schauen Sie sich doch im Abstellraum um! Da habe ich noch ein paar Möbel herumstehen!"

Sascha ging mit hinunter in die kleine Erdgeschoßwohnung. Die Freundin suchte sich einige Möbel aus und Sascha schaute sich bei der Gelegenheit auch etwas um. „Warum vermieten Sie diese Wohnung nicht?", fragte er die ältere Frau und Hauseigentümerin.

„Ach, die will doch keiner! Die Wohnung liegt fast einen halben Meter unter der Straße, jeder kann Dir hier ins Fenster gucken. Wer will das schon?", sagte sie damals.

„Sonst funktioniert alles?", überlegte Sascha laut.

„Ja! Es gibt ein Bad, eine große Küche nach hinten raus und diesen Wohnraum hier!" Sie wies auf beide Türen.

Sascha schaute in die große Küche und ins Bad. „Was wollen Sie denn für die Wohnung?" Für Sascha war diese Wohnung völlig ausreichend.

„Ich vermiete sie nicht." Nun musterte die erfahrene Frau Sascha genau. Er ist adrett gekleidet, selbst heute, wo er beim Einzug der jungen Frau hilft. Ja, er macht einen gepflegten Eindruck und ist stets höflich. „Wollen Sie hier wirklich einziehen?", hat sie nachdenklich gefragt.

„Ja. Ich bin hier groß geworden und all die anderen Wohnungen sind mir einfach zu teuer!", hat Sascha gesagt und ihr gleich ein Angebot gemacht: „Ich nehme sie, so wie sie ist! Was halten Sie von achtzig Euro?" Das war an diesem Tag Saschas erste Frechheit. Entrüstet über dieses dreiste Angebot, wollte sie eigentlich ablehnen, aber es war besser, als die Wohnung leer stehen zu lassen. Sein nettes Lächeln hat sie dann doch überzeugt. So wohnt nun Sascha schon seit zehn Jahren in dieser kleinen Wohnung. Eine feste Freundin oder gar eine Ehefrau will er nicht. Sascha hat viele Affären. Aber nur, wenn sie sich für ihn auch lohnen, investiert er mehr Zeit in eine Beziehung. Frauen sind für Sascha lediglich wandelnde Geldbörsen.

Nach dem Besuch des Fitnessstudios geht Sascha nach Hause und durchsucht nun all seine Verstecke, doch Sascha ist abgebrannt. Keinen Cent findet er. Sein letztes Versteck ist unter dem Fensterbrett, wo er die Geldscheine eindreht und in die Ritze steckt. Nur drei Zwanziger findet er, doch das reicht nicht mal für die Miete und ins Fitnessstudio will er das Geld auch nicht bringen, bevor wieder neues da ist.

Als Sascha unter dem Fensterbrett sitzt, hört er Stimmen von draußen: „Hier ist der Schlüssel fürs Schließfach. Der Typ stellt heute Nacht den Aktenkoffer da rein und Du bringst ihn dann zu Klaus!"

„Warum ausgerechnet Königs Wusterhausen? Warum kann er den Koffer nicht irgendwo in Berlin einschließen? Hier gibt es doch genug Schließfächer!", motzt die andere Stimme. Sascha lauscht dem Gespräch weiter.

„Warum, warum. Es ist einfach so! Versau das nicht, der Koffer ist zwanzigtausend wert!" Das reicht Sascha, er rennt aus der Wohnung, öffnet die Haustür und schlendert an seinem Fenster vorbei, dabei sieht er sich die beiden Typen genau an. Den Lakaien erkennt Sascha sofort und dann geht er in den nächsten Hauseingang. Von hier aus kommt er über den Hof wieder zu seinem Haus und geht gleich wieder ans Fenster, um die beiden weiter zu belauschen: „Also, ich nehme dann morgen früh die erste S-Bahn nach KW? Scheiße, das ist ja mitten in der Nacht!"

„Vergeig es bloß nicht!", schnauzt der vermeintliche Boss.

Damit gehen die beiden wieder und Sascha hört nur noch den Straßenlärm. Was mag wohl in diesem Koffer sein? Bargeld wohl eher nicht, aber wenn es zwanzigtausend wert ist, wird Sascha bestimmt zehntausend daraus machen können. Damit hätte er wieder für eine Weile Ruhe und könnte sein Leben genießen. Er denkt sich, wenn der Typ die erste S-Bahn nehmen soll, werd ich mit der letzten fahren und versuchen, irgendwie an den Koffer heranzukommen. Es wird sich schon eine Gelegenheit finden.

Spät am Abend sucht sich Sascha etwas Werkzeug zusammen und macht sich nach Mitternacht auf den Weg zum Bahnhof. Bis tief in die Nacht hinein ist auf dem Bahnhof Ostkreuz immer etwas los, doch jetzt, viertel nach eins, sieht er nur einen Junkie und zwei Penner, die aber auch schon schlafen. Sascha steigt in die letzte S-Bahn nach Königs Wusterhausen. Er steigt ganz vorn ein und setzt sich. Als die S-Bahn in Grünau wieder losfährt, ist das Abteil menschenleer. Sascha geht durch die beiden Waggons, steigt in Eichwalde aus und gleich wieder in den nächsten Waggon ein. Bis Zeuthen durchläuft er auch diesen Doppelwaggon. Hier ist er nicht allein, so wie in den ersten beiden. Gleich vorn schläft ein alter Mann, der kein Gepäck dabei hat, dann sitzt da noch ein junges Paar. Der Junge neckt und streichelt das Mädchen und wird wohl kaum noch warten können, um mit ihr in die Kiste zu steigen. Das Mädchen kichert verlegen, was sie sehr niedlich aussehen lässt. Wart nur ab, mein Freund, wenn Du sie geheiratet hast, ist sie nicht mehr so niedlich, sagt Sascha still zu seinem Geschlechtsgenossen. Er setzt sich dann ans Ende der S-Bahn, wo er den ganzen Waggon im Blick hat. In Wildau steigen zwei Bahnpolizisten und ein Mann um die vierzig ein, er trägt eine Jeans und ein dunkelblaues Hemd. Der Mann schaut sich kurz um und setzt sich. Seinen braunen Aktenkoffer legt er sich nicht auf den Schoß, nein, er stellt ihn unter die Bank, versteckt ihn, hinter seinen Füßen. Ob er das ist? Er könnte aber auch ein Professor sein, der bis spät in die Nacht hinein an irgendeinem Projekt geforscht hat und nun gleich zu Hause ist. Sascha hat nicht viel Zeit zum Überlegen. Der nächste Bahnhof ist die Endstation in Königs Wusterhausen, hier steigen alle aus und dieser Typ ist der einzige mit einem Aktenkoffer in der Hand. Sascha bleibt an ihm dran, mit gebührendem Abstand behält er ihn im Blick. Dummerweise steigen auch die zwei Bahnpolizisten aus und gehen zwischen diesem Typ mit dem Koffer und ihm zum Bahnhofsgebäude. Der Koffermann verschwindet hinter einer Ecke und die Bahn-Streife schaut sich im Bahnhofsgebäude um. Sie rütteln an den großen Rollgittern vor den Geschäften und suchen nach Auffälligkeiten. Es ist ihre letzte Tat, bevor sie in den wohlverdienten Feierabend gehen.

Sascha studiert den Fahrplan, schaut, wann die erste S-Bahn aus Berlin kommt. Natürlich hat er dabei stets den Ausgang im Blick. Erst gehen die beiden Bahnpolizisten und dann folgt auch gleich der Koffertyp, doch ohne Koffer. Mist, in welches Fach hat er ihn gestellt? Sascha ist allein im Bahnhofsgebäude und auch er verlässt es, denn er hat hier bereits mehrere Kameras entdeckt. Draußen zieht sich Sascha seine rote Jacke aus, dreht sie auf links und zieht sie wieder an, denn das Innenfutter ist Schwarz. Mit aufgesetzter Kapuze geht er schnurstracks zu den Schließfächern, hebelt das erste auf, dann das zweite und dann das dritte. In der zweiten Reihe macht er weiter und im zweiten Fach steht dann der Koffer. Sascha geht mit dem Koffer hinaus und wendet, ein Stück hinter dem Bahnhof, seine Jacke wieder zurück. Durch den Tunnel, am Kreisverkehr, geht er auf die andere Seite des Bahnhofs, Sascha entdeckt einen alten Kiosk, auf einem leeren Parkplatz und wartet dort ab, bis der erste Zug nach Berlin fährt. Den braunen Aktenkoffer tastet Sascha nicht an. Er lässt ihn zu, denn er weiß nicht, was sich darin befindet. Die Nacht ist lau und es ist so still, dass Sascha einnickt.

Erst als ein Auto vor dem Kiosk einparkt, wird er wach. Die erste S-Bahn ist schon längst in Berlin. Sascha greift sich den Koffer und reiht sich in die Gruppe Menschen ein, die gerade vom Parkplatz kommt. Da er von der anderen Seite auf den Bahnsteig geht, sieht er nicht, was im Bahnhofsgebäude los ist. Ist die Polizei schon da oder hat noch keiner den Einbruch und die offenen Schließfächer bemerkt? Das Bahnhofsgebäude könnte auch schon voller Polizisten sein und deshalb geht Sascha außen um das Bahnhofsgebäude herum. Er passt seinen Schritt den eilenden Menschen an und fragt eine Frau, die in den Regionalzug steigen will: „Hält der auch in Berlin?"

„Ja, das erste Mal am Ostkreuz!", schon eilt sie hinein, um noch einen guten Sitzplatz zu bekommen.

„Na, das passt ja!", sagt Sascha und bleibt an der offenen Tür stehen. Am Bahnhofsgebäude kann er nichts sehen, keine Polizei, keinen Tumult oder neugierige Gaffer. Eine unverständliche Durchsage ertönt aus den Bahnhofslautsprechern, dann schließt sich die Tür und der Regionalzug setzt sich langsam in Bewegung. Nun kann ihm nichts mehr passieren, also geht er entspannt die Treppe ins Oberdeck hoch, entdeckt einen freien Sitzplatz und ist erfreut, als er die junge Frau auf dem gegenüberliegenden Sitzplatz entdeckt. „Hi, guten Morgen!" Sascha setzt sich.

Der neue Kommissar

„Glückwunsch, Mike, nun bist Du Kommissar! Willkommen in unserm Team!", begrüßt ihn der Chef auf der Wache in Königs Wusterhausen.

„Danke Peter! Und auch nochmal danke für die Wohnung! Hier in Königs Wusterhausen eine billige Wohnung zu finden ist nicht gerade einfach!" Michael umarmt seinen alten Freund. Sie kennen sich von der Ausbildung, allerdings ist Peter damals gleich zur Kripo gegangen und Michael wollte unbedingt in Strausberg bleiben. So hat es ihm auch nichts ausgemacht, als Streifenpolizist seinen Dienst in Uniform zu absolvieren. Peter wollte diese Uniform so schnell wie möglich loswerden, es war ihm irgendwie unangenehm, von jedermann als Polizist erkannt zu werden. Michael hingegen gefiel die Uniform. Er war damals einer der ersten Ossis, die direkt von der Polizeischule in den Dienst gingen. Er löste einen Beamten aus Berlin ab, der froh war, wieder in sein altes Revier zu gehen. Neukölln war sein Kiez und nicht die verschlafene Berliner Vorstadt.

Michael kam sofort zurecht. Er musste nicht, wie seine älteren Kollegen, ständig überlegen, wie die neue Rechtslage ist. Er wurde nicht von der DDR-Volkspolizei übernommen. Von Anfang an griff er hart durch, schrieb jeden Verkehrssünder auf, kannte kein Pardon, nicht einmal, wenn es sich um einen Bekannten oder einen Schulfreund handelte. Schnell nannten ihn alle nur noch Mike, weil er eher an einen amerikanischen Cop erinnerte als an den netten Vorstadtpolizisten. Aufgrund seiner vielen Strafzettel und der damit verbundenen Einnahmen für die Staatskasse, wurde er schnell befördert. 2016 war es dann so weit, Mike wurde zweiter Dienststellenleiter. Sein Vorgesetzter hatte nur noch vier Jahre bis zur wohlverdienten Pension. Für Mike war es eine harte Zeit. Er war es gewohnt, jeden Tag, bei jedem Wetter auf der Straße zu sein. Nun musste er sich umstellen, den ganzen Tag im Büro verbringen. Berichte schreiben, Dienstpläne erstellen und sich die Probleme seiner Kollegen anhören. Er hasste seinen neuen Job, noch bevor er ihn hatte. Damals begann Mike damit, sich zum Ausgleich intensiv fit zu halten.

Nach einer Weile arrangierte sich Mike mit seiner neuen Position, doch nutzte er jede Möglichkeit, einen Kollegen im Streifendienst zu vertreten. Mike freute sich regelrecht, wenn morgens ein Krankenschein auf seinem Schreibtisch lag und er als Vertretung auf die Straße gehen konnte.

Jessica hatte gerade eine Lehre als Verkäuferin absolviert, als sie Mike kennenlernte. Sie war eine sehr schöne, aber auch clevere Neunzehnjährige. Sie wollte einen Mann, der ihr ein ruhiges Leben ermöglicht und vor allem wollte sie nicht jeden Tag im Edeka arbeiten. Jessica stand schon immer auf Männer in Uniform. Sie war wohl die Einzige, die Mike mit einer Verwarnung davonkommen ließ, allerdings nur, weil sie seine Einladung nicht abgelehnt hat. Mike hat regelmäßig gutes Geld mit nach Hause gebracht, war

Beamter mit allen Vorzügen und sah auch nicht schlecht aus. Also heirateten die beiden. Erst als 2013 ihre Tochter Andrea auszog, um in Hannover zu studieren, merkte Jessica, was Mike für ein mieses Arschloch ist. Doch Jessica hatte sich an ihn gewöhnt. Vor allem hatte sie sich an seine guten Bezüge gewöhnt. Sie wollte ihr angenehmes Leben nicht aufgeben. Nur so zum Zeitvertreib fing Jessica in einer Boutique in der Innenstadt an. Ihr fehlte der Kontakt zu anderen Menschen, die sie sonst bei den vielen Veranstaltungen traf, zu denen sie ihre Tochter gefahren hatte. Jessica passte perfekt in die Boutique, sie war stets modisch gekleidet, nutzte den guten Angestelltenrabatt und so war sie auch stets auf dem Laufenden. Jessica vermied gemeinsame Aktivitäten mit Mike. Meist fand sie eine Ausrede, wenn er sie zu einer Veranstaltung mitnehmen wollte. Doch 2020 änderte sich alles auf einen Schlag!

Oh, wie hat Mike seinen Strafzettel-Block vermisst. Obwohl er eigentlich auf der Wache bleiben sollte, denn es waren nur noch vier Wochen, bis er seinen neuen Posten antreten sollte, ging er mit raus. Direkt am S-Bahnhof Strausberg, warteten sie auf die Maskenmuffel. Sein Kuli glühte und auf Diskussionen ließ sich Mike erst gar nicht ein. An den Montagen durfte er dann endlich zuschlagen! Selbst im verschlafenen Strausberg gab es diese Montagsdemos. Mike griff sich irgendwann den falschen, prügelte auf diesen Demonstranten ein, weil er keine Maske aufhatte. Wer konnte denn auch ahnen, dass es der Sohn vom Bürgermeister war, dem er die Birne weichklopfte.

All seine Proteste und Entschuldigungen halfen nichts. Er wurde sofort vorläufig suspendiert. Jessica redete nicht mit ihm oder sie beschimpfte ihn, weil er auf harmlose Menschen einschlug. Für Mike waren es Schwerverbrecher, denn schließlich gefährdeten sie die Gesundheit aller. Er wollte diese Leute aus dem Verkehr ziehen, sie einfach zwingen, sich an die Verordnungen zu halten. Mike verstand die Welt nicht mehr, denn auch wenn es der Sohn des Bürgermeisters war, so hat er doch gegen die Verordnungen verstoßen und seine Viren in der Luft verteilt.

Mike wurde gezwungen, sich Hilfe zu suchen, also ließ er sich von einer Psychologin der Polizei beraten. Zweimal in der Woche musste er ins Präsidium nach Berlin, wo er sich auch auf seinen Prozess vorbereiten konnte, wenn er seine Psychologin traf. Wie es der Zufall wollte, traf er dort auch Peter. Peter wollte seinem alten Freund helfen, also brachte er Mike zur Polizeiakademie, wo er zum Kriminologen umgeschult wurde, statt gänzlich aus dem aktiven Polizeidienst auszuscheiden. Als Mike Strausberg verließ, sich von Jessica scheiden ließ und ihr das Haus überschrieb, verzichteten die Staatsanwaltschaft und auch der Bürgermeister auf einen Prozess. Die Pandemie war erstmal überstanden und die Regionalpolitiker konnten keinen Prozess in der Presse gebrauchen. Mike wurde degradiert und durfte einen Neuanfang als Kriminologe machen. Nur Strausberg, seine Heimatstadt, war für ihn tabu. Peter holte ihn daraufhin auf sein Revier in Königs Wusterhausen.

Heute ist Mike zum ersten Mal auf dem neuen Revier. Die Scheidung von Jessica hat er erst jetzt einigermaßen gut verkraftet, denn er liebte Jessica, auch wenn sie diese Liebe nicht erwiderte. Genauso schlimm traf es ihn, als er sein Haus in Strausberg verlassen musste. Mike war stolz auf sein Zuhause. Viele Jahre hat er es abbezahlt und nun gehört es seiner Exfrau.

Mike schaut sich seine neuen Kollegen an: „Uniformen sind bei euch wohl nicht üblich?" Mike ist der einzige Polizist in einer Uniform.

Seine neuen Kollegen lachen. Aylin, die einzige Frau der Kriminalabteilung mag sein adrettes Auftreten. „Wir sind immer in Zivil!", erklärt sie ihm. „Wir wollen ja nicht schon von weitem erkannt werden!" Aylin lächelt ihn freundlich an und reicht ihm die Hand. „Hi, ich bin Aylin Heydari!"

„Hallo, Frau Hei-lan-ni?" Mike hat sie kaum verstanden.

„Sag einfach Aylin, wir duzen uns hier sowieso!" Aylin weiß, wie schwer es die Deutschen haben, die arabischen Namen korrekt auszusprechen.

„Du wirst bald lernen, wie man ihren Nachnamen ausspricht!", mischt sich Peter ein. „Ihr werdet beide zusammenarbeiten! Darf ich vorstellen? Aylin Heydari, Deine neue Partnerin! Ihr könnt dann auch gleich zum Bahnhof fahren."

„Zum Bahnhof?", fragt Mike.

„Ja, zum Bahnhof! Die Schließfächer wurden heute Nacht aufgebrochen!", erklärt Peter.

„Warum nehmen die zuständigen Beamten den Fall nicht auf?", fragt Aylin.

„Weil wohl nichts geklaut wurde!", antwortet Peter.

„Okay, dann wollen wir mal!" Aylin dreht sich um, nimmt Mike am Hemdsärmel und sagt: „Komm, erstmal braucht Du andere Klamotten!"

„Ich habe hier noch keinen Spint!", sagt Mike.

„So kannst Du jedenfalls nicht rumlaufen! Obwohl…", Aylin schaut auf seine schnittige Uniform. Keine Falte hat sein weißes Hemd. Er sieht verdammt gut darin aus, doch Kriminalpolizisten tragen immer Zivil, wenn sie im Einsatz sind. „Nein, es ist Vorschrift!"

„Dann muss ich erst nach Hause!", sagt Mike, als sie auf den Parkplatz gehen.

„Von mir aus, sag mir einfach, wo Du wohnst!" Aylin entriegelt ihren Dienstwagen.

Mike sieht die Warnblinker an dem großen Wagen. „Was, ein Fünfer? Das ist Dein Dienstwagen?" Mike schaut beeindruckt auf den schnittigen BMW. Er selbst hatte lange einen BMW 635 Ci, doch als dann Andrea auf die Welt kam, musste etwas anderes her. Jessica hat dann den Passat gefahren und Mike ist, der Fitness wegen, zu Fuß zur Wache gegangen. Jetzt fährt Mike einen alten KIA.

„Naja, eigentlich haben wir keine festen Dienstwagen, aber es hat sich so eingebürgert, dass ich den BMW fahre!" Aylin mag den großen Fünfer.

„Passt zu Dir!" Mike schaut sich Aylin vor dem BMW an.

„Das war ja auch mein Argument. Wie sieht das denn aus, wenn ich mit einem Ford fahre?" Aylin lacht Mike an und fragt dann: „Wo wohnst Du?"

„Ach ja, Rosa-Luxemburg-Straße!", sagt Mike.

„Ach Du Scheiße!" Aylin weiß sofort, wo das ist, schließlich kennt jeder die DDR-Plattenbausiedlung am Rande von Königs Wusterhausen.

Mike zuckt mit der Schulter. „Was solls, ist ja nicht auf Dauer gedacht!" Er schaut sich seine neue Partnerin an. Da sie seinen Geschmack trifft, fragt er automatisch: „Bist Du verheiratet?"

„Nein!" Aylin schaut kurz zu Mike herüber. Ihre Kollegen sind alle schon älter. Auch Mike, aber er sieht fit aus, hat keinen Bauch und wirkt dadurch jünger als die anderen. „Warum fragst Du?"

„Naja, siehst halt gut aus!", antwortet Mike charmant.

Aylin mag es, wenn man ihr schmeichelt. „Ach ja? Was ist mit Dir?"

„Geschieden!" Nun erwartet Mike eine Antwort.

„Ich habe noch nicht den Richtigen gefunden.", antwortet Aylin knapp. „Vorn oder hinten?" Sie biegt in seine Straße.

Will sie ihn so plump anmachen? Mike schaut Aylin an, sie interessiert sich für die Parkplätze, erst da versteht er die Frage. „Gegenüber vom Atlantis!", sagt Mike und zeigt auf die freien Parkplätze. Als Aylin einparkt, fragt er: „Was soll ich anziehen?" Er kennt nur den Dienst in Uniform.

„Was weiß denn ich?" Aylin ist neugierig, wie er wohnt und so nutzt sie die Gelegenheit. „Was solls, ich komme mit!" Aylin steigt aus und sie gehen zum Hauseingang.

Das ging ja einfach, denkt sich Mike und sagt: „Gute Idee!" Sie gehen in die zweite Etage. Mike schließt seine Wohnung auf und lässt ihr den Vortritt. Aylin schaut sich interessiert um. „Da ist das Wohnzimmer und hier das Schlafzimmer." Mike hängt seine Uniformjacke über den dafür vorgesehenen Stuhl. Er knöpft sich sein Hemd auf und Aylin bleibt an der Tür stehen. Hemd und Hose legt er auch ordentlich über den Stuhl, dann steht er nur noch in Socken und Boxershorts da und öffnet seinen Schrank.

„Bist Du oft im Atlantis?" Aylin betrachtet seinen durch-trainierten Körper. Das Atlantis ist das größte Fitnessstu-dio in Königs Wusterhausen.

„Noch nicht, ich melde mich aber an, es liegt ja günstig!" Mike holt eine Bundfaltenhose hervor.

„Nein!", protestiert Aylin und geht zum Schrank. „Hier, zieh die mal an!" Sie gibt ihm eine dunkelblaue Jeans und schaut sich in seinem Schrank etwas um. „Weißes T-Shirt und den hier!", sie reicht Mike einen schwarzen Blouson.

„Von mir aus!" Mike zieht sich an. Es gefällt ihm, wie sie ihn beobachtet. „Machst Du Sport?"

„Ich gehe morgens joggen, das reicht mir!", sagt Aylin.

„Wir sollten gehen." Mike schaut in den Spiegel. Der Blouson verdeckt sein Pistolenhalfter und so ist er nicht mehr als Polizist zu erkennen. Es ist für ihn ungewohnt, doch Mike ist zufrieden mit seinem Aussehen.

„Irgendwann zeigst Du mir aber noch den Rest der Wohnung!", sagt Aylin und öffnet bereits die Tür.

„Klar, wann immer Du willst!" Mike folgt ihr. „Das Wichtigste hast Du ja schon gesehen!", lacht Mike im Treppenhaus. Er redet nicht besonders laut, denn die Wände sind dünn in diesem Plattenbau.

Erst jetzt merkt Aylin, wie notgeil sie sich selbst dargestellt hat. „Hey, ich wollte nur, dass Du Dich angemessen kleidest! Nicht mehr!", stellt sie klar.

Aylin lernt oft gutaussehende Männer kennen, doch einen zum Heiraten hat sie noch nicht gefunden. Zweimal schon wollte ihr Vater sie verheiraten, weil sie es selbst nicht auf die Reihe bringt. Doch was soll sie machen? Die knackigen deutschen Männer ziehen Blondinen vor und ihre Landsmänner wollen eine unterwürfige Hausfrau, doch Aylin ist beides nicht. Sie bestimmt, wo es langgeht und Aylin lässt sich von keinem Mann sagen, was sie wann zu tun hat. Sie ist in Deutschland geboren und sie hat beide Seiten kennengelernt. Ihr streng traditionelles Elternhaus und ihre freizügigen Freunde in der Schule. Sie ist dann nach der Schule zur Polizei gegangen. Hauptgrund war das Internat, das sie aus ihrem Elternhaus herausgeholt hat.

Aylin steuert den kleinen Parkplatz vor dem Bahnhof an und parkt auf dem letzten freien Platz, der den Taxis vorbehalten ist. Gegenüber steht ein Streifenwagen. „Da sind wir!" Aylin steigt aus und geht direkt auf den Bahnhof zu. Das Gezeter des Taxifahrers interessiert sie gar nicht.

„Wir sind von der Polizei!" Mike hält dem aufgebrachten Taxifahrer seine Marke hin. Er vermisst jetzt schon seine Uniform, die ihn sofort als Mann des Gesetzes präsentiert.

„Ach, und was ist mit uns? Wir können sehen, wo wir bleiben, oder was?" So einfach gibt der Taxifahrer nicht auf.

„Wir können das gern auf dem Revier klären. Wann war ihre letzte Revision?" Mike geht Aylin hinterher. Der Taxifahrer sagt kein Wort mehr, denn er weiß, dass die Polizisten am längeren Hebel sitzen.

„Da seid ihr ja!", begrüßt der uniformierte Polizist die beiden Kriminalbeamten. „Wir haben den Bereich um die Schließfächer abgesperrt, Es sieht so aus, als ob nichts durchwühlt wurde.", erklärt der Beamte. Sein Kollege ist bereits dabei, den Tatort zu verlassen.

„Hat jemand was angefasst?", fragt Aylin.

„Soweit ich weiß, niemand!", sagt der Beamte.

Sein Kollege drängt: „Wir müssen los, es gab einen Verkehrsunfall!", die Beamten verlassen den Tatort.

„Was soll das? Warum so viel Arbeit und dann lassen sie das hier liegen?" Mike hat sich Einweghandschuhe übergezogen und durchsucht bereits die Schließfächer. Er hält eine Brieftasche in der Hand, die er aus einer Lederjacke entnommen hat. „Da ist doch was faul!"

„Da ist nichts faul.", sagt Aylin. „Die haben nach etwas gesucht!" Auch sie hat sich die blauen Latexhandschuhe übergestreift und durchsucht die Schließfächer nach Hinweisen. Aylin hält ein neues Smartphone in der Hand. „Wir müssen alles sichern! Warte hier auf mich!", sie geht zum Wagen und steckt das sichergestellte Smartphone einfach so in ihre Jackentasche.

Mike durchsucht die Brieftasche. Neben ein paar Geldscheinen und Münzen sind auch Karten und Ausweise darin. „Wie geht's jetzt weiter?", fragt er, als Aylin mit einer grauen Kiste zurückkommt.

„Wir sichern erstmal alles!" Aylin holt eine Plastiktüte aus dem Sicherstellungsset und reicht sie Mike. „Jedes Schließfach in eine Tüte!", erklärt Aylin.

Mike nimmt die Tüte. Er geht systematisch vor, beginnt oben links, mit dem ersten Schließfach. Mike nimmt die Tasche und steckt sie in die Tüte. Er verschließt sie mit einer Schlaufe, an der ein Zettel hängt. Hier trägt er die Nummer des Schließfachs und dessen Position ein. Aylin durchsucht die anderen Schließfächer und sichert das ein oder andere Beweisstück separat. Mike will lernen und schaut seiner Kollegin genau bei ihrer Arbeit zu. Er wundert sich, dass sie einige Beweisstücke einfach so in ihre Jackentasche steckt. Zumindest sieht es so aus. „Müssen wir das alles auswerten?" Mike ahnt, es wird viel Arbeit auf ihn zukommen.

„Ach was, ich mach das gleich hier vor Ort!", sagt Aylin.

„Ohne Protokoll?", fragt Mike verwundert.

„Damit sind wir ewig beschäftigt. Hast Du Lust, Dich durch die Dreckwäsche zu wühlen?" Aylin hält ihm einen geöffneten Wäschesack mit zerknüllter Wäsche darin vor die Nase.

„Igitt! Das ist ja ekelhaft!" Eine Mischung aus Schweiß und Urin weht in seine Nase. Nach einer Viertelstunde sind die Schließfächer leer und die sechs gefüllten Plastiksäcke im Wagen verstaut. „Was ist mit Fingerabdrücken?"

„Vergiss es! Hier finden wir eh nichts" Aylin schaut sich die Spuren an den Scharnieren an. „Ich schätze mal, ein Brecheisen!"

Auch Mike schaut sich die Einbruchsspuren an. Er erkennt die Kratzspuren hinter den Türen. „Nein, ich denke das war ein breiter Schraubenzieher! Die Dinger bieten doch keinen Widerstand! Ja, ein Schraubenzieher reicht, der fällt auch weniger auf!", erklärt Mike.

„Schau her!" Aylin weist auf ein Scharnier. „Das sind zwei parallele Abdrücke."

„Er hat zweimal angesetzt. Einmal um den Stift zu lockern, und dann hat er das Scharnier aufgehebelt!", sagt Mike.

Aylin schaut sich noch andere Fächer an. „Ja, kann schon sein. Kennst Du Dich mit sowas aus?"

„In meiner Werkstatt habe ich alles Mögliche an Werkzeug!", doch dann erinnert sich Mike, dass die Werkstatt in seinem Haus nun nicht mehr ihm gehört. „Hatte! Meine Ex hat jetzt mein Haus… mit meiner Werkstatt!"

„Scheiße!" Aylin hat kein Mitleid, sie will nur nicht das Gejammer über seine Ex hören. „Hast Du noch was gefunden?", lenkt sie schnell ab.

„Nein, ich finde es nur eigenartig, dass sie nicht alle Schließfächer geöffnet haben.", wundert sich Mike.

„Wieso? Das hier war leer, also haben sie gefunden, wonach sie gesucht haben!", erklärt Aylin.

„Du meinst also, sie haben nach etwas ganz Bestimmtem gesucht?", grübelt Mike. „Was ist, wenn die Sieben leer war und sie gestört wurden?"

„Das können Sie an dem Stift sehen!" Ein Handwerker, der seit einigen Minuten vor der Absperrung steht, geht jetzt unter dem Polizeiband hindurch auf die beiden zu.

Aylin hasst es, wenn sich Unbeteiligte in ihre Untersuchungen einmischen. „Und wer sind Sie?", fragt Aylin den vorlauten Fremden.

„Ich bin vom Wartungsteam. Frank Müller!", er holt einen Betriebsausweis der S-Bahn heraus. „Ich soll die kaputten Schließfächer sichern und den Reparaturauftrag auslösen."

Mike schaut sich den kleinen Metallstift an. „War das hier belegt?", fragt er Frank Müller.

Frank Müller hat schon erkannt, dass der Stift unten ist. „Das war belegt! Wenn es aufgeschlossen wird, rutscht der Stift nach oben und gibt die Zahlbox wieder frei.", erklärt er den Mechanismus.

„Okay, sie können die Schließfächer sichern!", sagt Aylin. „Komm, Mike, wir haben noch jede Menge Arbeit vor uns!" Aylin geht zum Auto und Mike verabschiedet sich flüchtig vom Techniker.

Im Auto fragt Mike: „Willst Du Dir nun doch alles genauer anschauen, was in den Schließfächern war?"

„Nein! Wir warten einfach, bis die Eigentümer sich bei uns melden! Was dann übrig bleibt, müssen wir uns genauer ansehen!", erklärt Aylin, während sie zum Revier zurückfährt. Als erstes fahren sie auf den Hof. Aylin parkt den Wagen so, dass er direkt vor dem Seiteneingang steht. „Das muss jetzt alles in die Asservatenkammer!" Aylin steht vor der geöffneten Kofferraumklappe, greift sich zwei Säcke und geht vor.

Auch Mike nimmt sich zwei und folgt ihr. In der Asservatenkammer legt er sie neben die Plastiksäcke, die Aylin in ein leeres Regal gelegt hat, erst dann schaut er sich um.

Jede Menge Krempel, doch auch interessante Dinge entdeckt Mike im Keller. „Ist das Heroin?", er weist auf ein Regal mit kleinen und großen Päckchen, in denen ein weißes Pulver ist.

Aylin lächelt ihn an: „Oh, Du findest hier alles! Heroin, Crack, Amphetamine, Gras und jede Menge Zigaretten!"

Mike ist überrascht, denn bisher hat er den Dealern das Zeug nur abgenommen. Verwahrt hat es dann immer die Drogenfahndung, an die er diese Fälle abgegeben hat. Wo letztendlich die beschlagnahmten Drogen landen, hat ihn nie interessiert. „Und das Zeug liegt hier so offen herum?" Mike kennt den Straßenwert dieser Drogen. Grob überschlagen schätzt er den Wert auf mindestens zwei Millionen Euro.

„Klar, hier kommt doch keiner ran." Aylin schaut in sein verblüfftes Gesicht. „Brauchst Du was?", fragt sie mit einem gönnerhaften Lächeln.

Mike hat schon vor Jahren aufgehört zu rauchen und mit Drogen hat er nichts am Hut. Schließlich hat er oft genug gesehen, was dieses Zeug aus den Menschen macht. „Ich? Äh, … nein. Ich wundere mich nur, dass es nicht unter Verschluss ist." Hat Aylin einen Scherz gemacht oder es ihm im Ernst angeboten? Mike kann diese Frau noch nicht einschätzen, doch das wird sich bald ändern, denn er mag Aylin und er wird herausfinden, wie sie tickt.

„Wie, nicht unter Verschluss?" Aylin weist auf die Tür mit dem Sicherheitszylinderschloss. „Und was ist das hier?"

„Ist ja schon gut.", sagt Mike. Er geht nach oben, um die restlichen zwei Säcke aus dem Auto zu holen. Wenn etwas von den Drogen verschwindet, würde es wohl niemandem auffallen, denkt er sich. „Das ist alles!", sagt Mike, als er mit den restlichen Sachen herunterkommt.

„Du kannst gleich hier hochgehen!" Aylin zeigt auf das Treppenhaus. „Ich stell noch den Wagen weg!"

Mike geht die Treppe hoch. In der ersten Etage sucht er nach dem Büro der Kripo, wo er sich mit Aylin zukünftig einen Arbeitsplatz, bestehend aus zwei Schreibtischen, die sich gegenüberstehen, teilen wird. Mike wundert sich, dass Aylin so lange braucht. Er holt sich einen Kaffee am Automaten und bringt für sie auch einen mit. „Der ist für Dich!", sagt er, als Aylin dann hineinkommt.

„Oh, danke!" Aylin nimmt gleich einen Schluck.

Mike bemerkt den Zigarettengeruch ihres Atems. Nun weiß er, was sie noch so lange auf dem Hof gemacht hat. „Mich würde es nicht stören, wenn Du auch im Einsatz rauchst.", sagt Mike zu ihr.

„Ach, soviel rauche ich ja nicht, aber danke!" Aylin honoriert seine Geste mit einem dankbaren Lächeln. „Rauchst Du auch?"

„Nein, ich habe schon vor Jahren aufgehört." Mike ist wieder bei den Schließfächern. „Schreiben wir die Leute an oder warten wir, bis sie sich bei uns melden?"

„Wir warten!" Aylin nimmt einen Vordruck für Raub und beginnt damit, ihn auszufüllen. „Setz Dich zu mir, dann kannst Du besser sehen!" Aylin merkt, wie Mike einen langen Hals macht. Sie rutscht etwas zur Seite.

Mike nimmt sich seinen Stuhl und geht um den Schreibtisch herum. „Gute Idee!" Er setzt sich dicht neben sie und achtet darauf, ob sie seine Nähe mag, dann beobachtet er, was sie in die offenen Felder einträgt. „Warum machst Du das nicht gleich auf dem Computer?"

„Och, das ist hier so die Vorgehensweise. Erst, wenn der Fall abgeschlossen ist, übertragen wir alles auf den PC." Aylin bemerkt seinen kritischen Blick. „Glaub mir, das ist besser so. Meist füllen wir den Kram auch am Tatort aus, aber auf dem Bahnhof war es so ungemütlich!" Aylin macht hier ein Kreuz, trägt da eine Zahl ein und sie genießt auch seine Nähe. Mike ist ihr nicht unangenehm, wenn er sich so dicht an sie lehnt.

Mike lehnt mit seiner Schulter an ihrer und hält auch seinen Kopf dicht neben Aylins. „Wäre es nicht besser, wenn wir uns die Sachen genauer anschauen, bevor wir sie den Leuten zurückgeben?", zumindest so hat es Mike auf der Akademie gelernt.

„Ach was, das machen wir zusammen mit den Eigentümern, wenn die ihr Zeug hier abholen!" Da klingelt auch schon das Telefon. Aylin geht ran und legt kurz darauf wieder auf. „Na, wer sagt's denn. Der Erste steht schon vor der Tür." Aylin geht zur Tür, um den Besucher hereinzulassen. Mike geht wieder auf seinen Platz. „Kommen Sie rein. Setzen Sie sich bitte an den Schreibtisch!"

Der Besucher schaut sich auf der Wache kurz um und setzt sich, dann sagt er: „Mir wurde am Bahnhof gesagt, Sie hätten meine Sachen aus dem Schließfach!"

Aylin holt in aller Ruhe ein Protokoll hervor. „Die Schließfächer wurden aufgebrochen. Welches hatten Sie denn?"

Der Besucher legt den Schlüssel vom Schließfach auf den Tisch und sagt: „201 steht hier drauf!"

Aylin schiebt Mike das Protokoll zu. „Macht ihr schonmal den Schreibkram, ich hole die Sachen."

Mike nimmt das Protokoll und geht Zeile für Zeile durch, schreibt Name, Adresse und die Uhrzeit auf. „Ihren Ausweis bräuchte ich noch!" Mike will seine Angaben mit denen auf seinem Ausweis abgleichen.

„Das ist es ja! Meine Brieftasche ist auch in dem Schließfach gewesen!", sagt der Mann verärgert, er rechnet nicht damit, dass sie noch da ist.

Aylin kommt gerade mit der Plastiktüte herein. Da sie durchsichtig ist, fragt sie gleich: „Sind das Ihre Sachen?"

„Ja! Hoffentlich sind meine Papiere noch in der Jacke."

Mike erinnert sich an die Sachen. Er erinnert sich auch an die Brieftasche, die er wieder zurück in die Lederjacke gesteckt hat. Der wird sich freuen, denkt sich Mike, denn es ist ja noch alles da. „Wir haben ein Problem!"

Als Mike Aylins Aufmerksamkeit hat, fährt er fort: „Der Herr kann sich nicht ausweisen!"

„Meine Papiere sind in meiner Jacke und die ist da drin!" Erklärt der Mann Aylin und weist auf den Beutel vor ihm.

„Dann wollen wir mal sehen!", sagt Aylin und öffnet den Plastiksack. Sie holt eine blaue Jeans, eine Lederjacke und einen Pullover heraus.

„Da in der Lederjacke ist mein Ausweis!"

Aylin greift auch gleich in die Innentasche, da sie sich auch an die Jacke erinnern kann. „Da ist sie ja!" Aylin hält lächelnd die Geldbörse in der Hand. „Na, dann wollen wir mal sehen, ob Sie es sind. Aylin öffnet die Brieftasche, sucht den Ausweis heraus und vergleicht das Passbild mit ihrem Gegenüber, dann gibt sie ihm die Brieftasche. „Stimmt! Ist denn alles vollständig oder fehlt etwas?"

Der Mann erzählt auch gleich: „Wissen Sie, ich war bei meiner Freundin und wollte die Sachen nicht mit ins Büro nehmen!" Er steht mit Anzug, weißem Hemd und Krawatte vor seinen Sachen. Er nimmt seine Brieftasche, blickt ins Geldfach und legt sie wieder auf den Tisch. „War ja klar, das Geld ist weg!", sagt er verärgert.

„Sind Sie sicher?", fragt Mike verwundert, denn er kann sich genau an die Scheine in dem Portemonnaie erinnern.

Der Mann öffnet erneut das Fach für Scheine und zeigt es dem Beamten. „Da, sehen Sie! Alles leer! Scheiße!"

„Wieviel war denn drin?", fragt Aylin.

„Ganz genau weiß ich es auch nicht, aber es müssen um die dreihundertfünfzig Euro gewesen sein."

„Sie sollten nicht so viel Bargeld mit sich führen!", mahnt Aylin und freut sich über das Geld. „Seien Sie froh, dass Ihre Papiere noch da sind!"

„Sie haben ja recht!" Beruhigt er sich und erklärt: „Normalerweise habe ich auch nicht so viel Geld dabei, aber ich war gestern noch mit meiner Freundin essen und…", er lächelt Aylin verlegen an. „… ich wusste ja nicht, was noch so geht!"

Mike wundert sich, dass gar kein Geld in der Brieftasche ist, hat er doch die Scheine gesehen. „Dreihundertfünfzig Euro, sagen Sie?" Mike will die Summe ins Protokoll eintragen.

„Ja, vielleicht auch mehr. Weniger auf keinen Fall." Er öffnet nochmals die Brieftasche und schaut sich seine Karten an. „Meine Bankkarte, die beiden Kreditkarten und mein Führerschein sind alle noch da! Sie haben mir nur das Bargeld geklaut!"

Mike trägt die Summe ein, füllt noch die restlichen Felder aus und legt dem Mann das Protokoll vor die Nase. „Hier müssen Sie unterschreiben!"

Der Mann unterschreibt. „Kann ich denn meine Sachen jetzt mitnehmen?" Er steckt bereits seine Brieftasche ein.

„Ja, können Sie!" Aylin fragt noch: „Wann haben Sie denn Ihre Sachen in das Schließfach gelegt?"

Der Mann schätzt: „Es muss so gegen eins gewesen sein!"

„Was machen Sie so spät noch am Bahnhof? Fahren denn um diese Zeit noch Züge?", fragt Aylin.

Nun rückt er mit der Wahrheit raus: „Also, ich habe mich nach der Arbeit umgezogen. Meine Sachen habe ich hier im Schließfach gelassen." Er sucht bei Mike Verständnis und schaut dann verlegen Aylin an. „Dann habe ich mich mit meiner Freundin getroffen, bin danach zum Bahnhof, habe mich umgezogen und meine Klamotten habe ich in das Schließfach gelegt. Dann bin ich nach Hause."

Aylin findet das Ganze etwas merkwürdig. „Warum ziehen Sie sich auf dem Bahnhof um?"

Er schaut verlegen an Aylins Augen vorbei. „Meine Frau würde das sofort riechen, wenn ich mit den Klamotten nach Hause komme.", er weist auf seine Sachen.

„Ah, jetzt verstehe ich!", lächelt Aylin.

„Wann ist Ihnen denn aufgefallen, dass Ihre Brieftasche noch im Schließfach ist?", fragt Mike.

„Heute Morgen, als ich mir einen Kaffee am Kiosk holen wollte. Ich bin dann auch gleich zu den Schließfächern, aber dieser Typ von der Bahn wollte mich nicht an meine Sachen lassen, also bin ich dann ins Büro gefahren und habe gehofft, dass keine Kontrolle durch den Zug kommt."

Aylin ist amüsiert von seiner Geschichte. „Und, haben Sie Ärger bekommen?" Irgendwie erhofft sie sich noch eine weitere peinliche Geschichte von ihm.

„Ach was, der Zug ist morgens viel zu voll!"

Aylin beobachtet Mike, der gar nichts dazu sagt. Hat er einen Verdacht? Sie schaut zu Mike und sagt: „Von mir aus ist das dann alles, Sie können gehen!"

Mike schaut nochmal über das Protokoll und sagt: „Nein, ich habe auch nichts weiter!" Der Mann nimmt seine Sachen und geht, doch Mike hält ihn noch kurz vor der Tür auf. „Was machen Sie jetzt damit?", er weist auf den Sack mit seinen Sachen.

Der Mann zuckt mit der Schulter. „Die bringe ich in den Waschsalon und hole sie heute Abend ab, wenn meine Frau mit dem Hund raus geht."

Aylin muss lachen. „Haben Sie keine Angst, dass Sie ihr begegnen?"

„Ach was, ich kenne doch ihre Runde!" Der Mann lächelt verlegen und geht.

Mike schaut ihm nachdenklich nach. Als er die Tür hinter sich schließt, sagt er zu Aylin: „Das mit seinem Geld ist merkwürdig!"

Aylin ist immer noch amüsiert. „Was ihr Männer euch so alles einfallen lasst!" Sie hofft, er vergisst bald diese dämliche Brieftasche.

„Aylin, ich habe seine Brieftasche in der Hand gehabt, da war einiges an Geld drin!", sagt Mike verwundert.

Aylin wird etwas ernster, sie schüttelt nachdenklich den Kopf und sagt: „Nein. Bist Du Dir sicher, dass es diese Brieftasche war?"

„Ja! Ich habe sie doch aus dieser Lederjacke rausgeholt! Ich hatte mich noch gewundert, dass der Täter sie nicht gefunden hat!"

Aylin darf nicht zulassen, dass dieser Neue ihr die Tour vermasselt. Sie bedient sich gern in der Asservatenkammer, schließlich liegen genug Zigaretten darin und alle zwei bis drei Jahre werden sie einfach so vernichtet. Keiner fragt danach. Auch das Koks wird immer weniger, aber damit hat Aylin nichts am Hut. Sie schaut Mike ernst an. „Das würde ja heißen, Du beschuldigst Deine eigenen Kollegen, dass sie das Geld aus der Asservatenkammer geklaut haben! Bist Du Dir sicher, dass Du das durchziehen willst?" Die Ansprache scheint zu wirken. „Hey, Mike, wir kennen Deine Vergangenheit. Jeder von uns weiß, dass Du jeden anscheißt und auch vor Freunden keinen Halt machst! Wir wollten Dir aber eine Chance geben, versau Dir das nicht!", warnt Aylin.

Mike ahnt nun, wie hier der Hase läuft, er gibt sich geschlagen. „Nein, so war das doch gar nicht gemeint! Ich würde doch nie auf so eine Idee kommen…" Mike muss das Thema wechseln. „Was haben die nur gesucht? Warum haben sie weder Geld noch Handys mitgehen lassen?"

„Wir wissen doch nicht, was sie alles eingesteckt haben!",
Aylin hat Geld und ein ziemlich neues Smartphone mitgehen lassen und Mike scheint es zu ahnen. „Ich denke
schon, dass sie sich so einiges gegriffen haben, aber sie
waren bestimmt nur wegen der Sieben da. Wir müssen unbedingt herausbekommen, was in dem leeren Schließfach
drin war!"

In den nächsten Tagen melden sich auch andere, um ihre
Sachen abzuholen. Insgesamt fehlen etwa siebenhundert-
vierzig Euro und ein Handy. „Ich finde es seltsam, dass der
Täter die Schließfächer so sorgfältig durchwühlt hat. Denk
nur daran, wie wir sie vorgefunden haben. Sie sahen nicht
so aus, als ob da jemand hineingegriffen hat!", wundert
sich Mike.

„Vielleicht war es ja auch nicht derselbe, der sie aufgebrochen hat. Vielleicht ist ja zufällig einer auf die offenen
Schließfächer gestoßen und hat sie dann sorgfältig durchsucht.", vermutet Aylin.

„Ja, das macht Sinn! Was ist eigentlich mit den Kameras?
Haben wir endlich das Bildmaterial von der Bahn?"

Aylin schüttelt den Kopf. „Ich habe hier eine E-Mail von
der Deutschen Bahn. Vor drei Wochen ist der Server ausgefallen und wurde erst nach dem Vorfall repariert. Es sind
also keine Daten aus der fraglichen Zeit vorhanden!"

„Das ist ja seltsam. Ob der Täter es wusste?", fragt Mike.

„Wohl eher der, der etwas in dieses Schließfach gestellt hat! Es ist wohl nicht ungewöhnlich, dass von Zeit zu Zeit einer der Server ausfällt. Zumindest wenn man zwischen den Zeilen dieser E-Mail liest." Aylin las gründlich.

„Dann brauchen wir eine Liste von allen, die Zugang zum Server haben! Wir sollten auch prüfen, wer davon wusste, dass der Server ausgefallen ist.", schlussfolgert Mike.

Aylin schüttelt den Kopf. „Ist Dir klar, was da für Arbeit auf uns zukäme? Nein, Mike, wir sollten den Fall wohl zu den Akten legen." Aylin schließt den Aktendeckel und legt die Protokolle in den unteren Korb auf ihrem Schreibtisch. Aylin sieht Mikes überraschtes Gesicht und fügt hinzu: „Wenn sich noch etwas ergibt, können wir weiterfahnden, aber zum jetzigen Zeitpunkt kümmern wir uns um wichtigere Dinge!"

Mike wollte unbedingt seinen ersten Fall aufklären. „Wenn Du meinst."

Lisa

Es ist ein Morgen wie jeder andere. Lisa eilt zum Bahnhof, denn sie hat stets Angst, dass sie ihren Zug verpasst und mit der S-Bahn fahren muss. Das würde bedeuten, sie kommt viel zu spät ins Büro. In Marsa Matruh gehen die Uhren anders, dort beginnt bereits der Tag, wenn es hier noch dunkel ist. Lisa nimmt immer den ersten Regionalzug, der um 4.58 Uhr in Königs Wusterhausen hält. Mit ihm ist sie dann pünktlich um kurz vor sechs im Büro, das sich in der Nähe des Ostbahnhofs befindet. In Ägypten ist es dann schon um sieben und in dieser quirligen Stadt am Mittelmeer tobt um diese Zeit bereits das Leben in vollen Zügen. Lisa ist die Sekretärin der Hilfsorganisation Human Life und sie hält die Verbindung nach Marsa Matruh.

Lisa hat schon früh angefangen, sich für andere einzusetzen. Gleich nach dem Abi hat sie als Volontär bei Human Live gearbeitet. Sie war so begeistert von Tabea Lindemann, der Gründerin dieser humanitären Organisation, die sich für bessere Lebensbedingungen in Nordafrika einsetzt. Tabea pendelt zwischen Marsa Matruh und Berlin. Sie sagt immer, man muss vor Ort sein, um zu helfen. Also hat sie dort ein Büro eröffnet und Helfer akquiriert, die sie in Berlin gefunden hat. Als Volontär hat Lisa immer gehofft, auch mal diese unbekannte Welt am Mittelmeer zu besuchen, aber als Tabea ihr Potential erkannt hatte, sagte sie: „Lisa, ich brauche Dich hier, keiner kommt so gut mit der Buchhaltung zurecht, wie Du. Willst Du nicht fest bei uns anfangen?"

Lisa hatte nicht lange überlegt. Es war genau ihr Ding, obwohl sich Lisa etwas ganz anderes für ihre Zukunft vorgestellt hatte. Lisa wollte studieren und dann selbst etwas bewirken. Sie wollte keinen langweiligen Job, bei dem sie täglich dasselbe macht. Lisa hat jetzt genau den Job, von dem sie immer geträumt hat und das sogar, ohne einen Beruf erlernt zu haben oder ein abgeschlossenes Studium zu haben. Lisa ist stolz darauf, dass sie jetzt die Sekretärin bei Human Life ist und sie hat nur noch ein Ziel: Lisa will auch mal nach Marsa Matruh und wenn es auch nur für ein paar Tage ist.

Lisa schaut auf die große Uhr über dem Haupteingang des Bahnhofs in Königs Wusterhausen. Ihr Zug kommt in zehn Minuten, also verlangsamt sie ihren zügigen Schritt und geht in das Bahnhofsgebäude. Ein lauter Mann erregt ihre Aufmerksamkeit. Vor den Schließfächern sieht sie ein Absperrband und der Mann diskutiert mit einem Bahnmitarbeiter in einer Warnweste mit dem DB-Logo. Die Schließfächer stehen offen und in einigen scheint etwas drin zu sein. Es sieht so aus, als ob sie aufgebrochen wurden, doch Lisa hat keine Zeit, sie will rechtzeitig am Bahnsteig sein, um noch einen Sitzplatz zu bekommen. Erst der nächste Zug wird richtig voll, aber Lisa mag es nicht, neben einem Fremden zu sitzen. Deshalb versucht sie einen der wenigen Einzelsitze im Oberdeck zu bekommen. Ihre Regionalbahn ist pünktlich und Lisa steht an der richtigen Stelle. Der Zug kommt so zum Stehen, dass die Tür genau vor

Lisa ist und nach einem kurzen Spurt ins Oberdeck sitzt sie auf dem begehrten Einzelsitz. Noch ist der Platz ihr gegenüber frei und Lisa hofft, dass es auch so bleibt. Der Zug ruckelt und setzt seine Fahrt fort. Erst jetzt schlendert ein Mann durch das Oberdeck, um einen Sitzplatz zu finden. Er scheint kein Pendler auf dem Weg zur Arbeit zu sein. Entspannt, schaut er durch die Sitzreihen, dann entdeckt er Lisa, lächelt sie an und setzt sich mit einem: „Hi, guten Morgen!", auf den leeren Platz ihr gegenüber, obwohl es noch genug andere freie Plätze gibt.

Er lächelt sie an, doch Lisa antwortet nur leise: „Morgen." Sie dreht den Kopf nach draußen in die dunkle Nacht hinein. In der Ferne sind die Lichter des Hafens zu sehen, doch bald nimmt der Zug seinen Weg durch den Wald und im Fenster ist nur noch das Spiegelbild ihres Gegenübers zu sehen. Auch er betrachtet ihr Spiegelbild. Lisa schaut ihn daraufhin direkt an und er sagt spontan: „Du bist wohl auf dem Weg zur Arbeit?"

Er hat so ein warmes Lächeln und strahlt so viel Ruhe aus. Ihr Gegenüber scheint so ein Fels in der Brandung zu sein. Lisa mag es, Menschen einzuschätzen, denn meistens liegt sie mit ihrer Einschätzung richtig. Lisa wird diesen Mann nie wieder sehen, also kann sie sich vorstellen, was sie will. Normalerweise ignoriert Lisa solche Männer, die sie ungefragt ansprechen, doch heute macht Lisa eine Ausnahme. Sie lächelt den jungen Mann an und sagt: „Ja, bin ich! Fahren Sie auch nach Berlin zur Arbeit?

Sascha ist überrascht, dass ihm das niedliche Mädchen antwortet. Was soll er jetzt sagen? „Nee, zur Arbeit fahre ich nicht!", lacht er. Die Kleine gefällt ihm. „Was arbeitest Du denn, wenn Du schon mitten in der Nacht in diesem Zug sitzt?"

„Ich bin Sekretärin!", sagt Lisa mit einem gewissen Stolz.

„Und da bist Du schon so früh unterwegs? Arbeitest Du in einer Bäckerei oder so?", scherzt Sascha.

„Nein. Ich arbeite für eine Hilfsorganisation und unser Büro in Ägypten ist schon ab sechs besetzt, da ist es hier fünf! Da unten gehen die Uhren anders." Lisa hätte nicht gedacht, dass sie sich so gut mit einem wildfremden Mann morgens um halb sechs im Zug unterhält, doch es macht ihr Spaß, denn er macht sie nicht einfach nur auf eine primitive Art und Weise an, wie es Lisa schon so manches Mal erlebt hat.

Im Fenster sind schon die Lichter Berlins zu sehen. Sascha steigt schon an der ersten Station aus. „Wenn Du so früh anfängst, wann hast Du dann Feierabend?" Sascha fühlt den Aktenkoffer auf seinem Schoß. Dieser Koffer wird mal einiges verändern. Sascha will sich nun den schönen Dingen widmen, weil er nun endlich wieder flüssig ist.

„Um drei!", sagt Lisa, ohne sich etwas dabei zu denken. Böses kann ihr dieser warmherzige Mann nicht tun, da würden bei Lisa die Alarmglocken läuten. Lisa ist sonst sehr vorsichtig, sie würde keinem Fremden etwas über sich erzählen, aber bei diesem Mann ist es anders.

Da Sascha sich noch nie mit diesen Hilfsorganisationen befasst hat, will er die Gelegenheit nutzen, um mehr drüber zu erfahren, denn wer weiß, vielleicht ergibt sich da ja was. „Na, dann können wir doch einen Kaffee trinken! Wo soll ich Dich abholen?", fragt Sascha geradeaus.

Damit hat Lisa nun gar nicht gerechnet, doch er hat eine so gute Ausstrahlung, dass sie ihn gern näher kennenlernen würde. Außerdem hat er ihr mit seiner Frage auch gar keine andere Wahl gelassen. „Mein Zug geht viertel nach drei! Also, treffen wir uns kurz nach drei vorm Ostbahnhof?" Auf keinen Fall will Lisa ihren Zug verpassen. So viel ist für Lisa sicher, wenn er nicht dasteht, fährt sie nach Hause. Sie wird definitiv nicht auf ihn warten und ihren Regionalzug verpassen, aber wenn sie sich diesen frechen jungen Mann so ansieht, wäre er es wert, auf ihn zu warten.

„Okay, ich warte bei diesem Chinesen im Park, vorm Bahnhof!" Der Zug wird bereits langsamer und Sascha wird gleich aussteigen.

Lisa geht manchmal in der Mittagspause bei diesem Asiaten etwas essen. „Den kenne ich. Wenn Du nicht da bist, fahre ich!", warnt ihn Lisa und sieht ihm nach.

Sascha steht auf, verbeugt sich vor Lisa und sagt: „Ich heiße Sascha und wie ist Dein Name?"

„Hi, Sascha, ich bin Lisa!" Der Typ gefällt ihr.

Sascha lächelt sie an: „Na dann, bis heute Nachmittag, Lisa! Ich freue mich schon!" Sascha steigt aus.

Ob er da sein wird? Er bleibt auf dem Bahnsteig stehen und sieht zu ihr hoch. Dieser Aktenkoffer passt so gar nicht zu ihm, denkt Lisa, als sie dem jungen Mann in seiner dunkelroten Jacke zuwinkt.

Entspannt geht Sascha durch den quirligen Bahnhof, sieht all die Menschen, die zur Arbeit wollen, keiner von ihnen hat ein Lächeln im Gesicht, warum auch, sie sind ja nicht zum Vergnügen schon so früh am Morgen unterwegs. Sascha hingegen ist gutgelaunt, denn im Koffer ist die Lösung seiner Geldprobleme. Nach zwei Querstraßen ist er zu Hause, betritt seine Wohnung, legt den Koffer auf seinen Tisch und betrachtet ihn. Die Spannung steigt, als er die Riegel nach außen schieben will, doch wie sollte es auch anders sein, der Koffer ist abgeschlossen. Sascha geht an seinen Werkzeugkoffer, sucht sich einen kleinen Schraubenzieher, einen spitzen Dorn und zur Sicherheit einen Hammer heraus. Neugierig geht er zum Tisch, auf dem der Koffer mit wertvollem Inhalt liegt. Sascha setzt sich vor den Koffer, was mag wohl darin sein, dass zwanzigtausend Euro wert ist? Sascha hofft, es sind keine Drogen, denn die mag er nicht. Er will auch nicht damit dealen, aber wenn es doch Drogen sind? Bedächtig weitet er mit dem Schraubenzieher das dünne Blechgehäuse des Schlosses, dann kommt er mit dem dünnen Werkzeug an den Schließmechanismus und schiebt den Riegel zur Seite. Klack und der Verschluss schnappt hoch. Saschas Neugier steigt immer mehr. Er entriegelt auf dieselbe Art und Weise auch den anderen Verschluss. Voller Spannung klappt er langsam den Deckel des Koffers hoch und: „Wow! Volltreffer, ein Koffer voller Geld!", Bündel an Bündel, nagelneue Noten. Saschas gute Laune ist dahin. Er nimmt ein Geldbündel heraus, zieht sich einen fünfzig Euro Schein heraus und prüft ihn. Nicht schlecht, bewundert Sascha die Blüte. Wie sollte es auch anders sein, Sascha hat einen Koffer voller Falschgeld geklaut. Das dachte er sich gleich, als er das Geld sah, denn es ist wesentlich mehr darin als zwanzigtausend Euro.

Sascha klappt enttäuscht den Koffer zu und schiebt ihn von sich weg. Nichts ist mit ‚reicher Mann'! Jede Menge Arbeit wartet nun auf ihn, denn Sascha hatte noch nie mit Falschgeld zu tun. Er kennt keinen, der es ihm abkaufen würde, was natürlich das Einfachste wäre. Er kann auch nicht herumfragen und das Falschgeld zum Kauf anbieten. Sascha ist ein Einzelgänger. Er arbeitet nicht gern mit anderen zusammen, weil das Risiko von denen beklaut zu werden, ihm viel zu hoch ist. Hier, in seinem Kiez, kann er es sowieso nicht anbieten, denn die beiden Ganoven, die er belauscht hat, scheinen auch aus seinem Viertel zu sein.

Sascha legt sich auf seine Couch. Erst gegen Mittag wird er wach, denkt an die junge Frau aus dem Zug und geht duschen, dann zieht er sich einen Anzug an, greift sich ein Bündel Fünfziger und beginnt damit, Schein für Schein zu zerknüllen, um ihn alt aussehen zu lassen. Er steckt sich dann das Geld in die Jacketttasche und geht los. Vor dem Bahnhof steht ein Backwarenstand, da kauft er sich eine

Käsestange und der erste Schein ist weg. Die Verkäuferin kam erst gar nicht auf die Idee, sich den Schein genauer anzusehen. Nach zwei Bissen, steckt er die Käsestange wieder in die Tüte, schmeißt sie weg und geht zum Döner-stand, wo er sich eine türkische Pizza holt. Genüsslich beißt er hinein und geht. Nach einem zweiten Bissen ent-sorgt er die türkische Pizza im nächsten Papierkorb, wo-rüber sich die Tauben nach einigen Sekunden hermachen. Sascha beobachtet die Tauben noch eine Weile, wie sie ge-schickt die Tüte zerfleddern, um an die türkische Pizza heranzukommen. Sascha hat nun jede Menge Münzen in seiner Tasche, was die Hose so ausbeult. Er füttert den Fahrscheinautomaten mit seinem ganzen Kleingeld und zieht sich eine Fahrkarte, dann fährt er zum Ostbahnhof, um sich dort mit Lisa zu treffen. Auch dem Chinesen vorm Bahnhof dreht er einen falschen Fuffziger an, dann kommt Lisa und er entsorgt auch die zweieinhalb Mini-Frühlings-rollen. „Hallo Lisa, wie war Dein Tag?"

Lisa ist positiv überrascht, als sie den jungen Mann vom Morgen erkennt. Lisa hatte viel zu tun und hat schon gar nicht mehr an den jungen Mann aus dem Zug gedacht. Umso freudiger geht sie nun auf ihn zu. Er trägt nun einen Anzug und jetzt würde der Aktenkoffer viel besser zu ihm passen, aber er hat ihn nicht mehr dabei. „Hi, Du hast Dich aber sehr verändert!", lobt Lisa.

„Gefällt es Dir?" Sascha brüstet sich. „Wie war Dein Tag?"

Lisa schaut zu Sascha auf: „Gut, er war schnell vorbei!"

„Komm, ich habe Dir einen Kaffee versprochen!" Sascha führt Lisa in dieses kleine Café in der nächsten Seitenstraße. Er bestellt Kaffee und Erdbeertorte mit Sahne. „Du magst doch Erdbeeren?", vergewissert er sich, erst nach seiner Bestellung.

Lisa mag Erdbeeren, doch sie ist es nicht gewohnt, dass jemand anderes für sie die Auswahl trifft. „Ich liebe Erdbeeren! Woher wusstest Du das?"

„Wenn ich Dein süßes Gesicht sehe, muss ich an Erdbeeren denken!" Sascha nimmt ihre Hand und hält sie sanft. „Lisa, Du gefällst mir!" Als Lisa darauf nicht gleich antwortet, denn es ist ihr etwas unangenehm, fragt Sascha: „Was hast Du heute Gutes gemacht?"

„Ich? Äh, wie meinst Du das?", fragt Lisa unsicher, aber froh, dass er das Thema wechselt.

„Ich wette, Du tust den ganzen Tag nur Gutes, schließlich bist Du doch bei einer Hilfsorganisation!" Sascha hält noch Lisas Hand und schaut in ihre rehbraunen Augen.

Lisa fühlt sich geschmeichelt und antwortet unsicher: „Ach, ich bin doch nur die Sekretärin! Die wahren Helfer sind in Ägypten und bauen dort Kinderheime!"

„Wow! Das ist bestimmt nicht einfach, oder?" Sascha mag keine Kinder, doch das sagt er Lisa nicht. Sascha will nur wissen, wie so eine Hilfsorganisation aufgebaut ist, wo die Schwachstellen sind und vor allem, wo Sascha dort etwas abzweigen könnte.

Lisa mag es, wenn man sich für ihre Arbeit und für Human Life interessiert, also gibt sie gern Auskunft darüber. Sascha ist so ein guter Zuhörer. Sonst wollen die Männer nie etwas über ihre Arbeit wissen, aber Lisa hat auch noch nicht so viele Männer kennengelernt. Eigentlich hatte Lisa bis jetzt noch keinen festen Freund. Ach, er ist so ein Gentleman. Sascha kann so gut zuhören, unterbricht sie nie und sucht auch nicht ständig nach einem anderen Thema. „Wie es in Ägypten aussieht, weiß ich nur durch die Berichte, die ich für die Presse überarbeite und die Abrechnungen, die ich bearbeite, doch das sind alles nur Zahlen! Leider kenne ich die Menschen hinter den Zahlen nicht."

„Nun ja, aber ohne einen so guten Kopf kann eine Hilfsorganisation auch nicht helfen! Du bist die Basis dieser Hilfe!", lobt Sascha.

„Danke!" Lisa hat ein ganz eigenartiges Gefühl im Magen. Dieser gutaussehende Mann ist einfach perfekt und das Beste daran ist, er interessiert sich für sie! Plötzlich gehen bei Lisa die Alarmglocken an. Er ist zu perfekt! Lisa hat ewig für das kleine Stück Kuchen gebraucht, aber er hat ihr ja kaum Zeit zum Essen gelassen. Sie nimmt das letzte Stück Erdbeerkuchen und trinkt ihren Kaffee aus. Ihr Regionalzug geht in zwanzig Minuten. „Sascha, das war ein sehr schöner Nachmittag, aber nun muss ich los!", sagt Lisa schweren Herzens, denn am liebsten würde sie in seine Falle tappen, sich von Sascha entführen lassen, doch ihre Vernunft siegt.

„Ach was, jetzt schon?" Sascha nimmt wieder ihre Hand, schaut ihr tief in die Augen und fragt: „Lisa, wann sehen wir uns wieder?"

Pack mich ein und nimm mich mit, denkt Lisa. „Gib mir Deine Nummer, ich melde mich!" Lisa nimmt ihr Handy.

Sascha diktiert ihr seine Telefonnummer und Lisa tippt sie gleich ein. „Wann meldest Du Dich?", drängt Sascha.

Als Lisa den Telefonbucheintrag speichert, mahnt die Uhr zur Eile. „Sascha, ich muss los!" Lisa steht auf. „Danke für den Kuchen!" Lisa erwartet fast, dass er sie küsst.

Sascha stellt sich auch hin, streichelt Lisa und sagt: „Es war sehr schön mit Dir! Melde Dich bald und komm gut heim!" Sascha schenkt ihr sein schönstes Lächeln.

Sascha ist nicht schüchtern, das weiß Lisa. Nein, Sascha ist ein wahrer Gentleman! Lisa traut sich gar nicht zu fragen, ob sie bezahlen soll. „Bis bald!", sagt Lisa hoffnungsvoll. Schweren Herzens verlässt sie das kleine Café und schaut noch einmal auf die Uhr, dann eilt sie zum Bahnhof. Kaum ist sie auf dem Bahnsteig, fährt ihr Regionalzug ein. Lisa sucht nach einem Sitzplatz, doch der Zug ist voll. Auf dem Gang im Oberdeck ist noch der Absatz frei. Lisa setzt sich auf den schmalen Podest, nimmt ihr Handy und denkt an Sascha. Ohne groß nachzudenken, schreibt sie das, was ihr gerade wichtig ist: *Ich habe den Zug geradeso noch bekommen!* Erst nach dem Senden denkt sie daran, dass Sascha nun ihre Nummer hat.

Hallo Lisa, das freut mich! Gute Fahrt!, schreibt Sascha zurück und speichert ihre Telefonnummer ab. Sascha hat zwei SIM-Karten in seinem Handy. Die zweite, mit der er Telefonate führt und Nachrichten schreibt, wechselt er regelmäßig, wenn er nicht will, dass er verfolgt wird.

Lisa denkt an ihre letzte Beziehung. Tobias hat sie bei einer Benefiz Veranstaltung kennengelernt. Er wollte ihr von seiner Spendenaktion berichten und um eine Spende bitten, doch Lisa arbeitet selbst für eine Hilfsorganisation. Dann hat er Lisa verführt, ist erst mit ihr ins Kino und dann durfte er sie nach Hause begleiten. Er hat Lisa das Gehirn herausgevögelt. Ob Sascha auch so ein guter Liebhaber ist? Tobias hat sie am nächsten Tag gefragt, ob sie ihm fünftausend Euro leihen kann. Selbstverständlich für sein Hilfsprojekt, das er Lisa schon am Vorabend beschrieben hat. Tobias sprach von nichts anderem und traf damit bei Lisa genau ins Schwarze. Lisa sah weder Tobias noch das Geld jemals wieder.

Diesmal wird Lisa vorsichtiger sein, das hat sie sich geschworen, aber Lisa weiß, dass Sascha nicht so ist. Lisa hat noch immer die Nachricht von Sascha geöffnet und schaut auf seine Worte, als wären sie ein Bild von ihm. Wann wird sie ihn wiedersehen? Lisa schließt die App und auf ihrem Startbildschirm sieht sie nur noch das Datum, die Uhrzeit und das Wetter. Freitag! Heute ist Freitag! Lisa fährt morgen nicht zur Arbeit, nicht nach Berlin. Ob er sie am Montag trifft? Lisa hat nur noch diesen gutaussehenden Mann im Kopf. Was hat dieser Kerl ihr nur angetan? Er hat Lisas Herz geraubt! Oh, hoffentlich behält er es.

Lisa starrt auf ihr Handy. Soll sie ihm schreiben? Sie tippt seinen Namen ein, doch dann löscht sie die Buchstaben wieder. Was kann sie nur schreiben, ohne dass es aufdringlich wirkt? Sascha ist schneller. Das Handy vibriert und eine Nachricht erscheint. Gebannt öffnet Lisa den Text: *Morgen ist Samstag, treffen wir uns?*

„Ja!", sagt Lisa leise in den vollbesetzten Zug hinein, dann tippt sie: *Gerne! Ich habe noch nichts vor.* Hätte sie ihn mehr betteln lassen sollen? Lisa hat so gar keine Erfahrung, wie man die Männer um den Finger wickelt, doch das ist es nicht, was Lisa will. Lisa sucht den Mann fürs Leben und nicht den Freund für gewisse Stunden oder gar einen One Night Stand. Lisa will keine Spielchen, Lisa will einen Mann, einen Ehemann.

Sascha mag die Kleine, sie ist ihm sympathisch und sie stellt nicht so viele Fragen. Da Sascha zusehen muss, wie er die Blüten unters Volk bringt, kann Lisa dabei recht hilfreich sein, denn wer glaubt schon, dass ein verliebtes Pärchen etwas Kriminelles macht. Sascha nimmt sein Handy und tippt: *Treffen wir uns morgen um elf am Treptower Park?*

Lisa ist gerade in den Bus gestiegen, der sie vom S-Bahnhof nach Hause bringt. Kaum hat sie Platz genommen, bekommt sie Saschas Nachricht. Schon um elf? Was hat er vor, oder meint Sascha abends? Lisa würde gerne in eine Diskothek gehen und so wie Sascha aussieht, kann er bestimmt richtig gut tanzen. Lisa sieht sich schon in Saschas Armen auf der Tanzfläche. *Mittags oder abends?,* schreibt Lisa zurück.

Morgen Mittag! Lass uns das schöne Wetter genießen! Sascha hat die ganzen kleinen Imbissbuden im Auge. Hier eine Pommes, da ein Eis, dann ein Bier. Und jedes Mal zahlt Sascha mit einem Fünfziger. Er könnte so gut und gerne um die fünfhundert Euro machen, wenn er nur großzügig genug ist.

Lisa fährt täglich am Treptower Park vorbei, doch sie war noch nie dort spazieren oder in einen der kleinen Pavillons etwas essen. *Also gut, morgen um elf. Ich freue mich* ♥ Lisa heftet noch ein Herz an die Nachricht. Sie ist so aufgeregt. Lisa hat Schmetterlinge im Bauch!

Sascha geht heute zu Fuß nach Hause. Er kann schon keine Bratwurst mehr sehen, denn er schmeißt gerade die vierte weg. Er will auf keinen Fall auffallen, also beißt er zweimal ab, bevor er geht und das Essen im nächsten Abfallkübel entsorgt. Nur beim Bier ist er nicht so verschwenderisch. Sein Kiez ist schon in Sichtweite und der ist tabu. In seinem Umkreis kennt man ihn, da will Sascha kein Risiko eingehen. Zuhause zählt Sascha sein Geld. Knapp vierhundert Euro zählt er zusammen. Das kleine Wechselgeld lässt er meist auf dem Tresen liegen, denn damit will er sich nicht auch noch belasten.

Bald wird es bekannt werden, dass wieder Falschgeld im Umlauf ist. Bald kann er es nicht mehr unter die Leute bringen, also muss er sich ranhalten, um so viel Blüten wie möglich loszuwerden. Dann wird Sascha in eine andere Stadt fahren. Sollte er gar mit Lisa in den Urlaub fahren? Vielleicht sogar ins Ausland? Sascha wollte schon immer mal nach Paris. Oh, die Kleine würde sich bestimmt darüber freuen!

Alle paar Minuten schaut Lisa zur Uhr. Es ist Samstagfrüh und sie sitzt an ihrem Küchentisch mit einem Becher Kaffee in der Hand. Lisa teilt sich den Kaffee ein, denn sie darf nicht zu viel trinken. Wann muss sie los? Lisa hat genau berechnet, wann sie zu Hause abfährt, wenn sie um elf am Treptower Park sein will. Noch ganze zweieinhalb Stunden hat sie Zeit! Lisa muss was essen, also nimmt sie sich eine Scheibe Brot, schmiert sich etwas Margarine drauf und dann weiß sie nicht mehr weiter, denn Lisa hat keinen Appetit. Nein, sie kann nichts essen. Der große Zeiger hat sich kaum bewegt. Ob die Batterie leer ist? Lisa nimmt sich ihr Handy. Nein, Lisa hat noch immer fast zweieinhalb Stunden Zeit. Ob Sascha schon wach ist? Sicherlich schläft er noch. Sascha ist bestimmt kein Morgenmensch so wie Lisa. Er steht bestimmt erst um sieben auf und fährt um acht ins Büro. Was macht er eigentlich? Sascha hat gar nichts von sich erzählt. Oh Gott, ich habe ihn die ganze Zeit zugelabert, denkt sich Lisa. Heute wird sie ihn erzählen lassen. Heute wird sie ihm zuhören. Ob er sie

heute küssen wird? Bestimmt kann er fantastisch küssen.
Die Uhr will sich einfach nicht bewegen! Was ist, wenn er
abends mit ihr ausgehen will? Wird Lisa so lange durch-
halten? Sie geht doch immer schon vor neun ins Bett. So
ein Mist, ich hätte länger schlafen sollen, denkt sie sich.
Nein, jetzt kann sie sich nicht nochmal hinlegen! Jetzt ist
es zu spät, außerdem würde Lisa eh kein Auge zukriegen.

Saschas Job

Es ist drei Minuten vor elf, als Lisas S-Bahn in den Bahnhof am Treptower Park einfährt. Wo ist er nur? Erst jetzt denkt Lisa daran, dass sie keinen Treffpunkt vereinbart haben. Panisch schaut sie auf ihr Handy, während die Menschen an ihr vorbeiströmen. Wo soll sie nur auf Sascha warten? Sascha hat nicht geschrieben, also tippt Lisa: *Hallo Sascha, wo…* weiter kommt Lisa nicht, denn ihr tippt jemand auf die Schulter.

„Hallo Lisa, Du bist ja überpünktlich!", sagt Sascha.

Lisa erschrickt sich, doch als sie in Saschas warme Augen schaut, geht ihr das Herz auf. „Wie… woher… hallo Sascha! Bist Du mit derselben S-Bahn gekommen?"

„Ja, bin ich! Wie geht´s, hattest Du eine gute Fahrt?"

Lisa schaut zu Sascha auf. Heute trägt er keinen Anzug. Er hat ein bedrucktes T-Shirt an, das seinen durchtrainierten Oberkörper gut erkennen lässt. „Ich musste nicht lange warten! Was machen wir heute?"

Lisa hat ein luftiges Sommerkleid an. Es ist an der Taille eng geschnitten und lässt sie noch zierlicher wirken. Sascha umfasst ihre Taille und sagt: „Lass uns erstmal in den Park gehen! Hast Du Hunger?"

Sascha gibt ihr Halt. Lisa mag es, wenn ein Mann weiß, was er will. „Hunger? Naja, ein wenig vielleicht!" Lisa lässt sich von Sascha führen und er geleitet sie nach draußen. „Nur eine Kleinigkeit und ich lade Dich ein!"

Draußen schaut sich Sascha um. Er entdeckt die ersten beiden Buden im Treptower Park, dann fragt er Lisa: „Eis oder Bratwurst?"

Lisa hat schon lange kein Eis mehr gegessen, doch da in ihrer Küche immer noch ein Brot mit Margarine liegt, entscheidet sie sich für etwas Festes. „Wollen wir uns eine Bratwurst teilen? Eine ganze ist mir zu viel!"

Das passt in Saschas Konzept! Immer nur Kleinigkeiten kaufen, so bekommt er noch genug Wechselgeld, wenn er mit seinen Blüten bezahlt. Die beiden stellen sich am Imbiss an und Sascha bestellt: „Wir nehmen eine Bratwurst mit Pommes!" Lisa kramt in ihrer Handtasche und holt ihre Geldbörse heraus. Sascha legt einen fünfzig Euro Schein auf die Geldschale und sagt zu Lisa: „Lass stecken, das kommt gar nicht erst in Frage!" Sascha nimmt sich einen zweiten Spießer aus dem Glas und wartet auf sein Wechselgeld. Die Cent Münzen lässt er großzügigerweise liegen, greift sich nur die zwei Euro Münzen und die zwei Zwanziger. Mit der Pappschale geht Sascha zu dem kleinen Stehtisch, an dem Lisa bereits auf ihn wartet. „Guten Appetit!" Sascha nimmt sich ein Stück Bratwurst und sieht zu, wie Lisa reinhaut.

Es ist Lisas erste Mahlzeit, doch sie muss ihm auch etwas lassen. „Nimm ruhig!", sagt Lisa mit vollem Mund.

Sascha spießt sich noch ein Stück der Bratwurst auf und knabbert dann an einer Pommes. „Ich habe gut gefrühstückt!", sagt Sascha und lässt ihr den Rest.

Lisa wundert sich, doch er sieht recht sportlich aus. „Du lebst wohl sehr gesund? Ich habe meist keine Lust, mir ein gutes Frühstück zu machen!", gesteht Lisa.

„Nein, nicht wirklich, aber im Hotel ist das Frühstück dabei!", erklärt Sascha.

Hat Lisa richtig gehört? „Du lebst in einem Hotel?"

Sascha ist vorsichtig und nimmt nie eine Frau mit nach Hause. „Ja, ich habe noch nicht die richtige Wohnung gefunden!" Sascha will sich nicht allzu viel einfallen lassen. „Wie bist Du zu dieser Hilfsorganisation gekommen?"

Was mag dieser Mann machen, dass er im Hotel lebt, fragt sich Lisa, doch sie erzählt lieber über ihre Arbeit: „Ich habe Tabea damals durch Zufall auf einer Infoveranstaltung für humanitäre Hilfe kennengelernt. Sie hatte mit unserer jetzigen Außenministerin an einem Stand gearbeitet und mir mit voller Begeisterung von ihrem Vorhaben erzählt, eine Hilfsorganisation zu gründen. Naja, was soll ich sagen, ein paar Wochen später habe ich sie besucht und meine Hilfe angeboten. Tabea hat sie dankend angenommen, so habe ich erst als Volontär gearbeitet, dann hat sie mir eine feste Stelle angeboten!"

„Diese Tabea arbeitet also auch bei dieser Organisation?", hakt Sascha interessiert nach.

Lisa schmunzelt etwas. „Naja, sie ist meine Chefin. Tabea hat Human Life gegründet. Sie ist aber nur selten in Berlin. Meist ist sie vor Ort und kümmert sich um die bedürftigen

Kinder in Ägypten. Tabea hat bereits die ägyptische Staatsbürgerschaft beantragt, dann kann sie dort unten ganz anders agieren. Ich bewundere ihren Mut so sehr!"

„Wow, dann bist Du ja richtig wichtig!", lobt Sascha

„Ach was, die meiste Arbeit hat Tabea und ihr Team. Ich kümmere mich nur darum, dass die Hilfsgelder in die richtigen Hände kommen!", sagt Lisa.

Nun wird es interessant! „Wie muss ich mir das vorstellen, sitzt Du den ganzen Tag im Büro und zählst das Geld? Sammelst Du es selbst ein?" Kann Sascha hier ansetzen? Vielleicht lässt sich da was abzweigen, denkt er sich.

Lisa muss etwas schmunzeln. Die beiden schlendern am Treptower Hafen entlang und Lisa erklärt: „Nein, die Spenden kommen meist online. Ich schicke den Spendern eine digitale Spendenquittung fürs Finanzamt. Außerdem überweise ich die laufenden Kosten und der Großteil geht dann zu Tabea, die es in Marsa Matruh an die armen Kinder verteilt!"

Sascha ist enttäuscht, hat er doch gehofft, sie hat mit Bargeld zu tun. „Marsa Matruh? Das hört sich so exotisch an!"

„Oh ja, das ist es auch!" Lisa redet die ganze Zeit nur über ihre Arbeit, sie muss Sascha unbedingt fragen: „Was machst Du eigentlich?"

„Ich arbeite in einem großen Unternehmen!" Sascha will mehr über diese Geldtransfers erfahren. Er schaut sich kurz um und fragt: „Was hältst Du von einem Eis?"

„Oh ja, gute Idee!" Lisa mag Eis. Sie gehen ein paar Schritte und stehen an der Eisdiele. „Aber keinen Eisbecher, ich will nur eine Kugel!", sagt Lisa, denn sie weiß, er wird wieder bezahlen, was ihr unangenehm ist.

„Fein, dann such Dir eine aus!", sagt Sascha. Lisa bestellt sich eine Kugel Stracciatella und Sascha sagt: „Und ich nehme Caramel!" Sascha reicht der gestressten Verkäuferin einen Fünfziger und steckt die fünfundvierzig Euro Wechselgeld ein. „Setzen wir uns auf die Bank dort!" Mit einem schönen Blick auf den Hafen nehmen die beiden nebeneinander Platz. Lisa schleckt genüsslich ihr Eis, dann will sie mehr über Sascha erfahren, doch Sascha kommt ihr zuvor: „Stracciatella klingt so exotisch wie dieses Marsa Matruh, von dem Du berichtet hast. Wie ist es dort? Ist es so schön, wie es sich anhört?"

Lisa denkt sofort an die Bilder, die Tabea manchmal vom Strand schickt. „Das ist eine Stadt direkt am Meer in Ägypten. Dort hat Human Life ein kleines Büro. Leider war ich noch nie da, aber es muss herrlich sein! Meine Chefin schickt ab und zu Bilder vom Strand oder den Cafés in der Altstadt.", schwärmt Lisa, doch dann wird sie nachdenklich: „Da sind aber auch die Armut und die vernachlässigten Kinder, um die sich dann Human Life kümmert. Tabea hat so ein gutes Herz!"

„Ägypten? Da war ich auch noch nie! Wie ist es dort in Afrika, gibt es denn dort auch Banken so wie hier oder läuft dort alles noch mit Bargeld?", fragt Sascha neugierig.

„Eigentlich sind die Menschen in Ägypten viel fortschritt-licher als wir. Alles läuft dort über eine App. Tabea schickt mir die Daten und ich überweise die Spendengelder dann direkt an die Kinderheime!", erklärt Lisa, dann flüstert sie: „Bis auf die Schmiergelder, die wollen sie dort natürlich nicht per App überwiesen haben! Das muss Tabea in Bar bezahlen!"

„Verstehe! Es ist bestimmt nicht einfach, wegen der Steu-ern und so! Die wollen dort bestimmt nur harte Dollar?"

Lisa soll eigentlich nicht darüber reden, doch Sascha kann sie vertrauen: „Tabea lässt sich ab und zu ein paar Gold-münzen schicken!"

„Gold?" Sascha liebt Gold. „Ja, das macht Sinn! Aber wie rechnet ihr das ab? So eine Hilfsorganisation muss doch bestimmt alles genau belegen und ein Beamter, den ihr dort unten schmieren müsst, wird euch doch keine Quit-tung geben, oder?"

Lisa ist mit ihrem Eis fertig. „Das war ja lecker! Ist Deins auch so gut? Ich darf eigentlich nicht darüber reden!"

„Das kann ich verstehen! Wollen wir noch ein Stück durch den Park gehen?" Sascha reicht Lisa die Hand und sie ge-hen ein Stück. „Ich hoffe, es ist nichts Illegales!"

„Oh je, ich glaube nicht!" Nun hat er Lisa verunsichert. Sie glaubt, Sascha hat davon mehr Ahnung. „Tabea kennt die Außenministerin und von ihrem Staatssekretär bekomme ich dann die Ausfuhrgenehmigung für die Goldmünzen!"

Sascha honoriert ihre Offenheit: „Na, wenn das so ist, bist Du fein raus! Lisa, ich mache mir nur Sorgen um Dich! Du bist so ein hübsches Mädchen, ich will doch nicht, dass Dir was passiert!", sagt Sascha sanft, dann küsst er Lisa.

Lisa vergisst fast zu atmen, als Sascha seine Lippen auf die ihren legt und sanft mit seiner Zunge Lisas umwirbt. Sascha hält sie dabei fest im Arm. Seine warme Nähe tut so gut. Lisa fühlt sich geborgen in seinen starken Armen.

Auch in Sascha wächst ein festes Gefühl der Zuneigung, zumindest in seiner Hose. Noch beim Küssen überlegt sich Sascha, wie er mit Lisa weitermachen soll. Er mag sie schon und er hat auch Lust, sich zu verlieben, aber er hat auch die Goldmünzen ins Auge gefasst. Er fühlt Lisas Nähe, denn sie schlingt ihre Arme um seinen Hals. Am liebsten würde Sascha sie hinter dem nächsten Gebüsch vögeln, doch er spielt den Gentleman. Vorerst konzentriert sich Sascha weiter aufs Küssen. Erst nachdem beide wieder durchatmen, sagt Sascha: „Warum bin ich Dir nicht schon früher begegnet?"

Lisa ist noch völlig verzückt von seinem Kuss, sie kann kaum klar denken und ihr Slip ist bereits feucht. Sie himmelt Sascha an und fragt: „Was wäre denn gewesen, wenn wir uns schon früher begegnet wären?" Lisa hofft so auf eine romantische Antwort. Ob sie sich heute noch lieben werden? Lisa bereut es, dass sie sich nicht aufreizender angezogen hat, dabei hat sie so schöne Unterwäsche in ihrem Schrank liegen, doch heute trägt sie nicht mal einen BH.

Sascha hat sofort eine Antwort parat: „Nun, ich denke, wir wären glücklich verheiratet und hätten bestimmt schon zwei Kinder!"

Nun ist es endgültig um Lisa geschehen. Sie fällt ihm um den Hals und küsst ihn, dann fragt sie sanft: „Was machst Du nur mit mir?" Lisa bekommt Angst, dass er sie nach der ersten Nacht fallen lässt.

„Lisa, ich denke, ich verliebe mich gerade in die schönste Frau der Welt!" Nun ist sie Wachs in seinen Händen, doch er muss sie jetzt zappeln lassen, schließlich kann er sich nicht nur seinen Gefühlen hingeben. Sascha muss auch an seine Zukunft denken.

Lisa hofft so, dass er sie jetzt in sein Hotel mitnimmt Sie möchte nichts anderes, als mit ihm die Nacht zu verbringen. „Was machen wir jetzt?"

Sascha schaut in ihr Gesicht. Lisas Lächeln ist nicht nett, es strotzt vor Geilheit. „Lass uns noch ein Stück gehen!" Sascha steht auf und reicht ihr die Hand. „Trinken wir was, da vorn ist ein Lokal!" Sascha hat noch reichlich Blüten, die er tauschen will.

Lisa denkt gerade nicht an Durst oder Hunger. Lisa ist verliebt! Lisa will Sascha! „Ja gut, trinken wir was."

Sascha geht direkt zur Getränkeausgabe in diesem Selbstbedienungslokal. „Ein keines Bier bitte! Was nimmst Du?"

Lisa weiß, wie wenig Alkohol sie verträgt, sie weiß aber auch, dass der sie lockerer macht und so bestellt Lisa: „Ich nehme ein Glas Wein!" Die beiden setzen sich an einen kleinen Tisch. Es ist warm und Saschas Bier ist schnell getrunken. Auch Lisa trinkt ihren Wein, als wäre es Wasser. Sie reden über das Wetter, lachen über die beiden Möwen, die gerade einen Papierkorb plündern und sich dabei um jeden Krümel streiten. Lisa legt ihre Hand auf Saschas und er umklammert ihre Finger. Der Alkohol wirkt bereits und Lisa ist zu allem bereit. Sascha könnte jetzt alles mit ihr machen. Lisa lehnt ihren Kopf an seine Schulter und wartet auf eine romantische Geste.

„Möchtest Du noch etwas trinken oder wollen wir gehen?" Sascha weiß, dass ihm Lisa nun gehört.

„Gut, gehen wir!" Lisa ist gespannt, wo er sie hinbringt. Wird er sie bald verführen? Wartet er womöglich gar nicht erst, bis sie im Hotel sind? Soll ihm Lisa anbieten, dass er bei ihr übernachten kann? Will er überhaupt bei ihr übernachten? In ihrer kleinen Wohnung weit weg vom Trubel Berlins? Lisa ist sich nicht sicher, er ist es sicherlich gewohnt, alles nur vom Feinsten zu bekommen. Will er überhaupt mit einer einfachen Sekretärin ohne jegliche Ausbildung zusammenleben? Lisa schlendert Hand in Hand mit Sascha durch den Treptower Park. Sie ist glücklich, doch ihr gehen tausend Fragen durch den Kopf. Lisa will nichts falsch machen, will ihn nicht verärgern. Sie will sich ihm aber auch nicht zu leicht hingeben. Oh, er könnte sie einfach so nehmen! Nein, Lisa würde keinen Widerstand leisten!

Auf der kleinen Treppe zum Hafen küssen sie sich wieder. Sascha steht eine Stufe unter Lisa und so sind sie auf Augenhöhe. Seine Hände greifen ihren kleinen festen Hintern und er würde sie nur zu gerne sofort vernaschen, doch er muss sich zusammenreißen. Sascha zieht die Notbremse. Er holt plötzlich sein Handy aus der Tasche, öffnet eine alte Nachricht und sagt: „So ein Mist!"

„Was ist denn?", fragt Lisa erstaunt.

„Meine Firma…", sagt Sascha geistesabwesend. „Tut mir leid, Lisa! Ich muss das richten!"

„Am Samstag? Ist es denn schlimm?", fragt Lisa besorgt. Ihr ist dann auch klar, dass ein Mann in seiner Position stets mit sowas rechnen muss.

Sascha winkt bedeutungsvoll ab. Er erweckt den Eindruck, als ob er schon an der Lösung des Problems arbeitet: „Ich werde es schon richten! Was ist, sehen wir uns Montag? Um drei am Ostbahnhof, wie beim letzten Mal?"

„Ja gut, ich warte beim Chinesen!", sagt Lisa traurig.

Sascha gibt ihr einen flüchtigen Kuss und weist auf die große Hauptstraße. „Ich nehme mir ein Taxi! Kann ich Dich irgendwo absetzen?"

„Lass nur, ich nehme die S-Bahn!" Lisa schaut ihm nach, wie er zur Straße rennt und nach nur wenigen Sekunden ein freies Taxi anhält, dann geht sie betrübt, aber auch irgendwie glücklich zum Bahnhof.

Sascha steigt in das Taxi: „Zum Ostkreuz bitte!" Die Fahrt dauert nur wenige Minuten, der Taxifahrer will knappe zehn Euro. Sascha reicht ihm einen Fünfziger und sagt gönnerhaft: „Machen Sie zwanzig!" Sascha steckt die dreißig Euro Wechselgeld ein und überquert den großen Bahnhof, um zu seinem Kiez auf der anderen Seite zu gelangen.

Lisa ist am späten Nachmittag wieder in ihrer kleinen Wohnung. In ihren Gedanken dreht sich alles nur noch um Sascha. Ja, Lisa hat sich verliebt! Bis auf einen langen Spaziergang bleibt Lisa den ganzen Sonntag zu Hause und denkt immer nur an Sascha. Als von ihm keine Nachricht kommt, obwohl Lisa alle drei Minuten auf ihr Handy schaut, schreibt sie ihm: *Hallo Sascha, konntest Du alles klären? Deine Lisa*

Sascha nutzt das herrliche Sommerwetter, um sich an den vollen Imbissbuden in der Spandauer Altstadt anzustellen und den gestressten Verkäufern seine Blüten anzudrehen. Als er sich gerade sein drittes Eis holt, bekommt er die Nachricht von Lisa. Sascha überfliegt sie erst nur kurz, dann schmeißt er sein Eis in einen Papierkorb und holt sich ein Bier, was er nicht gleich wieder entsorgt. Er genießt es auf einer Parkbank und tippt dabei die Antwort für Lisa: *Bin gerade in den Verhandlungen, ich denke wir können die Firma noch retten!* Sascha trinkt aus und geht sich noch ein Eis kaufen.

Als Lisa es liest, ärgert sie sich, dass sie ihn gestört hat. Ihr wird nun klar, was Sascha für ein wichtiger Mann ist. Ob er überhaupt mit einer einfachen Sekretärin zusammenleben will? Und schon macht sich Lisa wieder Sorgen um ihre Liebe. Lisa weiß eigentlich gar nichts über Sascha. Sie muss ihn unbedingt am Montag auch mal was über sich erzählen lassen. Es ist so unhöflich von ihr, wenn sie immer nur von sich und ihrer Arbeit spricht.

Montagnachmittag schließt Lisa ihr kleines Büro ab und geht Richtung Bahnhof. Schon von weiten sieht sie Sascha neben dem asiatischen Imbiss stehen. Ihr Schritt wird immer schneller, am liebsten würde sie wie ein kleines Kind zu ihm rennen. „Hallo Sascha! Entschuldige, ich wollte Dich nicht stören!"

Sascha gibt ihr erstmal einen langen Kuss, dann sagt er: „Lisa, Du störst mich nie! Ich habe mich gefreut, von Dir zu lesen, doch ich hatte einfach zu viel um die Ohren! Was gibt es bei Dir denn Neues?"

„Ach, nichts Besonderes! Naja, wir haben heute eine große Spende bekommen! Ganze fünfhunderttausend hat uns die Regierung überwiesen!", berichtet Lisa.

„Wow, das ist ja eine ordentliche Summe! Was werdet ihr damit machen?", fragt Sascha interessiert nach.

„Ich habe heute mit meiner Chefin telefoniert. Sie sagt, ich soll es ihr in Goldmünzen schicken!", berichtet Lisa.

„Wow, da hast Du ja richtig viel Verantwortung!" Sascha wird leiser: „Ich hoffe doch, du läufst nicht selbst mit dem Gold zur Post und schickst es weg!", aber genau das hofft Sascha.

„Nein, das erledigt ein Kurier. Ich muss es aber vorher mit den Behörden absprechen, denn wir sind von der Steuer befreit, weil wir doch eine gemeinnützige Organisation sind.", erklärt Lisa weiter.

„Ja, das wäre ja noch schöner, wenn die Regierung sich auch noch an den Spendengeldern bereichert!" Sascha überlegt: „Wie kommst Du denn an die Genehmigung? Das muss doch ein riesiger Aufwand sein?"

„Tabea, also meine Chefin, hat einen guten Draht zu einigen Abgeordneten, und sie kennt sogar unsere Außenministerin. Naja, sie hat schon so einiges für Tabea geregelt." Lisa schaut sich um. Sie laufen beide am Spreeufer entlang und sind allein. „Ich kann sogar ihre Flüge über den Bundestag abrechnen. Ach, ich würde auch so gerne mal dahin fliegen.", träumt Lisa.

„Ägypten soll ja sehr schön sein!", erwidert Sascha. „Lass uns doch im Urlaub nach Ägypten fliegen!"

„Aber das ist doch so teuer!", sagt Lisa.

„Ach was, Hotel und Flug. Was soll daran teuer sein? Wir können doch einen Linienflug nehmen!" Sascha hat ein gutes Gefühl, denn bis es dazu kommt, ist er längst weg, doch vorher muss er an diese Goldmünzen kommen.

Sascha hält Lisas Hand und fragt so ganz nebenbei: „Arbeitet ihr mit FedEx oder nehmt ihr einen anderen Kurier?"

„Nein, keiner von den normalen!", sagt Lisa. „Eigentlich organisiert das immer der Juwelier, wo wir die Goldmünzen kaufen!", erklärt Lisa.

„Verstehe! Wir haben auch ab und zu wichtige Zustellungen, doch mit FedEx sind wir nicht sehr zufrieden. Du musst mir mal seinen Kontakt geben!", bittet Sascha.

„Ja, kann ich machen!" Lisa schaut gerade einem Schiff der Weißen Flotte hinterher. „verschickt ihr auch Gold?"

Sascha hat eine Idee. „Nein, eher geheime Computerchips oder vertrauliche Dokumente und so!" Er schaut auch zu dem Fahrgastschiff und sagt: „Bist Du damit schon mal gefahren?"

„Ja, aber das ist schon lange her!", sagt Lisa. Es ist ihr unangenehm, dass sie ihn nicht angesehen hat, sondern auf das Schiff geachtet hat. „Ich suche Dir morgen alles raus, was ich von unserem Kurier habe!", dabei schaut Lisa ihm in die Augen.

„Oh, das ist nett!", sagt Sascha, dann küsst er Lisa und schlägt ihr vor: „Lass uns was essen gehen und dann kannst Du ja mit zu mir kommen!"

Damit hat Lisa nun gar nicht gerechnet: „Aber ich muss doch morgen schon früh raus!"

„Wieso? Mein Hotel ist ganz in der Nähe, Du kannst sogar

länger schlafen als sonst!", lacht Sascha. Er schaut sich um und entdeckt eine Pizzeria. „Magst Du italienisch?"

„Ja!" Lisa mag Sascha, alles andere ist ihr momentan egal.

Nach dem Essen winkt Sascha die Kellnerin zum Bezahlen heran: „Diesmal bezahle aber ich!", sagt Lisa energisch.

Sascha greift sich den Bon und sagt zu Lisa: „Kommt gar nicht in Frage!" Der Kellnerin gibt er einen Fünfziger und sagt: „Stimmt so!" Sie bedankt sich und geht.

„Ach Sascha, das ist mir aber unangenehm!", sagt Lisa.

„Das kann ich verstehen, aber es gehört sich nicht, seine Freundin bezahlen zu lassen!", erwidert Sascha.

Sascha hat es sich zum Prinzip gemacht, nie jemanden mit nach Hause zu nehmen, er nennt sich auch immer Schmidt. So kennt niemand seine Adresse und seinen richtigen Namen. Ein alter Schulfreund arbeitet als Nachtportier in einem einfachen, aber gepflegten Hotel, hier bekommt er immer ein Zimmer, ohne dass der Portier Fragen stellt oder gar seinen Ausweis verlangt. So lächelt Sascha auch heute wieder seinen Freund, den Portier, an und sagt: „Meinen Schlüssel bitte!" Der Portier gibt ihm einen Schlüssel und wünscht noch einen guten Abend. „Da sind wir!", sagt Sascha, als er das Zimmer aufschließt. „Ich mag den Charme dieses einfachen Hotels!", erklärt Sascha.

„Einfach? Es ist bestimmt nicht billig!" Lisa hat noch nicht sehr oft in Hotels übernachtet, schon gar nicht in Berlin.

Sascha geht an die Minibar, nimmt einen Piccolo heraus und verteilt den Inhalt auf zwei Sektgläser. Eins reicht er Lisa: „Auf uns!" Sie stoßen an und Sascha leert sein Glas.

Lisa nippt nur dran. „Auf uns?", fragt Lisa provokant.

„Ja Lisa, auf uns! Lisa, ich habe mich in Dich verliebt und wenn es Dir genauso geht, dann sollten wir ein Paar werden!", lächelt Sascha.

Lisa liebt ihn auch, doch sie sagt: „Aber Sascha, ich kenne Dich ja noch gar nicht!"

„Hier bin ich! Frag mich aus! Ich bin Sascha Schmidt und ich will mich hier niederlassen! Am liebsten in einem Haus am Stadtrand und am allerliebsten mit Dir!", sagt Sascha und während Lisa sich die nächste Frage überlegt, zieht er sein Oberhemd aus und küsst Lisa.

Lisa hat schon vergessen, was sie fragen wollte und lässt sich von Sascha langsam ausziehen. Erst streichelt er ihren Körper, dann küsst er ihre kleinen Brüste, ihren flachen Bauch und schließlich leckt er sie zu ihrem ersten Orgasmus. Es wird ein langes Liebesspiel und Sascha zieht all seine Register, denn mit Lisa macht es ihm sogar Spaß. Erst spät am Abend stellt Lisa ihren Alarm auf dem Handy an, dann schläft sie in Saschas Armen ein.

Am Morgen macht sich Lisa notdürftig fertig, dann verabschiedet sie sich von Sascha, der noch nackt im Bett liegt: „Wann sehen wir uns wieder?"

„Heute oder lieber erst morgen?", sagt Sascha müde.

Lisa schaut ihn sich an, am liebsten würde sie sich wieder zu ihm legen, doch die Arbeit ruft. Lisa gibt Sascha einen Kuss und streichelt seinen Körper. „Okay, morgen, aber am Wochenende kommst Du zu mir!", sagt Lisa.

„Gut! Hab einen schönen Tag!" Sascha haucht Lisa einen Kuss zu, als sie an der Tür steht.

„Du auch!" Schon schließt Lisa die Tür hinter sich und geht hinunter. Als sie den Portier wiedersieht, fragt sie sich, ob sie ihm etwas erklären muss, doch dann sagt sie nur: „Morgen!", und geht hinaus.

So hat Lisa Berlin noch nie erlebt. Die Vögel zwitschern, die Luft ist so klar und der Himmel so blau. Ja, Lisa ist verliebt in Sascha.

Kaum hat Lisa das Zimmer verlassen, schwingt sich Sascha aus dem Bett. Er zieht sich an und eilt nach unten, denn sein Freund hat den Nacht Dienst und er hat bald Feierabend. „Na, die war ja süß!", sagt der Portier zu Sascha.

„Oh ja, das ist sie!", lächelt Sascha, dann kommt er zum Geschäftlichen: „Willst Du die üblichen siebzig Euro oder tausend hiervon?", er reicht ihm einen falschen Fuffziger.

Der Portier kennt Sascha schon eine Ewigkeit, sie haben auch schon so manches Ding miteinander durchgezogen. Er nimmt den Schein und prüft ihn ausgiebig, dann hält er ihn unter die UV-Lampe. „Nicht schlecht.", gesteht er. „Die werde ich schon los, gib her!" Sascha zählt ihm zwanzig Scheine ab und legt sie ihm auf den Tresen.

„Brauchst Du noch mehr?", fragt Sascha.

„Lass mich die hier erstmal unter die Leute bringen! Vielleicht beim nächsten Mal!", erwidert der Portier.

Sascha geht kurz nach Hause, greift sich einen weiteren Packen falscher Fünfziger und setzt sich in die S-Bahn, um in einen anderen Stadtbezirk zu fahren. Gedankenverloren sieht er aus dem Fenster, während die Stadt an ihm vorbeizieht. Als der Zug die Spree quert, beobachtet er ein Fahrgastschiff und erinnert sich daran, dass auch Lisa so einem hinterher sah. Sascha hat eine Idee, wie er Lisa beeindrucken kann. Am S-Bahnhof Tiergarten steigt Sascha aus und geht seinem neuen Job nach. Er kauft Kleinigkeiten bei Straßenhändlern, besucht einen Kunst- und Flohmarkt und er fragt Touristen, ob sie ihm seinen Fünfziger kleinmachen können. Die Centbeträge spendet er entweder den Obdachlosen oder lässt sie einfach auf dem Zahlteller liegen. Sagt der Bratwurstverkäufer mal wieder genervt: „Haben Sie es nicht etwas kleiner?", antwortet Sascha gönnerhaft: „Machen Sie fünf Euro draus!" Schon freut sich der Verkäufer über das Trinkgeld und gibt bereitwillig seine letzten Scheine heraus. In Berlin wird es Sascha nun zu heiß, also beschließt Sascha, ab Morgen ins Berliner Umland zu fahren.

Bei Lisa passiert nichts weiter und so denkt sie viel an Sascha. Gegen Mittag meldet sich ihr Handy, weil Sascha schreibt: *Es war schön mit Dir! Wie läuft es bei Dir*? Lisa liest mehrfach die Nachricht. So als würde sie ihn streicheln, fährt sie immer wieder mit ihren Augen über den Text von Sascha, dann tippt Lisa: *Die Nacht mit Dir war schön, sehen wir uns morgen*? Lisa wartet nun auf eine Antwort. Sascha bestätigt die Verabredung und sie schreiben sich noch einige nette Worte ohne Belang.

Am nächsten Tag klingelt in Lisas Büro das Telefon: „Hallo Lisa, was gibt es Neues in Berlin?", fragt Tabea aus der Ferne.

„Es läuft alles normal!", sagt Lisa.

„Normal? Lisa, da ist doch was?" Tabea erkennt eine Veränderung, denn sonst redet Lisa viel mehr.

Lisa hat ein sehr freundschaftliches Verhältnis zu ihrer Chefin. Eher so, wie bei guten Kollegen und so gesteht Lisa: „Ich habe mich verliebt!"

Tabea sitzt gerade gelangweilt in einer Strandbar und beobachtet die Touristen. „Na, das ist ja großartig! Wie sieht er aus? Was macht er so? Nun erzähl schon!", löchert Tabea ihre Sekretärin.

„Oh, er sieht sehr gut aus! Sascha ist gut einen Kopf größer als ich und er ist irgendein wichtiger Geschäftsmann! Tabea, er ist ein wahrer Gentleman!", schwärmt Lisa.

Tabea freut sich für dieses Mauerblümchen aus Berlin. „Nun sag schon, wie ist er so?"

Recht schamhaft antwortet Lisa: „Es war himmlisch! Ich habe bei ihm im Hotel übernachtet!"

Als Tabea Hotel hört, fragt sie nach: „Er wohnt nicht in Berlin?" Tabea macht sich Sorgen, Lisa könnte wegen ihm wegziehen.

„Nein, noch nicht. Er will aber bald hierher ziehen. Vielleicht ziehen wir sogar zusammen!", verrät Lisa ihre große Hoffnung.

Tabea ist beruhigt, dass ihr die gute Sekretärin erhalten bleibt, dann wechselt sie wieder das Thema: „Wann bekomme ich die Goldmünzen?"

„Der Juwelier hat sich noch nicht gemeldet. Eilt es sehr bei Dir?", antwortet Lisa.

„Ja, Lisa, es eilt! Hat der Juwelier gesagt, wie lange es dauen wird?", hakt Tabea nach.

Lisa antwortet: „Nein, soll ich mal nachfragen?"

„Ja, mach das! Rufe mich dann unbedingt zurück!", sagt Tabea und legt auf.

Lisa wartet noch, bis es nach zehn ist, dann ruft sie den Juwelier an, der erklärt ihr: „Frau Koch, die Goldmünzen habe ich da, nur der Kurier kann erst in sechs Wochen die Goldmünzen nach Ägypten bringen!"

Lisa bedankt sich beim Juwelier und ruft daraufhin gleich Tabea an und teilt ihr mit, dass sie sich noch mindestens sechs Wochen gedulden muss. Tabea braust auf: „Lisa, das geht nicht! Ich brauche die Münzen sofort!"

Lisa verspricht nach einer Alternative zu suchen, dann spricht Lisa ein anderes Thema an: „Mein Freund will mit mir wegfliegen, ich würde also gern meinen Urlaub nehmen!"

Tabea hat daran noch nicht gedacht, denn bisher war Lisa immer da. Sie hat sich zwar mal ein, zwei Tage frei genommen, aber längere Zeit ist sie noch nicht ausgefallen. „Von mir aus, nimm Dir eine Woche frei, aber erst, wenn die Lieferung hier ist!"

„Ich möchte aber gerne meinen Jahresurlaub nehmen!", sagt Lisa.

„Lisa, das geht nicht! Du bist für mich unverzichtbar! Wie soll ich Dich ersetzen?" Tabea weiß, wie sie mit der naiven Lisa umgehen muss.

Lisa fühlt sich geschmeichelt und gibt auch schon klein bei: „Die meisten Reisen gehen ja nur zehn Tage, das sollte doch gehen, oder?"

„Zehn Tage? Na gut, aber erst wenn die Münzen hier sind!", wiederholt Tabea.

„Ach, da wäre noch was! Ich brauche von Dir eine schriftliche Anforderung für die Goldmünzen!", sagt Lisa.

Tabea weiß genau, was das bedeutet. Sie muss den Kopf hinhalten, wenn ihre Finanzen überprüft werden. Tabea muss diese Verantwortung loswerden, spontan sagt sie: „Ach, mach Du das!"

„Aber das darf ich doch nicht! Du, als Gesellschafterin, musst das unterschreiben!" Lisa weiß, wo ihre Kompetenzen liegen und diese Unterschrift übersteigt sie.

Tabea weiß, dass sie Lisa vertrauen kann. Lisa würde nie etwas unterschlagen, das ist sicher, also trifft Tabea eine Entscheidung: „Du bekommst Prokura! Ich schicke Dir nachher eine E-Mail!" Dann trifft Tabea eine weitere Entscheidung: „Weißt Du Lisa, wenn es so problematisch ist, etwas Gold hierher zu schicken, dann liefere diesmal alles, was wir zurzeit haben in Goldmünzen!"

Lisa hat die Zahlen vor sich und rechnet kurz zusammen: „Das wären dann insgesamt 1.467.900 Euro?" Lisa hat sich bereits gewundert, dass Tabea so viele Goldmünzen bestellt und nun will sie noch mehr?

„Ja, gut! Das reicht dann eine Weile!", erklärt Tabea und beendet dann auch das Gespräch.

Lisa ordert dann auch gleich bei Frank Adler, dem Juwelier, die Goldmünzen. Kurz darauf bekommt sie auch per E-Mail einen neuen Arbeitsvertrag. Lisa ist jetzt Prokuristin und Sekretärin bei Human Life. Sie druckt den neuen Vertag aus, zeichnet ihn gegen und steckt ihn in eine Klarsichtfolie, schließlich soll er keine Flecken bekommen. Als erstes rechnet Lisa aus, dass sie nun fast vierhundert Euro mehr verdient, dann bittet sie den Staatssekretär im Außenministerium um eine Ausfuhrgenehmigung für das Gold und für den Ankauf um die Befreiung von der Mehrwertsteuer. Mit jeder Menge Stolz unterzeichnet diesmal Lisa selbst all diese Dokumente.

Lisa erfährt gerade so viel Glück! Erst verliebt sie sich in den großartigen Sascha, dann vertraut ihr ihre Chefin so sehr, dass sie sie befördert und zu guter Letzt hat Lisa nun vierhundert Euro mehr in der Lohntüte. Automatisch denkt Lisa an Sascha, der heute wieder am Chinesen auf sie warten wird. Lisa schaut auf die Uhr, in einer Stunde hat sie Feierabend, sie muss sich ranhalten, will sie doch nicht zu spät zu ihrem Rendezvous kommen. Lisa beeilt sich, versendet die letzten E-Mails und will gerade ihre benutzte Tasse in die Teeküche bringen, als es bei ihr an der Tür klingelt.

Lisa arbeitet in einem Bürogebäude, wo Human Life zwei Büros gemietet hat. Eins dient als Lager für die vielen Flyer und Werbebanner, außerdem steht ein großer Farbdrucker darin. Auf der gegenüberliegenden Flurseite ist das zweite Büro. Es ist deutlich kleiner, aber es hat eine bessere Aussicht und ist viel heller, weil es nicht zum Hof liegt. Hier sitzt Lisa an ihrem Schreibtisch. Auf jedem Flur gibt es zwei Toiletten und eine Teeküche. Lisa geht mit ihrer Tasse in der Hand an die Tür und da steht er: „Hallo Lisa!", strahlt ihr Sascha entgegen.

„Hallo Sascha!", antwortet Lisa überrascht. „Woher wusstest Du, wo ich arbeite?"

Sascha hält sein Handy hoch. „Google weiß alles!"

„Na, das ist ja eine Überraschung!" Lisa schaut auf ihre benutzte Tasse. „Möchtest Du einen Kaffee?"

„Ja, aber nicht hier! Ich wollte nur mal sehen, wie Du so arbeitest!", entschuldigt Sascha seinen unangemeldeten Besuch. Er schaut sich etwas um und sagt: „Schön hast Du es! Arbeitest Du hier allein?"

Lisa kann mit der Neuigkeit nicht länger warten: „Eigentlich sind wir ab heute zu zweit! Ich bin jetzt nicht nur die Sekretärin sondern auch Prokuristin!", berichtet sie voller Stolz.

„Wow, das ist ja wunderbar!" Sascha braucht einen Moment, um ihrer Wortklauberei zu folgen. „Bekommst Du denn auch jetzt das Geld für zwei Jobs?", spaßt er. Sascha weiß, dass eine Prokuristin nicht nur wichtige Entscheidungen trifft, er weiß auch, dass sie jetzt Aufträge selbständig erteilen kann und auf das Firmenkonto zugreifen kann.

Lisa lacht: „Leider nicht, aber es sind immerhin fast vierhundert Euro mehr!"

Sascha schaut sich gründlicher in ihrem Büro um. Er sucht nach einem Tresor oder einem gepanzerten Schrank. Am Fenster sagt er dann: „Tolle Aussicht!" Sascha kann nichts Interessantes entdecken. „Gibt es noch mehr Zimmer?"

„Ja, komm mit!" Lisa geht mit ihrer Tasse über den Flur und öffnet eine andere Tür. „Hier ist unser Lager! Komm, ich zeige Dir noch die Teeküche!" Lisa geht vor, während Sascha seinen Kopf immer noch im anderen Büro hat, aber auch hier entdeckt er auf die Schnelle nichts Wertvolles. Lisa geht in die Teeküche und zeigt auf den großen Kaffeeautomaten: „Hier gibt´s Kaffee oder heiße Schokolade, aber die ist nicht besonders lecker. Liegt wohl daran, dass sie nicht mit richtiger Milch gemacht wird! Vielleicht ist es auch kein guter Kakao! Keine Ahnung, mir schmeckt er jedenfalls nicht! Willst Du mal probieren?"

Sascha wundert sich, dass Lisa so aufgedreht ist. „Nein, danke! Lass uns gehen oder musst Du noch was erledigen?" Sascha geht schon mal Richtung Ausgang.

„Nein, ich habe Feierabend!" Lisa schließt ihr Büro ab, rüttelt auch nochmal an der anderen Türklinke und dann läuft sie Sascha hinterher. „Was hast Du denn mit mir vor? Du hast es ja sehr eilig!"

„Ein wenig Eile ist schon geboten!", sagt Sascha und wird nicht langsamer. Sie gehen am Bahnhof vorbei, bis zum Ufer der Spree. Am Steg der Reederei Riedel bleibt Sascha endlich stehen. „Da ist unser Schiff!" Sascha zeigt auf das Fahrgastschiff, dass gerade ankommt.

„Na, das ist ja mal eine Überraschung!", freut sich Lisa. „Aber dieses Mal bezahle ich!", bestimmt Lisa.

„Nein Lisa, das kommt gar nicht in Frage!", doch Sascha überlegt: „Obwohl, Du könntest mir einen Gefallen tun!"

„Was ist los, hast Du Deine Brieftasche vergessen?", lacht Lisa. Wie gerne würde sie ihm aushelfen, ihm sogar etwas Geld geben.

Sascha weiß, wie naiv Lisa ist: „Nein! Ich muss diese Fünfzig Euro Scheine loswerden! Weißt Du, ich bekomme sie für Spesen, so muss ich nicht alles belegen!", erklärt Sascha. Er kramt in seiner Tasche und gibt Lisa einen Fünfziger. „Bezahle Dein Ticket bitte selbst und gib mir dann das Wechselgeld!"

Lisa nimmt den Schein und sagt: „Ich kann doch auch mit Karte zahlen!"

„Das ist lieb, aber ich brauche kleine Scheine! Komm, wir können an Bord gehen!" Das Fahrgastschiff hat gerade festgemacht und ein Steward stellt sich an den Steg, um zu kassieren. Sascha lässt Lisa den Vortritt. Auch er bezahlt mit einem Fünfziger und dann suchen sie sich einen freien Platz an Deck. „Kaffee oder heiße Schokolade?", fragt Sascha, als sie sitzen.

Lisa freut sich, dass er ihr so gut zuhört: „Eine heiße Schokolade bitte! Hoffentlich haben die hier nicht denselben Automaten!", lacht Lisa. Sascha nimmt einen Kaffee und zahlt mit einem Fünfziger, dann lehnt er sich zurück und lässt sich von Lisa berichten, was sie heute erlebt hat und wie groß doch jetzt ihre Verantwortung ist. Lisa erzählt ihm alles über das Gold und die Probleme mit dem Kurier und sie berichtet stolz darüber, dass sie diesmal alle Dokumente selbst unterschrieben und eingereicht hat. „Oh, Sascha, es ist alles so aufregend! Obwohl ich das schon oft gemacht habe, aber diesmal übernehme ich die Verantwortung für Human Life!"

Sascha hört sich alles an und sucht nach einer Lücke, die ihn an das Gold bringt. „Was hältst Du von einem Eis? Nimmst Du wieder Stracciatella?"

„Oh ja, das passt jetzt gut zum Kakao", sagt Lisa, als sie in ihre leere Tasse schaut. „Der war richtig lecker!" Lisa schaut in Saschas warme Augen und ihr fällt auf, dass sie mal wieder nur über sich geredet hat. „Wie war Dein Tag?" Lisa weiß gar nichts über Sascha: „Was machst Du eigentlich so den ganzen Tag?"

„Ich berate andere Unternehmen und werde immer dann gerufen, wenn es bei denen brennt! Da schau, unser Eis kommt!", lenkt Sascha ab, als die Kellnerin sich nähert.

„Ach Sascha, das war eine gute Idee!", sagt Lisa, während Sascha der Kellnerin einen Fünfziger reicht und großzügig auf das Kleingeld verzichtet.

„Mit Dir ist jeder Ausflug schön!" Sascha isst sein Eis und himmelt Lisa dabei an. Als Lisa nichts sagt, weil auch sie ihr Eis genießt, fragt Sascha ganz so nebenbei: „Suchst Du Dir jetzt einen anderen Kurier?"

Daran hat Lisa noch nicht gedacht. „Ich weiß nicht. Ich denke nicht, schließlich geht es um jede Menge Geld!"

„Das kann ich verstehen, schließlich kann man heutzutage niemandem mehr trauen! Das Beste wäre wohl… nein, das geht auch nicht.", denkt Sascha laut.

Hat er eine Lösung? „Was? Nun sag schon!", drängt Lisa.

„Nein, Du kannst es ja nicht selbst nach Ägypten bringen!" Sascha schaut auf sein Eis und löffelt es genüsslich. Eher nebenbei sagt er: „Obwohl, was soll schon sein."

Nie im Leben würde Lisa sich es zutrauen, also scherzt sie: „Aber nur, wenn Du mich begleitest!"

Auch Sascha scherzt: „Ja, und dann nehmen wir uns da unten ein nettes Hotel!" Doch jetzt sieht er eine Chance für sich. Während Lisa über sein Angebot lacht, sagt er: „Warum eigentlich nicht? Wollten wir nicht sowieso dort unten Urlaub machen?" Sascha überlegt: „Also eine Woche könnte ich mir spontan freinehmen!"

„Meinst Du das im Ernst?", fragt Lisa aufgeregt.

„Ja, warum denn nicht? Wie läuft denn eigentlich so ein offizieller Goldtransport ab?" Sascha löffelt weiter gelassen an seinem Eis, obwohl er jetzt viel aufgeregter ist als Lisa. Er zeigt es ihr nur nicht.

Lisa sagt: „Ich weiß nicht! Aber das kann mir bestimmt der Herr Adler sagen! Das ist unser Juwelier, der das alles für uns abwickelt!", erklärt sie Sascha.

„Ja, mach das!", sagt Sascha und wirkt dabei so, als ginge es darum, ein Brot einzukaufen. „Informiere Dich, dann können wir die Reise planen!"

„Würdest Du wirklich mit mir nach Ägypten fliegen, um das Gold dort abzugeben?" Lisa kann kaum glauben, was Sascha alles für sie macht.

„Ja, aber nur, wenn wir danach ein paar Tage Urlaub machen! Ich denke doch, das haben wir uns beide verdient!" Sascha beobachtet gerade die Kellnerin, wie sie mit dem Steward an der Kasse zusammensteht und diskutiert. Ob ihnen die Blüten schon aufgefallen sind? Jetzt hält sie einen Geldschein in der Hand und gestikuliert. Sascha muss hier weg! „Komm Lisa, lass uns doch hier aussteigen! Da vorn ist gleich die S-Bahn!" Sascha steht bereits.

„Oh, gut, von mir aus!" Lisa geht von Bord und bemerkt, dass sie diese kleine Minikreuzfahrt gar nicht genießen konnte, weil sie nur über ihre Arbeit gesprochen hat. Sascha ist so unglaublich verständnisvoll. „Tut mir leid, dass ich Dir nur von meinen Problemen erzählt habe!"

„Ach Lisa, ich helfe doch gern! Glaubst Du, ich kann einfach so abschalten, wenn ich Feierabend habe?" Sascha hat seine Hand an Lisas Taille und geht mit ihr langsam zum Bahnhof. „Ruf mich an, wenn Du mehr weißt!"

„Ja, das mache ich!" Lisa sieht die Bahnhofsuhr. „Wenn ich Glück habe, schaffe ich noch meinen Regionalzug, damit brauche ich nicht so lange, wie mit der S-Bahn, die an jedem Bahnhof hält!"

„Beeilen wir uns!", sagt Sascha und die beiden gehen zügig zum Bahnsteig.

„Danke, Sascha, das war ein schöner Tag!" Lisa stellt sich auf ihre Zehenspitzen und Sascha kommt ihr entgegen, dann küssen sie sich so lange, bis der Regionalzug einfährt.

„Gute Fahrt und melde Dich!", ruft ihr Sascha hinterher, danach steigt er selbst in die nächste S-Bahn und fährt die vier Stationen nach Hause. Er setzt sich an seinen Computer und sammelt sämtliche Informationen über Gold.

Lisa findet auf der Heimfahrt keine Ruhe. Ständig denkt sie über Saschas Angebot nach. Kann sie einfach so nach Ägypten fliegen und ihrer Chefin die Goldmünzen vorbeibringen?

Am nächsten Morgen ruft Lisa das Büro von Human Life in Marsa Matruh an. Mustafa meldet sich und Lisa gibt sich zu erkennen: „Hier ist Lisa Koch aus Berlin! Ich möchte bitte mit Tabea sprechen!"

„Guten Tag, Frau Koch!", antwortet Mustafa ergeben. „Was kann ich denn für Sie tun?" Mustafa will nichts Falsches sagen, schließlich sollte Tabea längst im Büro sein. Auch José ist noch nicht da. Die beiden könnten jede Menge Ärger bekommen, wenn er jetzt was Falsches sagt.

„Geben Sie mir bitte Tabea!", sagt Lisa langsam und deutlich. Sie weiß, dass Mustafas Deutsch nicht besonders gut ist. Schließlich überarbeitet sie seine Berichte, die voller Fehler sind und in einer Mischung aus Deutsch, Englisch und Französisch, die Arbeit von Human Life in Ägypten dokumentieren.

„Tut mir leid, sie ist noch nicht hier!", gesteht Mustafa. „Tabea hat was Wichtiges zu tun!", fügt er noch hinzu.

„Schade! Sagen Sie ihr, ich rufe später nochmal an!" Lisa beendet das Gespräch. Sie wundert sich über Mustafas Ausflüchte, schließlich ist Tabea die Chefin und kann machen, was sie will. Warum verteidigt er sie also?

Eine Stunde später kommt Tabea ins Büro. Sie hat José im Schlepptau, also folgert Mustafa, dass die beiden mal wieder die Nacht miteinander verbracht haben. „Frau Lisa Koch aus Berlin, hat angerufen! Sie wollte Dich sprechen! Ich habe ihr gesagt, dass Du was Wichtiges zu tun hast!"

Tabea wundert sich. „Lisa? Was wollte sie denn?"

„Weiß nicht! Sie hat gesagt, sie ruft später nochmal an! Ich hoffe, Du bekommst jetzt keinen Ärger! Ich wusste doch nicht, was ich sagen sollte!", entschuldigt sich Mustafa.

„Ärger? Wieso?" Jetzt begreift Tabea sein Gehabe. „Mustafa, ich bin die Chefin! Lisa ist nur unsere Sekretärin!"

Mustafa weiß, dass es einen richtigen Chef in Berlin gibt. Eine Frau kann das niemals sein! Jeder Chef hat eine Sekretärin, also wird diese Lisa auch ihrem Chef berichten,

was hier los ist. Mustafa winkt ab: „Jaja, Du Chefe!"
Hauptsache, Mustafa bekommt keinen Ärger. Tabea hätte
sich wenigstens bei ihm bedanken können. Undankbares
Weib, denkt sich Mustafa und widmet sich wieder seiner
Arbeit.

Lisa sitzt wie auf glühenden Kohlen. Sie will mit Frank
Adler, dem Juwelier, sprechen, doch das muss sie vorher
mit Tabea absprechen, womöglich will sie gar nicht, dass
Lisa ihr das Gold vorbeibringt. Doch dann fällt Lisa ein,
dass sie jetzt Prokuristin ist, also kann sie diese Entscheidung doch auch selbst treffen. Das Juweliergeschäft ist nur
zwei Seitenstraßen entfernt, schon schließt Lisa das Büro
ab und macht sich auf den Weg. „Guten Tag, Herr Adler!",
sagt Lisa, als sie den Laden betritt.

Frank Adler glaubt die Stimme wiederzuerkennen: „Guten
Tag, Sie sind bestimmt von Human Life? Lisa Koch, wenn
ich mich nicht irre?", rät der charmante alte Herr.

„Ja, richtig! Herr Adler, weil der Kurier doch erst in sechs
Wochen kann, wollte ich fragen, ob ich das Gold selbst
nach Marsa Matruh bringen kann?", platzt Lisa gerade-
wegs mit ihrer Idee heraus.

Adler überlegt. „Das ginge schon, Sie müssten dann aber
alles selbst organisieren. Es ist eigentlich recht einfach!"
Frank Adler möchte der jungen Frau gern helfen, schließlich verdient er immer sehr gut an diesen Transaktionen,
denn er verkauft dieser Hilfsorganisation die Goldmünzen

zu einem überteuerten Preis. „Sie holen hier das Gold ab, fahren zum Flughafen und übergeben es dort dem Zoll. In Marsa Matruh bekommen Sie dann das Gold von den Flugbegleitern ausgehändigt, sowie alle anderen Fluggäste das Flugzeug verlassen haben. Sie sollten sich aber um einen Wachschutz bemühen, wenn sie dort unten sind. Auch hier würde ich an Ihrer Stelle nicht mit so viel Gold durch Berlin laufen!"

Lisa hört genau zu. „Das bekomme ich hin! Ich werde heute gleich mit dem Zoll telefonieren! Danke Herr Adler!" Lisa ist froh, einen so kompetenten Ansprechpartner zu haben.

Der Juwelier lächelt die junge Frau an. „Mich hat es gefreut, Sie mal persönlich kennenzulernen!" Frank Adler verdient nichts am Transport des Goldes, also ist es ihm auch egal, wie es transportiert wird.

Nach dem Lisa von ihrem kleinen Ausflug zurückkehrt, erkundigt sie sich beim Zoll und erfährt, dass sie lediglich alle Begleitpapiere, die sie sowieso dem Kurier übergeben hätte, dabeihaben muss. Es ist wirklich recht einfach, denkt sich Lisa und ruft Sascha an: „Sascha, ich werde selbst die Goldmünzen nach Marsa Matruh bringen!", berichtet sie freudig, dann fragt Lisa zaghaft: „Kommst Du mit und hilfst Du mir dabei?"

„Ja, selbstverständlich!", stimmt Sascha zu. „Sag mir nur, was ich machen soll?"

„Also, ich muss die Goldmünzen beim Juwelier abholen und zum Zoll am Flughafen bringen! Dafür brauche ich einen Wachschutz oder so. Kennst Du Dich damit aus?"

Einen Wachschutz kann Sascha so gar nicht gebrauchen: „Mach das bloß nicht! Diesen Firmen kann man nicht trauen! Hast Du schon jemandem von Deinen Plänen erzählt?", will Sascha wissen.

„Nein! Nicht mal meine Chefin weiß davon, ich rufe sie aber gleich an!", sagt Lisa.

„Gib Deiner Chefin keine Details durch und sag ihr, sie soll es geheim halten, mit welchem Flug Du kommst und was Du mit dabeihast! Sag ihr ruhig, sie soll Dich am Flughafen treffen!" Sascha denkt kurz nach, dann fügt er hinzu: „Wir bringen das Gold selbst zum Zoll und übergeben ihr dann die Münzen einfach am Flughafen. So und dann nehmen wir uns ein Taxi in unser Hotel und machen ein paar Tage Urlaub!"

Lisa geht das Herz auf, als sie seine Pläne vom gemeinsamen Urlaub hört. „Aber Tabea ist doch meine Chefin. Ich darf ihr doch nichts verheimlichen!"

„Na und? Hier geht es um Deine... unsere Sicherheit!", widerspricht Sascha ihrer Loyalität.

„Ach Sascha, wenn ich Dich nicht hätte! Ich warte jetzt darauf, dass mir der Juwelier sagt, wann er das Gold da hat und dann kann ich den Flug buchen und ein Hotel brauchen wir ja dann auch noch!", sagt Lisa.

Sascha ist völlig euphorisch. „Um das Hotel kümmere ich mich! Halte mich auf dem Laufenden, wann das Gold bereitsteht!" Dann fügt Sascha noch hinzu: „Schreibe mir eine Nachricht, schreibe aber nichts von Gold! Und denke immer daran, Du darfst niemandem etwas davon zu erzählen!"

Lisa fühlt sich wie in einem Agententhriller. „Ja, Sascha, so mach ich das!"

„Ach, sag mal Lisa, um wieviel Gold geht es hier eigentlich?", fragt Sascha.

Lisa schaut auf die Dokumente: „Es sind genau… 14 Kilo und 786 Gram!", liest Lisa vor. „Ich bekomme es in einem einfachen Aktenkoffer, hat mir Herr Adler versprochen!"

Sascha hat den Kilopreis noch im Kopf, er rechnet grob zusammen und kommt auf etwas über eine Millon Euro. Damit hätte er ausgesorgt! Am liebsten würde er laut losschreien, aber Sascha beherrscht sich: „Ein Aktenkoffer? Das ist gut! Weißt Du was, den legen wir einfach in einen leeren Reisekoffer!"

„Ja, wenn Du meinst? Naja, so fällt er wohl nicht so auf?", erkennt Lisa.

„Genau! Halte mich auf dem Laufenden! Lisa… wir haben jetzt ein Geheimnis!", sagt Sascha leise in den Hörer hinein und schickt ihr einen Kuss durch die Leitung.

Lisa verabschiedet sich von Sascha, dann ruft sie wieder das Büro in Marsa Matruh an. Diesmal ist Tabea anwesend und fragt: „Was gibt es denn so Wichtiges?"

Lisa redet leise: „Ich muss Dich unter vier Augen sprechen! Hört uns jemand zu?"

Tabea steht weit genug von den beiden Männern entfernt: „Was ist denn los?"

„Ich bringe Dir selbst die Münzen! Du musst sie aber am Flughafen abholen!", sagt Lisa leise.

„Du? Aber…" Tabea überlegt sich, ob es eine gute Idee ist, doch dann fällt ihr ein, dass bis zum Flughafen Lisa für das Gold verantwortlich ist. Nicht nur das, sie hat es auch selbst in Auftrag gegeben. „…hey, das ist eine gute Idee! Wann kommst Du denn?"

„Sowie ich die Daten habe, schreibe ich Dir eine E-Mail! Aber bitte, erzähle niemandem davon!", sagt Lisa.

Nun versteht Tabea Lisas Vorsicht. „Ist doch klar! Nur wir zwei wissen davon!" Tabea ist nun auch leiser.

Am nächsten Tag holt Sascha Lisa wieder von der Arbeit ab, sie gehen erst was essen, dann spazieren sie durch einen Park und an der Spreepromenade entlang. Dort setzen sie sich auf eine Bank und küssen sich. Später sagt dann Sascha unvermittelt: „Wie wohnt es sich denn in Königs Wusterhausen?"

Lisa fragt sich, was er mit dieser Frage bezweckt. „Eigentlich ganz gut. Ich bin schnell in Berlin, lebe aber nicht in der Stadt. Es ist viel ruhiger. Um Königs Wusterhausen herum werden viele neue Häuser gebaut. Es gibt so einige Berliner, die hierher ziehen." Lisa lächelt Sascha an: „Warum fragst Du?"

Nun ist es Sascha, der verführerisch lächelt. „Wir könnten uns ja mal ein paar Häuser anschauen!"

Jetzt ist es um Lisa geschehen: „Wir? Soll das heißen, Du willst doch nicht etwa…?"

„Ja, Lisa! Ich suche ein neues Zuhause und ich denke, wir beide könnten ganz gut miteinander… lass uns doch nach dem Urlaub Pläne schmieden!" Als Sascha nun in Lisas Augen schaut, weiß er, sie ist ihm verfallen.

Sascha lässt seine Anspielungen noch etwas wirken, dann wechselt er das Thema: „Sag mal Lisa, wofür braucht denn Deine Chefin eigentlich so viele Goldmünzen?"

„Tabea muss die Politiker dort unten schmieren, um den Kindern helfen zu können!", erklärt Lisa.

Sascha hat sich bis jetzt noch nie für irgendwelche Hilfsorganisationen interessiert. „Unterstützen euch die Behörden vor Ort denn nicht? Die sollten gerade Interesse an eurer Hilfe haben, denn es entlastet doch die dortigen Sozialsysteme, wenn ihr euch um die Ärmsten kümmert."

Lisa wird nachdenklich. „Ja, Du hast eigentlich recht. Unsere Projekte kommen so gut bei den Menschen vor Ort an, aber Tabea muss immer mehr Schmiergeld zahlen." Lisa denkt an die vielen Zeitungsartikel, die Mustafa regelmäßig schickt. „Ich übersetze die Artikel über Human Life immer und überarbeite sie, dann mache ich daraus e-Paper für unsere Partner hier in Deutschland. Tabea tut so viel Gutes für die Kinder."

„Da halten wohl auch noch andere die Hand auf!", kommentiert Sascha.

„Tabea hat mir schon oft berichtet, wie schwierig es als Frau für sie in diesem muslimischen Land ist. Gerade deshalb muss sie wohl die einheimischen Männer bestechen!", glaubt Lisa.

„Warum stellt sie nicht einfach einen einheimischen Mann ein, der in ihrem Auftrag handelt?", fragt Sascha.

„Ja, Du hast recht. Eigentlich kann José doch die Verhandlungen führen. Tabea kann ja danebensitzen. Aber ich glaube, Tabea ist dafür zu stolz!", sagt Lisa.

„Wer ist José?", fragt Sascha nach.

„José und Mustafa sind unsere Mitarbeiter. Naja, eigentlich wurden sie vom Berliner Senat abgestellt. Das Jobcenter zahlt ihre Löhne!", erklärt Lisa.

Sascha versucht zu begreifen: „Also bist Du hier die einzige Mitarbeiterin. Wieviel Leute habt ihr denn vor Ort in Ägypten?"

„Nur Mustafa und José! Von José schwärmt Tabea immer so. Ich glaub, sie ist in ihn verliebt.", lacht Lisa.

So langsam ahnt Sascha, was hier gespielt wird. „Das heißt also, Du und diese Tabea seid die einzigen offiziellen Mitarbeiter dieser Hilfsorganisation?"

„Ja, und nun bin ich sogar zeichnungsberechtigt!", sagt Lisa stolz.

„Wie sehr vertraust Du denn dieser Tabea?" Sascha ahnt bereits, dass diese Hilfsorganisation ein Riesenbetrug ist. Lisa tut ihm irgendwie leid, denn sie wird das alles irgendwann ausbaden müssen, doch ihre Naivität ist so offensichtlich, dass sie wahrscheinlich davonkommen wird, hofft Sascha zumindest.

Lisa hat nie an Tabea gezweifelt. „Da mach Dir mal keine Sorgen! Tabea ist so ein guter Mensch, was sie schon alles für die Kinder in Ägypten getan hat!"

Sascha darf sich nicht in Lisa verlieben! Er kann sie nicht beschützen und gleichzeitig ausrauben. „Wie dumm von mir, Du kennst sie besser!"

„Naja, so gut kenne ich sie nun auch wieder nicht!", gesteht Lisa. „Ach ja, morgen bekomme ich Bescheid, ab wann ich die Münzen abholen kann!" Lisa schaut auf die Uhr. „Ich sollte bald nach Hause fahren!"

„Sag mir unbedingt gleich Bescheid, damit ich ein Hotel buchen kann!" Sascha ist scharf auf Lisas Körper und es kann ja nicht schaden, sie ein bisschen zu verwöhnen:

„Bleib doch über Nacht hier bei mir!" Dazu schenkt er Lisa ein verführerisches Lächeln.

Genau darauf hat Lisa schon gewartet. „Na gut, aber nur, wenn es Dir keine Umstände macht!" Lisa möchte unbedingt diesen zärtlichen Liebhaber ein weiteres Mal genießen.

„Komm, gehen wir!" Sascha nimmt Lisa in den Arm und sie schlendern in Richtung Hotel. Zwischendurch schreibt Sascha dem Portier eine Nachricht, damit er ihn erwartet und sagt dabei kurz zu Lisa: „Sorry, ist geschäftlich!"

Im Hotel verbringen die beiden den Abend im Bett. Sascha zieht alle Register, verwöhnt Lisa von Kopf bis Fuß und fordert das Mädchen bis zur Erschöpfung, dann schlafen beide ein.

Königs Wusterhausen

Sascha hat die zweite Nacht mit Lisa verbracht. Nachdem Lisa gegangen ist, muss er sich auch beeilen, er zieht sich an und verlässt das Zimmer. „Sei vorsichtig, es ist schon eine Menge im Umlauf!", sagt er dem Portier, als er ihm sein Falschgeld gibt. Er selbst hat kein gutes Gefühl dabei, wieder durch Berlin zu ziehen, um seine Blüten loszuwerden. Ich muss aufs Land, sagt er zu sich selbst. Sascha holt sich noch ein Bündel Scheine von zu Hause, dann geht er zum Bahnhof, um diesmal in die andere Richtung zu fahren. Lisa hat ihm erzählt, dass sie nie auf den Markt geht, da sie um die Zeit immer auf der Arbeit ist und soweit er sich erinnert, müsste heute dieser Markt sein. Er nimmt also die S-Bahn nach Königs Wusterhausen. Nach der schier endlosen Fahrt schaut er sich auf dem Bahnhof um. Die Schließfächer sind mit einem rotweißem Absperrband umwickelt, obwohl die unteren noch funktionieren dürften. Ein Mann beschwert sich lauthals darüber, dass ihn der Übeltäter beklaut hat. Sascha gesellt sich dazu: „Gibt es denn schon eine Spur des Täters?"

„Ach was, sie haben mich nur ausgefragt und das war´s!"

Sascha hakt nach: „Was ist Ihnen denn gestohlen worden?"

„Nur mein Geld! Meine Brieftasche steckte noch in meiner Jacke, da wo sie hingehört, aber das Geld war weg. So geht doch kein Dieb vor!", regt sich der Mann auf.

„Ja, das ist seltsam.", sagt Sascha und wundert sich. Hat ihn jemand beobachtet und seine Arbeit vollendet?

„Der kam bestimmt aus Berlin.", meint ein anderer, dann fährt die S-Bahn nach Berlin und auf dem Bahnhof ist wieder Ruhe. Sascha geht in die Altstadt, schlendert über den Markt, kauft hier und da eine Kleinigkeit und bezahlt jedes Mal mit einem Fünfziger. Gut versorgt geht er dann noch zum Bäcker und trifft dort auf ein sehr eigenartiges Pärchen. Sie scheint eine Araberin zu sein und er scheint zu machen, was sie sagt, was normalerweise genau umgekehrt ist. Mike, was für ein eigenartiger Name, denkt sich Sascha, als sie ihn fragt, was er essen will. Seine offene Jacke ist wie eine Einladung. Blitzschnell steckt ihm Sascha einige falsche Fünfziger in seine Taschen, dann kauft er sich eine Streuselschnecke und geht. Sascha muss lachen, denn bisher hat er den Leuten das Geld immer geklaut, doch heute hat er den Spieß umgedreht und einem Mann das Geld zugesteckt. Sascha hofft darauf, dass dieser Mike das Geld dort ausgibt, wo es auch überprüft wird. So könnte die Polizei sich erstmal mit jemand anderem beschäftigen.

„Lass stecken, ich lad Dich ein!", sagt die Araberin zu ihrer Begleitung. So ein Pech, denkt sich Sascha. Die Streuselschnecke landet im nächsten Papierkorb und Sascha geht zum Bahnhof, macht jedoch am nächsten Backshop noch einen Halt. Sascha holt ein Stück Kuchen und schmeißt die Tüte ungeöffnet weg. Gegen Mittag wird es ruhig in der Stadt. Der Markt wird bereits abgebaut und Sascha schaut kurz zurück. Es ist nichts Auffälliges zu sehen. Kein Händler, der sich aufregt, kein Gefluche wegen dem Falschgeld. Sascha geht frohgelaunt zum Bahnhof. Bis die nächste S-Bahn kommt, hat er noch Zeit und so zieht er am Fahrscheinautomaten einen Fahrschein nach dem anderen, um die ganzen Münzen loszuwerden.

„Sie können auch gleich mehrere Fahrscheine kaufen!", sagt eine Frau, die hinter ihm wartet.

„Wissen Sie, ich habe kein Vertrauen zu diesen Automaten! Wer weiß, was die einem so andrehen wollen! Schauen Sie, da ist noch ein Automat!", sagt Sascha und tippt auf der Tastatur herum, bis wieder ein Ticket herauskommt. Als die S-Bahn nach Berlin einfährt, hat er sein Kleingeld auf ein Minimum reduziert, entwertet einen Fahrschein und sucht sich einen Platz am Fenster. Sascha resümiert den Tag und beschließt, das Ganze in einer anderen Stadt zu wiederholen.

Mike findet Geld

Beim morgendlichen Meeting auf dem Revier der Kriminalpolizei Königs Wusterhausen fragt Peter die aktuellen Ermittlungsstände ab. „Was ist mit den Schließfächern?", will er von Aylin und Mike wissen.

„Wir haben alles ausgewertet. Ein Schließfach wurde ausgeräumt, alle anderen wurden sorgfältig durchsucht, sehr wahrscheinlich von jemand anderem. Wir kommen nicht weiter, die Kameras haben nicht aufgezeichnet und Augenzeugen gibt es wohl auch nicht.", erklärt Aylin.

„Gut, dann geht ihr gleich morgen Früh auf den Wochenmarkt! Ein Trickbetrüger treibt sich auf den Märkten herum. Er verwirrt die Händler so lange, dass sie ihm zu viel Geld herausgeben. Heute könnt ihr euch im A10 Center umsehen.", dann wendet sich Peter an die anderen.

„Ist denn damit der Fall abgeschlossen?", fragt Mike nach dem Meeting seine Kollegin.

„Wir behalten den Fall im Auge, ermitteln aber nicht weiter!", erklärt Aylin die übliche Vorgehensweise, als sie auf dem Fahrersitz Platz nimmt.

„Aber so schnappen wir den Täter doch nie!" Mike steigt selbstverständlich auf der Beifahrerseite ein, obwohl er selbst gern fährt. Mike hat das Gefühl, dass sich Aylin nicht leicht die Butter vom Brot nehmen lässt. Sie ist eine selbstbewusste Frau und das gefällt ihm irgendwie an ihr.

Aylin sieht es gelassener: „Ist doch egal! Den Schaden

übernehmen die Versicherungen und sonst gab es weder Tote noch Verletzte! Mike, es gibt Wichtigeres!"

„Aber was ist, wenn das nur der Anfang war?", sagt Mike.

„Dann werden wir das schon mitkriegen!" Aylin mag Mike sehr. Er sieht gut aus und ist nicht so ein Macho. Nur diesen Übereifer muss sie ihm noch austreiben, damit sie ihn auch als Kollegen leiden kann.

Aylin und Mike kommen am A 10 Center an. Aylin kurvt langsam durch die Parkplatzreihen und sagt dabei zu Mike: „Achte auf alles, was nicht normal scheint!" Aylin zeigt auf einen Mann. „So wie der da! Guck Dir das an, er schaut in die Autos, sucht vielleicht eine Gelegenheit!" Aylin wird langsamer und bleibt dann stehen.

Mike schaut auch in andere Richtungen. Ihm fällt ein zweiter Mann auf, der ebenfalls neugierig durch die Reihen schleicht. „Die gehören wohl zusammen!", vermutet Mike, als der Mann dem anderen ein Zeichen gibt.

„Jetzt hat er uns gesehen!", sagt Aylin. Die beiden Männer gehen zügig in unterschiedliche Richtungen. „Mist, die sind weg! Hier werden die heute kein Auto knacken!" Aylin fährt weiter und parkt in der Nähe des Eingangs. „Gehen wir rein!" Aylin weist auf den Eingang und fragt den Neuen: „Warst Du schon mal hier?"

Mike sagt: „Ja, als ich mich eingerichtet habe, war ich ein paar Mal hier!" Mike weist auf ein Geschäft: „Da habe Vorhänge gekauft und im Baumarkt war ich auch oft!"

„Sehen wir uns um!", sagt Aylin und die beiden beobachten die Kunden auf den Gängen. „Besonders die kleinen Händler mit ihren Ständen auf den breiten Gängen sind leichtes Opfer dieser Trickbetrüger!", erklärt Aylin. „Setzen wir uns!" Sie setzen sich auf eine Bank, von der aus sie einen guten Blick auf einen Stand haben, der Zubehör für Handys anbietet.

„Hier würde ich es versuchen.", sagt Mike zu Aylin. „Wenn es richtig voll ist, hätte er hier leichtes Spiel!"

„Hier sind eigentlich nur Taschendiebe unterwegs.", sagt Aylin gelangweilt. Nach einer Weile fragt sie unvermittelt: „Hat Dich Deine Frau wegen dieser Sache in Strausberg verlassen oder war da noch was anderes?" Aylin will wissen, ob er ihr treu war.

Mike ist auf diese Frage nicht vorbereitet. „Naja, irgendwie schon. Ich musste Strausberg verlassen, wenn ich bei der Polizei bleiben wollte. Wir ließen uns scheiden und ich ging zur Akademie. Meine Frau behielt das Haus." Wehmütig erinnert sich Mike an sein geliebtes Haus und an eine intakte Familie, aber das ist lange her.

„Was ist mit Kindern?", bohrt Aylin weiter.

„Meine Tochter wohnt in Hannover, sie will von mir nichts mehr wissen.", sagt Mike traurig.

„Auch wegen… dieser Sache?", bohrt Aylin nach.

Mike atmet tief durch. „Ja, sie war selbst so eine Querdenkerin, aber das habe ich erst viel später herausgefunden."

„Scheiße!", sagt Aylin mitleidig. „Hast Du wenigstens noch Kontakt zu Deiner Frau?" Eigentlich will sie nur wissen, ob er noch an seiner Exfrau klebt.

„Ich habe es aufgegeben. Erst wollte sie nicht mehr, dass ich sie besuche, dann hat sie sich eine neue Telefonnummer besorgt. Ich habe seit einem Jahr nicht mehr mit ihr geredet. Zum Geburtstag und zu Weihnachten schicke ich ihr eine Karte, doch eine Antwort habe ich noch nicht bekommen. Soweit ich weiß, ist sie wohl noch Single." Mike hat Jessica immer geliebt und er vermisst sie immer noch.

Aylin will alles über Mike wissen. Schließlich muss sie sich auf ihn verlassen können und außerdem gefällt er ihr. „Hast Du denn noch zu irgendjemand Kontakt?"

Mike wird nachdenklich. „Nein. Meine Kollegen haben sich von mir abgewandt, um nicht selbst ins Visier der Ermittlungen zu geraten und unsere Freunde haben sich meiner Frau angeschlossen! …Exfrau!"

„Tut mir echt leid für Dich." Aylin langweilt sich noch immer, sie will etwas Aktion und außerdem will sie nicht Mikes Gejammer hören: „Komm, verfolgen wir eine verdächtige Person!" Aylin muss wissen, ob Mike bereit für eine neue Beziehung ist.

„Wen meinst Du?" Mike erwacht aus seiner Melancholie und schaut sich um. Hat er was verpasst?

„Ich zeig´s Dir, komm mit!" Aylin steht auf und geht in Richtung Ausgang.

Mike folgt ihr und fragt leise: „Wen verfolgen wir?"

„Erkläre ich Dir gleich!" Sie verlassen das Einkaufscenter und steigen in den Dienstwagen. Aylin nimmt das Funkgerät, meldet sich mit ihrer Kennung und sagt: Wir verfolgen eine verdächtige Person!", dann fährt sie zügig los. Mike wartet auf eine Erklärung, denn er kann nicht erkennen, dass Aylin jemandem folgt. Nach ein paar Minuten bleibt Aylin vor einer Stadtvilla in einer Siedlung am Stadtrand stehen und erklärt: „Hier lebe ich! Komm, ich zeige Dir meine Wohnung!"

Mike steigt aus und sieht sich um: „Und wo ist nun die verdächtige Person?"

Aylin steigt aus, zuckt mit der Schulter und sagt: „Die war nicht verdächtig!" Als Mike sie immer noch fragend ansieht, sagt sie: „Komm erstmal mit rein!" Drinnen erklärt sie dann: „So machen wir das. Du verfolgst offiziell ein verdächtiges Fahrzeug, dann stehst Du zufällig am Kiosk oder bei Dir zu Hause und verbindest es mit einer Pause."

„Oh, jetzt verstehe ich!" Mike gefällt so eine Vorgehensweise zwar nicht, aber er will sich etwas anpassen und so sieht er sich bei ihr zu Hause etwas um: „Schön hast Du es hier!" Aylin hat eine recht spartanisch eingerichtete Zweiraumwohnung, ähnlich seiner eigenen, nur in einem schickeren Viertel.

Aylin geht in die Küche und stellt die Kaffeemaschine an. „Willst Du auch was essen?", fragt sie aus Höflichkeit.

„Nein, mach Dir keine Umstände!" Mike hängt seine Jacke an und zieht die Schuhe aus.

Aylin zieht ihn durch die offene Wohnung. „Wohnzimmer, Küche, Bad!", Aylin öffnet eine weitere Tür: „Und hier ist mein Schlafzimmer!" Aylin lächelt ihn erwartungsvoll an.

Mike weiß nicht so recht, wie er es deuten soll, doch schließlich hat er ihr auch nur sein Schlafzimmer gezeigt. Aber bei ihm war es etwas anderes. „Äh… ja… schön." Will sie was von ihm? Abgeneigt scheint sie ihm gegenüber nicht zu sein und Mike hat schon lange keinen Sex mehr gehabt. Ob er sie für eine schnelle Nummer herumkriegt? „Wie? Äh… wie ist denn Dein Bett so?", fragt Mike vorsichtig.

Jetzt hat er es begriffen, denkt sich Aylin. „Komm, ich zeig es Dir!" Aylin macht sich auch schon an seiner Hose zu schaffen. Mike zieht ihr die Bluse aus und schon liegen sie im Bett und vögeln miteinander.

Aylin scheint fürs Erste zufrieden zu sein, denkt sich Mike, als er fertig ist. „Du bist heiß!", sagt er zu ihr.

„Du brauchst mehr Ausdauer!", lacht Aylin und geht ins Bad. Vorher sagt sie: „Zieh Dich an, den Kaffee trinken wir unterwegs!" Wenn er jetzt nicht anfängt von seiner Ex-frau zu erzählen, dann weiß Aylin, er ist über sie hinweg.

Mike zieht sich Hemd und Hose an. „Darf ich auch noch schnell?" Mike zeigt auf die Badtür, als Aylin herauskommt. Mike ist nie fremdgegangen. Für Sex hat er sich immer viel Zeit genommen. So eine schnelle Nummer liegt ihm eigentlich nicht, aber er ist den Druck los.

„Klar, aber mach schnell!" Aylin füllt den Kaffee in zwei Becher und dann gehen sie zum Auto. Sie fährt zum A 10 Center zurück, während Mike die Kaffeebecher balanciert. Aylin parkt wieder am Eingang und meldet ins Funkgerät: „Verfolgung abgebrochen, Verdacht hat sich nicht bestätigt! Observieren weiterhin im Einkaufscenter!" Aylin nimmt lächelnd einen Kaffeebecher aus Mikes Hand. „Ich hoffe, Dir schmeckt mein Kaffee."

„Du schmeckst besser!", lächelt Mike zurück und nippt seinen Kaffee. „Wir sollten wohl wieder rein gehen."

Den ganzen Nachmittag verbringen die beiden im Einkaufscenter, Aylin fragt Mike weiter aus und auch Mike versucht, Aylin so manches Geheimnis zu entlocken. Kurz vor vier sagt dann Aylin: „Machen wir Feierabend, hier ist heute nichts los!"

„Ich habe heute nichts weiter vor!", erwidert Mike, denn jetzt, zum Feierabend, wird es voller in diesem Einkaufscenter. „Jetzt, zum Feierabend, wäre die richtige Zeit dafür, einen Taschendieb zu fassen!"

„Nein, ich habe Besseres zu tun!" Aylin hat keinen Bock auf Überstunden. Sie geht zum Ausgang, Mike folgt ihr, dann fahren sie zurück zum Revier. Unterwegs macht sich Aylin so ihre Gedanken. Wie denkt Mike jetzt über sie, nachdem sie bei ihr zu Hause miteinander geschlafen haben? Wird er damit prahlen, seine Kollegin gevögelt zu haben? Leise fragt Aylin: „Das bleibt doch unter uns?"

Mike weiß genau, was sie meint: „Klar! Wir sind doch Partner! …also beruflich gesehen." Mike überlegt einen Moment, dann fügt er hinzu: „Wir wiederholen das doch mal, oder?", dabei lächelt er Aylin an.

Aylin dreht sich kurz zu ihm, sieht sein freundliches Lächeln und sagt: „Wenn Du magst? Mir hat´s gefallen!"

Auf dem Revier vermeldet Aylin, dass es keine besonderen Vorkommnisse gab. Mike steht zustimmend daneben, denn schließlich hat Aylin einen höheren Dienstgrad und ist damit Mikes Vorgesetzte. Ausgerechnet an diesem Tag gab es nicht eine Anzeige aus dem Einkaufscenter.

Mike und Aylin verabschieden sich wie bei Kollegen üblich und verabreden sich für den nächsten Morgen: „Also um acht auf dem Markt? Wo treffen wir uns genau?"

„Am Bahnhof!", bestimmt Aylin, dann machen sie Feierabend. Aylin denkt an diesem Abend noch oft an ihr schnelles Abenteuer mit Mike. Ob er an ihr interessiert ist? Sollte sie nun warten, dass er den nächsten Schritt macht oder sollte sie selbst die Initiative ergreifen? Mike ist zwar um einiges älter als sie, aber er ist deutlich fitter als manch junger Kerl auf dem Revier. Außerdem ist er selbst Polizist, was eine Beziehung viel einfacher machen würde.

„Hey, wartest Du schon lange?", fragt Aylin am nächsten Morgen, zwei Minuten nach acht, am Bahnhof.

„Nein, nicht lange!", beruhigt sie Mike. Die beiden Kriminalpolizisten gehen zum Wochenmarkt und beobachten.

Sie kaufen nichts, aber sie sehen sich die Kunden an. Gerade die Unscheinbaren, einfach gekleideten Marktbesucher beobachtet Aylin genau. Sie achtet darauf, wie sie bezahlen und ob es Streitereien mit den Standbetreibern gibt. Aylin flüstert zu Mike: „Schau Dir mal die Alte mit dem roten Kopftuch an! Sie fasst alles an, kauft aber nichts!"

Mike weiß genau, wen Aylin meint. „Ich habe sie auch schon beobachtet, aber sie steckt nichts ein!"

Mike hatte kurzzeitig einen Mann beobachtet, der manchmal Kleinigkeiten kauft. Er hat einen langen Mantel an, obwohl es nicht kalt ist. Mike muss allerdings eingestehen, dass dieser Mantel sehr elegant aussieht, weshalb er ihn wahrscheinlich auch trägt. Weil er sich aber nicht verdächtig verhält, beobachtet Mike einen Jugendlichen, der sich auch nur umschaut und permanent mit seiner Begleiterin herumalbert. Sie hat ein bauchfreies Top an und trägt eine enge Jeans. Die beiden erregen nicht nur Mikes Aufmerksamkeit. „Sieh mal die beiden da!", flüstert Mike Aylin zu.

„Vielleicht dienen sie nur zur Ablenkung! Schau Dir ihr Umfeld an!", sagt Aylin und entfernt sich von Mike, um die Situation aus einem anderen Blickwinkel zu beobachten. Entweder sind die beiden so gut, dass es ihr nicht auffällt oder sie albern tatsächlich nur so herum.

Nach zehn nimmt das Treiben auf dem Markt ab. Die Händler können sich nun besser auf die wenigen Marktbesucher konzentrieren und ein Trickbetrüger hätte es jetzt schwer, die Marktbetreiber zu bestehlen. Auch Mike bekommt das mit und tritt zu Aylin heran: „Jetzt habe ich aber Hunger, Du auch?"

„Lass uns zum Bäcker gehen.", sagt Aylin. „Da können wir uns hinsetzen!" Die kleine Bäckerei hat drei Tische, die direkt hinter dem großen Fenster stehen. Aylin weist auf die zwei freien Tische und sagt: „Von hieraus können wir den Markt gut beobachten!"

Als sie an der Theke anstehen, nervt Aylin dieser Typ, der sie erst beobachtet und dann auch noch drängelt, um die Auslage besser zu sehen. Sein eleganter Anzug und der Sommermantel passen irgendwie nicht zu seinem Benehmen, doch diese Geschäftsmänner benehmen sich oft wie Idioten. Mike greift zu seiner Gesäßtasche, als der Typ sich vor ihm drängelt. Aylin tippt Mike auf die Schulter und sagt: „Lass stecken, ich lad Dich ein!" Aylin schaut dem Typ mit seiner Streuselschnecke hinterher und flüstert: „So ein Idiot!", doch Mike hat es wohl nicht gehört. Mike bedankt sich flüchtig und trägt die beiden Teller zum freien Tisch am Fenster. Aylin bezahlt und kommt mit zwei Tassen hinterher, dann sieht sie aus dem Fenster. „Da schau, die ersten bauen schon ab!"

„Wie ist Dein Kuchen?" Mike beißt in sein belegtes Brötchen und sagt: „Gesund kann das nicht sein!"

„Wieso, schmeckt Dir Dein Baguette nicht?" Aylin nippt an ihrem Cappuccino und weist mit der Kuchengabel auf ihr Gebäck. Leidenschaftlich sagt sie: „Ich liebe diesen Streuselkuchen."

Mike hält Aylin sein Baguette hin: „Das ist viel zu viel Mayonnaise! Ach, was solls, man gönnt sich ja sonst nichts!" Nach dem Imbiss zieht sich Mike seine Jacke über und fasst in seine Taschen, um sie zu richten, da entdeckt er Papier in einer Tasche. Er zieht es hervor und wundert sich, dass er drei fünfzig Euro Scheine einfach so in seiner Tasche hat. Er steckt sie in seine Brieftasche. „Das gibt es doch nicht!" In der anderen Tasche hat er noch vier weitere Scheine. Es ist nicht seine Art, Geld lose in der Tasche zu haben, dafür hat er sein Portemonnaie.

„Was ist los?", fragt Aylin, als sie sieht, wie er sein Geld einsteckt. Aylin ahnt: „Hast wohl Geld gefunden?"

„Ich hatte diese Jacke schon lange nicht mehr angehabt, wusste gar nicht, dass da noch Geld drin ist!", erklärt Mike seine Verwunderung. Aylin denkt sich nichts weiter dabei und die beiden gehen weiter, um den Markt zu beobachten. Als Mike den Drängler vom Café aus einem Backshop kommen sieht, beobachtet er ihn etwas genauer. Der elegant gekleidete Mann trägt eine Papiertüte mit frischen Backwaren aus dem Backshop und entsorgt diese im nächsten Papierkorb. „Lass uns den da mal beobachten!"

„Ist das nicht der Typ aus der Bäckerei?" Aylin erkennt den unangenehmen Drängler wieder.

Mike nimmt einen Kuli und öffnet die Tüte mit den Backwaren, die im Papierkorb liegt. „Frischer Kuchen.", sagt er verwundert zu Aylin. „Den hat er gerade gekauft. Warum wirft er den frischen Kuchen weg, ohne ihn probiert zu haben?", wundert sich Mike. Sie verfolgen ihn weiter bis zum Bahnhof, dort beobachten sie, wie er eine Ewigkeit am Fahrscheinautomaten verbringt. „Ich schau mir das mal an!" Mike geht hinter ihm vorbei, doch er scheint sich tatsächlich nur einen Fahrschein zu kaufen. Später fährt die S-Bahn in den Bahnhof ein und der Mann steigt in den vorderen Wagon, sucht sich einen Sitzplatz und schaut gelangweilt aus dem Fenster.

Auch Aylin sieht sich auf dem Bahnhof um, achtet auf die anderen Fahrgäste, ob eventuell Opfer eines Diebstahls dabei sind, doch es ist alles ruhig.

Als der Verdächtige mit der S-Bahn abfährt, gehen die beiden wieder zurück zum Wochenmarkt. Die Standbetreiber sind dabei ihre Waren einzuräumen und die Stände abzubauen. Mike und Aylin befragen einige Standbetreiber, ob sie bestohlen wurden oder ob ihnen etwas Ungewöhnliches aufgefallen ist. Aber es war nichts. Keiner berichtet von kriminellen Handlungen, doch die beiden müssen sich das Leid der Händler anhören, denn die Geschäfte laufen nicht gut. Aylin hat noch eine Idee: „Lass uns doch mal beim Bäcker nachfragen!"

Mike geht mit rein und überlässt Aylin das Fragen. Als sie ohne Ergebnis herauskommen, sagt Mike: „Komm, wir fragen auch im Backshop nach!" Aylin willigt ein und diesmal ist es Mike, der die Verkäuferin befragt: „Ist Ihnen heute etwas Ungewöhnliches aufgefallen? Hat ein Kunde die Zeche geprellt oder wurden Sie betrogen?"

Der Laden ist zu dieser Zeit leer und so nimmt sich die Verkäuferin ein paar Minuten für den netten Beamten: „Nein, eigentlich nicht! Naja, da war dieser gutaussehende Mann, der ein Stück Kuchen gekauft hat."

Mike hofft, es geht um den Verdächtigen: „Was war mit ihm?"

„Naja, er hat den Kuchen gekauft und mit einem fünfzig Euro Schein gezahlt. Ich hatte nicht mehr viel Kleingeld in der Kasse, also habe ich gefragt, ob er es auch kleiner hat. Sie müssen wissen, der Kuchen kostet bei uns 1,99 €! Er hat mich angelächelt und gesagt, machen Sie doch fünf Euro glatt daraus!"

„Haben Sie sich den Geldschein angesehen?", mischt sich Aylin ein.

„Es war ein ganz normaler fünfzig Euro Schein!", sagt die Verkäuferin verwundert.

Aylin hat einen Verdacht: „Haben Sie den Schein über-prüft? Sie haben doch bestimmt so ein Schwarzlichtgerät oder einen Test-Stift?"

Die Verkäuferin gibt beschämt zu: „Nein, ich habe den Schein nicht geprüft. Er sah ganz normal aus!" So sicher ist sie sich jetzt nicht mehr, aber das gibt sie nicht zu.

Aylin weiß, dass sie kein Geld beschlagnahmen darf: „Wieviel fünfzig Euro Scheine haben Sie denn in der Kasse?"

Mittlerweile stehen bereits zwei Kunden an der Kasse. Die Verkäuferin öffnet ihre Kasse, zählt die Scheine und sagt: „Sieben habe ich! Darf ich denn jetzt weitermachen?" Sie weist auf die Kunden, die an der Kasse warten.

„Ja, machen Sie weiter!" Aylin weiß, es würde zu lange dauern, jeden Schein zu überprüfen, außerdem könnte die Verkäuferin den Schein auch nicht diesem Kunden zuordnen.

Mike fragt Aylin draußen: „Warum haben wir nicht alle Scheine überprüft?" Mike hätte es so gemacht.

„Weil wir keinen Verdacht haben! Wir müssen vorsichtig sein und selbst wenn sie Falschgeld in der Kasse hat, beweist es noch nichts!", erklärt Aylin, dann schaut sie auf ihre Uhr: „Gehen wir zurück und schreiben das Protokoll!" Aylin schaut sich um und fragt Mike: „Brauchst Du noch was?"

„Ich? Äh… ja, ich muss noch ein paar Kleinigkeiten einkaufen!" Mike zeigt auf den Edeka Markt.

„Ach, das trifft sich gut, ich komme mit!" Aylin braucht noch ein Päckchen Kaffee und bald stehen sie gemeinsam an der Kasse. Aylin schaut sich natürlich genau an, was Mike so kauft, denn daran kann sie so einiges über ihn ablesen.

„36,28 €!", sagt die Verkäuferin zu Mike. Er nimmt einen Fünfziger und reicht ihn der Kassiererin. Die junge Frau schiebt den Schein durch den kleinen Schwarzlichtdetektor, denn aus Berlin gibt es vermehrt Meldungen über falsche fünfzig Euro Scheine. Erst heute Morgen wurde sie vom Filialleiter dazu angehalten, auf falsche Fünfziger zu achten. Sie erschreckt sich etwas, als das Gerät rot blinkt, statt, wie üblich, grün zu leuchten. Zur Sicherheit schiebt sie den Schein noch einmal durch. „Oh, der ist wohl falsch." Sie gibt Mike den fünfzig Euro Schein zurück. „Den sollten Sie zur Bank bringen! Können Sie auch mit Karte zahlen?"

„Was?" Mike nimmt den Schein und bezahlt mit seiner EC-Karte. „Sind Sie sicher, dass es Falschgeld ist?"

„Keine Ahnung, ich darf den Schein nicht annehmen, wenn die Lampe nicht grün ist!", sagt die Kassiererin und zieht bereits Aylins Kaffee über den Scanner.

Aylin beobachtet alles, sagt aber nichts. Erst als sie wieder im Auto sitzen, sagt sie: „Du weißt schon, dass in der Asservatenkammer nur Falschgeld liegt?"

„Hä? Glaubst Du etwa…? Ich habe in meiner Jacke ein paar Fünfziger gefunden. Aylin, ich stecke mir nie Geldscheine einfach so in die Tasche. Ich hatte die Jacke schon lange nicht mehr getragen, deshalb habe ich es so hingenommen." Mike holt seine Geldbörse heraus und schaut sich die sieben Fünfziger genau an. „Scheiße, die sind alle falsch! Da schau, sie haben dieselbe Nummer."

„Woher hast Du die denn?" Aylin glaubt ihm seine Geschichte nicht so ganz, schließlich bedienen sich alle mal ganz gerne in der Asservatenkammer. Nur das Falschgeld rührt keiner an.

„Du, ich habe keine Ahnung! Lass uns doch morgen damit zur Bank gehen!" Die beiden fahren zur Wache und füllen ihr Protokoll aus, dann machen sie Feierabend.

Mike grübelt den ganzen Abend, woher wohl das Geld stammt. Er denkt auch über Aylins Vermutung nach, er hätte es aus der Asservatenkammer genommen. Ob sie ernsthaft glaubt, er hat sich dort bedient? Ist es bei den Kollegen so üblich? Warum eigentlich nicht, das Zeug wird irgendwann sowieso vernichtet, denkt sich Mike.

Nach der Dienstbesprechung am Morgen, fahren beide zur Volksbank, um die Fünfziger abzugeben. Der Filialleiter selbst nimmt sich ihrer an. „Sie sind nicht der Erste! Gestern Abend war ein Gemüsehändler und der Betreiber des Imbisses vorm Bahnhof bei uns. Da sehen Sie, die Scheine haben alle dieselbe Nummer, sonst sind sie sehr gut gemacht!", lobt der Filialleiter die Blüten.

„Rufen Sie mich bitte an, sobald der nächste kommt!", bittet Mike, dann gehen sie.

Mike und Aylin setzen sich erstmal auf eine Bank auf dem Marktplatz, um ihr weiteres Vorgehen zu besprechen, da hat Mike eine Idee: „Was glaubst Du wohl, wäre passiert, wenn wir einen unbescholtenen Bürger mit einigen falschen Fünfzigern erwischt hätten?"

„Wir hätten ihn erstmal festgenommen!" Aylin denkt über Mikes Frage nach: „Du meinst also, das Falschgeld wurde Dir absichtlich zugesteckt, damit Du damit bezahlst und gefasst wirst?"

„Er hielt mich für einen ganz normalen Bürger! Jeder Beamte hätte sich auf mich gestürzt und er wäre fein raus.", erkennt Mike die Strategie des Verdächtigen.

„Aber warum sollte er Dir gleich sieben Scheine zustecken?", grübelt Aylin, dann denkt sie an den gestrigen Tag: „Mike, der Typ mit dem Mantel beim Bäcker!"

„Scheiße, der Typ, der den Kuchen gekauft hat?" Mike erinnert sich auch an ihn. „Warum kauft er frischen Kuchen und schmeißt ihn gleich danach wieder weg? Doch nur, weil er seine großen Scheine loswerden will!"

„Darum war er zuvor auch bei einem anderen Bäcker!", Aylin hat einen Verdacht: „Der Typ kam mir gleich so komisch vor. Dieser Anzug hat nicht zu ihm gepasst. Mike, er hat sich nicht vorgedrängelt, weil er es eilig hatte, nein, er wollte Dir nur auf die Pelle rücken, damit Du nicht mitkriegst, wie er Dir die Scheine in Deine Tasche steckt!"

„Mist, warum haben wir kein Foto von ihm gemacht?", ärgert sich Mike.

Mikes Telefon klingelt. Die Bank meldet einen weiteren Fall von einer Angestellten, die Backwaren auf dem Markt verkauft hat. „Sicherlich werden zumindest die kleinen Händler versuchen ihre falschen fünfzig Euro Scheine schnell wieder loszuwerden.", teilt Mike seine Vermutung mit Aylin.

Aylin ist seiner Meinung. „Die großen Händler sind versichert aber für die Kleinen ist es ein Verlust, das Falschgeld bei der Bank abzugeben."

Mike kombiniert: „Darum hat er sich auch den Wochenmarkt ausgesucht, sicherlich hat er sich überall etwas gekauft!" Mike versucht seinen nächsten Schritt zu erahnen: „Sag mal, Aylin, weißt Du, wo heute Markt ist?"

Aylin überlegt. „Hier, in der Nähe?" Aylin geht nur sehr selten auf einen Markt. Sie kauft lieber alles im Supermarkt ein. „Keine Ahnung!"

„Heute ist in Strausberg Markt!", fällt es Mike wieder ein. „Lass uns dahin fahren, vielleicht treffen wir ihn da wieder!", schlägt Mike vor.

Aylin hält es auch für eine gute Idee. Sie gehen zum Auto und Aylin fährt los. „Melde Peter, dass wir nach Strausberg fahren!"

Mike nimmt sein Handy und hat schon den Finger auf dem grünen Symbol, doch dann kommen bei ihm wieder die Erinnerungen hoch. Mike weiß, dass er sich auch bei den Kollegen in Strausberg anmelden muss, wenn er in dessen Revier fahndet. Er hält Aylin das Funkgerät hin und sagt: „Das solltest Du besser durchgeben!"

Aylin versteht nicht ganz, doch dann erinnert sie sich, dass Mike vorher in Strausberg war. „Ach, meinst Du? Gut, gib her!" Aylin meldet sich und Mike bei ihrer Dienststelle ab und lässt sich in Strausberg anmelden: „Wir sind an einem Falschgeld-Fall dran! Ich vermute, der Verdächtige ist heute auf dem Wochenmarkt in Strausberg. Wir sehen uns da mal um!"

Die Strausberger Kollegen nehmen es nicht nur zur Kenntnis, sie reagieren auch selbst.

Strausberg

Sascha ist kaum aus Königs Wusterhausen zurück, da kauft er sich zwei Tageszeitungen am Kiosk. Er durchsucht die Zeitungen nach Berichten über Falschgeld, doch er findet nichts. Er findet aber eine Liste der Wochenmärkte. Den in Oranienburg hat er verpasst und morgen ist in Strausberg Markt. Da Sascha kein Auto hat, braucht er eine gute Verbindung dorthin, also sucht er auch nur nach Orten, die an der Berliner S-Bahn angebunden sind. Später zählt er sein echtes Bargeld, der Tag hat sich gelohnt, 635 Euro hat er eingenommen. Das Kleingeld hat er am Fahrscheinautomaten gelassen und einem Obdachlosen die Cent Stücke gegeben.

Lisa hat Saschas Leben gehörig auf den Kopf gestellt. Er steht schon früh auf und geht zeitig ins Bett, weil er bereits um zehn müde ist. Eigentlich ist Sascha ein Nachtmensch, geht erst morgens zu Bett und steht nicht vor eins auf. Auch heute wird er wieder von seinem Handy so früh geweckt, denn er hat einen engen Zeitplan. Vormittags Geld ausgeben und nachmittags trifft er sich mit Lisa. Sascha macht sich nicht einmal einen Kaffee. Er setzt sich kurz an seinen Tisch und zerknüllt rasch einige druckfrische Geldscheine, dann geht er zum Bahnhof.

Mit einem Becher lauwarmen Kaffee in der Hand sitzt Sascha auf dem Bahnsteig. Die erste Blüte ist weg und die Verkäuferin hat ihm ein Lächeln geschenkt, als er ihr sagte: „Machen sie fünf draus!" Sie hat ihm dann zwei Zwanziger und einen Fünfer zurückgegeben. 2,20 € Trinkgeld für einen Kaffee bekommt sie nur selten. Sascha schmeißt den halbvollen Becher weg, als die S-Bahn nach Strausberg einfährt. Während der Fahrt denkt Sascha über Lisas Gold nach, überlegt sich eine Strategie, wie er es ihr abnehmen kann. Er mag Lisa und so will er es wenigstens gewaltfrei machen. Er weiß, es geht nur zwischen dem Juwelier und dem Zoll-Büro am Flughafen. Am Flughafen selbst kann er es nicht machen, da gibt es überall Kameras. Es muss ihm also vorher gelingen. Vielleicht eine Panne mit dem Auto? Sascha braucht ein Auto! Soll er eins mieten oder klaut er sich eins? Nur kein Risiko, denkt er sich, denn bald hat er genug Geld. Sascha wird sich einen Wagen mieten und ihn dann auch ordnungsgemäß wieder zurückgeben. Er könnte den Wagen in einer anderen Stadt zurückgeben und mit dem Zug dann in die andere Richtung fahren…

Schon ist die Fahrt vorbei und Sascha ist in Strausberg. Nicht weit vom Bahnhof ist der Wochenmarkt. Und wieder beginnt dasselbe Spiel. Sascha kauft sich eine Zeitung und eine Käsestange. Er schaut die Zeitung kurz durch, ob es einen Bericht aus Königs Wusterhausen gibt, dann wickelt er die halbe Käsestange darin ein und entsorgt beides im Papierkorb. Auf dem Markt kauft er wieder Socken, Gemüse, Käse, eine Taschenlampe und ein Brot. Die volle Tüte lässt er neben einer Parkbank stehen, denn er kann nichts davon gebrauchen. Am Bäckermobil kauft sich

Sascha eine Streuselschnecke, beißt zweimal hinein und entsorgt den Rest. Er geht wieder über den Wochenmarkt zurück. Bewusst hat er auf dem Hinweg nur jeden dritten Händler besucht. Nun kauft er bei den anderen denselben Krempel, den er gar nicht braucht. Beim letzten Händler sucht er nach einer Stirnlampe, die er tatsächlich gebrauchen kann. Er lässt sich Zeit, vergleicht zwei Modelle miteinander und bezahlt dann mit einem fünfzig Euro Schein. Dabei schiebt er mit seinem Fuß, die Tüte mit seinen bisherigen Einkäufen unter den Verkaufstisch. Sascha entschuldigt sich beim Händler, weil er es nicht kleiner hat und geht dann wieder zum Bahnhof. Nicht mal eine halbe Stunde hat er gebraucht, aber er muss auch schnell sein, denn wenn erstmal ein Händler das Falschgeld erkennt, geht es schnell herum und womöglich sind dann ruckzuck die Bullen da.

Sascha ist es gewohnt, seine Umgebung stets zu scannen. Er achtet auf Streitereien, zivile Polizisten und auf Uniformen. Ihm fällt der Taxifahrer auf, der sich lauthals mit einer anderen Fahrerin unterhält, nach wenigen Worten geht er allerdings und setzt sich wieder in sein Taxi. Der große BMW ist kein Taxi und die Fahrerin kommt ihm irgendwie bekannt vor. Jetzt, wo auch ihr Beifahrer aussteigt, erkennt er dieses eigenartige Pärchen wieder. Er hat die beiden bereits in Königs Wusterhausen gesehen, was machen sie wohl hier und warum parken sie auf dem letzten freien Parkplatz, der den Taxis vorbehalten ist? Bullen! Klar, der Taxifahrer war plötzlich ganz still. Ich muss hier weg, sagt sich Sascha und geht zügig in Richtung Bahnhof, doch diese Araberin in ihrer unauffälligen Jeans scheint ihn wiederzuerkennen.

„Mike, das ist er doch?" Aylin hat den Anzugträger vom Vortag erkannt.

Mike schaut zum Markt und auch er erkennt den Verdächtigen. „Ja! Komm, den knöpfen wir uns vor!" Mike geht ihm zügig hinterher. Er weiß, wenn er rennt, verrät er sich.

Sascha hofft, dass er bald in der S-Bahn sitzt. Eine Gruppe Jugendlicher kommt auf ihn zu. Sie sind aufgedreht, reden laut und normalerweise würde Sascha einen Bogen um sie herum machen, doch heute geht Sascha auf sie zu, wühlt in seinen Taschen, rafft schnell die Blüten zusammen und rempelt zwei Jungs an. „Sorry!", entschuldigt er sich gleich bei den Jugendlichen.

„Eh' Alter, pass auf, sonst fängst Du Dir eine!", bekommt Sascha zu hören.

„Tschuldigung, war nicht meine Absicht!", ruft Sascha ihnen demütig zu und eilt zum Bahnhof, denn die beiden vermeintlichen Bullen sind ihm dicht auf den Fersen.

„Mist, er hat uns wohl erkannt!", sagt Mike zu Aylin. „Schnappen wir ihn uns?" Mike wird schneller.

„Mike, wir haben nichts gegen ihn in der Hand!", hält Aylin entgegen und folgt Mike.

„Egal, den hole ich mir!" Mike schaut auf seine Uhr. Er ist wieder in seinem Revier. Hier kennt er jede lockere Gehwegplatte, jedes Versteck, jeden möglichen Fluchtweg. Und natürlich weiß er auch, die S-Bahn fährt in drei Minuten. „Bleiben Sie stehen!", ruft er dem Verdächtigen zu.

„Sorry, ich hab keine Zeit!" Sascha eilt weiter.

„Bleiben Sie stehen, Polizei!" Mike holt seine Marke hervor. Es fühlt sich alles wieder so echt an. Mike jagt Verbrecher in seiner Heimatstadt, so wie er es viele Jahre lang als Streifenpolizist tat. Instinktiv greift er zu seinem Schlagstock, doch er greift ins Leere und Mike wird in die Realität zurückgeholt. Es ist nicht mehr sein Revier und Mike ist nicht mehr der stellvertretende Dienststellenleiter. Sascha bleibt stehen und Mike baut sich vor ihm auf: „Darf ich fragen, was sie auf dem Markt gekauft haben?"

Sascha ist sich sicher, dass dieser Bulle ihm nichts beweisen kann, schließlich hat er seine Einkäufe verschwinden lassen. Lediglich die Stirnlampe hat er dabei. „Ach, ich habe mich nur umgesehen, hatte etwas Zeit, bevor mein Zug geht, den ich nicht verpassen will.", antwortet Sascha getrieben.

„Oh, das tut mir aber leid, in zwanzig Minuten fährt die nächste S-Bahn!", tönt Mike sarkastisch. „Ich würde gern Ihren Ausweis sehen."

„Den nehme ich nie mit, damit er mir nicht geklaut wird!", sagt Sascha frech, denn noch kann er ihm nichts nachweisen. „Worum geht es denn? Bin ich zu schnell gelaufen?"

„Wenn Sie Ihren Ausweis nicht dabeihaben, muss ich Sie mitnehmen, um Ihre Personalien festzustellen!", Mike nimmt Sascha am Arm und führt ihn zum Wagen.

Aylin ist skeptisch. Als Mike den Verdächtigen ins Auto setzt, sagt sie leise: „Mike, wir haben keinen Anfangsverdacht gegen diesen Mann!" Aylin ist vorsichtig, sie weiß, wie schnell ein findiger Anwalt Formfehler nutzt, außerdem predigt es Peter immer wieder in den Schulungen.

„Willst Du ihn etwa laufen lassen?", fragt Mike aufgebracht. Er weiß, dass er den Richtigen gefasst hat.

„Durchsuch ihn doch, wenn er Falschgeld dabeihat, können wir ihn verhaften!", empfiehlt Aylin. Ihr ist nicht ganz wohl, denn Mike geht ihr zu dilettantisch vor.

Mike öffnet die Tür des Fünfers und sagt dem Verdächtigen: „Steigen Sie aus, wir müssen Ihre Sachen durchsuchen!"

Sascha hat sich schon Gedanken gemacht, was sie bei ihm finden könnten, doch er hat nichts zu befürchten. „Von mir aus. Was suchen Sie denn überhaupt?"

„Ziehen Sie Ihren Mantel aus!" Mike reicht den Mantel an Aylin weiter. „Schau, ob Du was findest!", dann durchsucht Mike seine Hosentaschen, in denen er jede Menge Kleingeld findet. „Was machen Sie mit dem ganzen Kleingeld?"

„Ich gebe halt gern was an die Bettler!", sagt Sascha achselzuckend.

„Warum sind in Ihren Taschen so viele Scheine? Sie haben doch eine Brieftasche?" Aylin holt jede Menge Zwanziger, Zehner und Fünfer aus seinen Manteltaschen. Seine Brieftasche findet sie auch und durchsucht sie. Aylin holt seinen Personalausweis hervor und fragt: „Warum lügen Sie uns an, Herr… Biermann? Ich check das mal!" Aylin wartet erst gar nicht auf eine Antwort. Sie setzt sich mit seinem Ausweis auf den Beifahrersitz und checkt seine Daten, dann geht sie einige Minuten später auf Sascha zu und fragt: „Herr Biermann, Sie sind schon einige Male in Berlin auffällig geworden, verlagern Sie jetzt Ihr Revier?"

„Sie können mir nichts anhängen. Ich bin hier einfach nur über den Wochenmarkt gegangen!" Sascha kennt seine Rechte und er hat den Verdacht, dass die beiden Polizisten nur Vermutungen und keine Beweise gegen ihn haben.

„Was haben Sie mit der Taschenlampe vor? Es ist heller lichter Tag!" Mike hält Saschas neue Stirnlampe in der Hand.

Zum Glück entfernt Sascha stets die Verpackung. „Abends ist es dunkel, da kann so eine Lampe recht hilfreich sein!"

„Soso!" Mike gibt ihm nachdenklich die Lampe zurück.

Aylin ruft bei den Strausberger Kollegen an, um zu fragen, ob es heute Anzeigen wegen Diebstahl oder Taschenraub gegeben hat, doch die Strausberger Kollegen haben eine unerwartete Antwort für Aylin.

Als vor knapp einer Stunde die Information der Kollegen aus Königs Wusterhausen kommt, dass sie auf dem Strausberger Wochenmarkt wegen einem Falschgelddelikt fahnden, schickt der Strausberger Revierleiter ein eigenes Team zum Wochenmarkt, um eventuell Amtshilfe zu leisten. Die Beamten patrouillieren über den Markt. Sie beobachten eine Gruppe junger Leute, die sich sehr auffällig benehmen, einigen Standbetreibern die Ware entwenden oder sie einfach nur vom Tisch schmeißen. Die beiden Beamten schnappen sich die vier auffälligsten Raudies und den anderen ermöglichen sie die Flucht. Bei ihrer Durchsuchung finden sie bei zweien mehrere fünfzig Euro Blüten.

Die beiden mit den Blüten in der Tasche werden festgenommen, obwohl sie beteuern, dass sie nicht wüssten, woher das Falschgeld stammt. Keiner nimmt ihnen ihre Lügen ab und sie werden in vorläufige Untersuchungshaft genommen. Der Strausberger Kollege reagiert belustigt auf Aylins Anfrage: „Sie können Mike ausrichten, dass wir hier sehr gut ohne ihn auskommen. Euern Falschgeldfall haben wir bereits aufgeklärt!", lacht er ins Telefon.

Aylin wundert sich. „Sind Sie sich sicher, wir haben hier einen Verdächtigen."

„Ja, bin ich, denn während ihr es euch bei uns gut gehen lasst, haben wir hier unsere Arbeit gemacht! Den Bericht könnt ihr morgen über den offiziellen Dienstweg einsehen.", damit legt der Strausberger Kollege auf.

Mike vernimmt indes den Verdächtigen: „Herr Biermann, erklären Sie mir doch mal, warum sie heute in Strausberg den Markt besuchen, wo sie doch schon gestern in Königs Wusterhausen auf dem Markt waren?"

„Ist das etwa verboten?", fragt Sascha siegessicher.

„Es ist seltsam. Herr Biermann, Sie haben so viel Geld dabei, warum keine fünfzig Euro Scheine?", fragt Mike.

„Ach was? Das ist doch Zufall!", sagt Sascha und sieht die Polizistin herankommen. Sie sieht nicht sehr erfreut aus, was Sascha ermuntert, etwas frecher zu werden: „Was haben Sie denn nun gegen mich in der Hand?"

Aylin flüstert Mike ins Ohr: „Wir müssen ihn laufen lassen!", dann wendet sie sich an Sascha: „Herr Biermann, Sie können gehen!" Aylin reicht ihm Mantel, Geldbörse und seinen Ausweis. Das Bargeld steckt sie ihm vorher wieder in seine Manteltasche zurück.

Mike starrt verwundert Aylin an. „Was soll das?", fragt er sie leise.

Als Sascha weg ist, sagt Aylin: „Deine ehemaligen Kollegen haben den Fall gelöst! Wir haben den Falschen verdächtigt!" Aylin ist stinksauer, weil Mike sie in seine alte Fede mit hineinzieht.

„Was? Das kann doch nicht sein! Komm, wir fahren zu ihnen und schauen uns den Täter an!" Mike weiß, er hatte den wahren Täter. Seine ehemaligen Kollegen müssen den Falschen haben.

„Mike, lass es doch sein! Sie haben ihn und gut!", sagt Aylin, doch Mike lässt sich nicht abbringen.

Für Mike es ist ein eigenartiges Gefühl, nach über drei Jahren wieder vor seiner alten Dienststelle zu stehen. Plötzlich ist Mike wieder in seinem Element, er ist wieder zu Hause! Als wenn alles nur ein böser Traum war, geht Mike die Stufen zum Eingang hoch und grüßt den Kollegen, der ihm entgegenkommt. „Hallo Tim!"

Tim holt Mike aber gleich in die Realität zurück: „Hey Mike, was willst Du denn hier?", fragt sein ehemaliger Kollege. Nun hat er einen höheren Dienstgrad als Mike.

„Wir wollen uns euren Verdächtigen ansehen!" Mike mochte Tim schon damals nicht, doch Mike hatte damals einen höheren Rang, was den Umgang mit ihm einfacher machte.

„Na, dann geh mal durch zum Chef! Schau Dir an, wie ein richtiger Täter aussieht, bist ja wohl noch in der Ausbildung!", lacht Tim, Mikes ehemaliger Kollege.

„Geh allein! Ich warte draußen!" Aylin verlässt den Eingang zur Wache, sie will sich nicht mitansehen, wie sich Mike von seinen alten Kollegen demütigen lässt. Stattdessen stellt sie sich an ihr Einsatzfahrzeug und nimmt sich eine Zigarette.

Mike reagiert weder auf Aylin noch auf Tims spitze Bemerkung. Mike geht direkt zum Dienststellenleiter.

Als Mike damals gehen musste, konnte keiner seiner Kollegen die Dienststelle leiten, also ist nun ein Beamter aus Berlin auf dem Posten, der eigentlich für Mike vorgesehen war. „Herr Brand, ich bin mir sicher, ihr habt den Falschen geschnappt!"

„Sie sind doch Michael Penske?", fragt Brand.

„Ja, aber darum geht es hier nicht!" Mike will nicht über alte Zeiten reden, er will nur den wahren Täter dingfest machen. „Ich bin mir sicher, es liegt hier eine Verwechselung vor!"

Brand steht auf, reicht Mike die Hand. „Ich wurde bereits informiert, dass ich nun auf dem Platz sitze, den Sie sich hart erarbeitet haben! Kommen Sie mit!" Brand führt Mike zur Zelle. „Die beiden haben wir hierbehalten, sie hatten Falschgeld im Wert von sechshundertfünfzig und achthundert Euro dabei. Sie werden nachher in die Untersuchungshaftanstalt gebracht! Kennen Sie die beiden?"

Mike schaut sich die beiden Jugendlichen an: „Nein, die sind mir nicht aufgefallen!" Mike wendet sich an Brand: „Ich denke, Sascha Biermann hat den beiden sein Falschgeld zugesteckt! Er ist ein Trickbetrüger, der raubt sie aus, ohne dass Sie es merken, also kann er auch unbemerkt den beiden die Beweismittel einfach so zugesteckt haben!"

„Aber Herr Penske, das ist doch Quatsch, Warum sollte jemand den beiden das Falschgeld zustecken? Hören Sie, wir haben die beiden überführt. Die Staatsanwaltschaft wird den Fall vor Gericht bringen und ein Richter fällt das

Urteil! Ich denke es ist wohl besser, wenn ihr wieder in eurem Revier für Ordnung sorgt." Brand geleitet Mike auf den Flur und weist in Richtung Ausgang: „Sie kennen ja den Weg nach draußen!"

Mike kann es nicht glauben, dass hier alle so unprofessionell sind. Mit den Worten: „Ihr macht einen Fehler!", verlässt Mike sein ehemaliges Revier. Nie hätte er gedacht, dass er hier so gedemütigt wird!"

Als Aylin Mike kommen sieht, öffnet sie die Fahrertür und fragt Mike: „Na, hast Du Dich so richtig schön vorführen lassen?" Aylin schnippt ihre Kippe weg und steigt ein.

Mike ist gekränkt und sagt erstmal nichts, doch dann macht er seinem Ärger Luft: „Aylin, ich bin mir sicher, dass dieser Biermann den Jugendlichen sein Falschgeld zugesteckt hat, so wie er es auch bei mir gemacht hat!"

„Das kann schon sein, aber wie willst Du es beweisen?" Aylin weiß nicht so recht, was sie glauben soll. Auch wenn es nur Falschgeld ist, kommt es ihr seltsam vor, dass ein Krimineller jemandem etwas zusteckt. Es macht für sie keinen Sinn, denn woher sollte Biermann wissen, dass die beiden kontrolliert werden.

„Wir müssen Sascha Biermann beobachten, jetzt wissen wir, wer er ist und wo er wohnt!", sagt Mike.

„Willst Du jetzt auch noch nach Berlin fahren?", fragt Aylin genervt.

„Ich wette, er wird sich dort mit seinen Hintermännern

treffen. Irgendwoher muss doch das Falschgeld kommen? Er wird Nachschub brauchen und dann kriegen wir womöglich auch noch den Hehler!" Mike wundert sich, dass Aylin an der Ausfahrt nach Berlin vorbeifährt. „Warum biegst Du hier nicht ab?"

„Vergiss es! Wir fahren jetzt zurück ins Büro. Schreib einen Bericht an die Berliner Kollegen oder willst Du es Dir auch noch mit den Berlinern verscherzen?", warnt ihn Aylin. „Was solls, der Fall ist aufgeklärt und wenn bei der Verhandlung herauskommt, dass sie falsch lagen, dann werden sie den Fall neu aufrollen." Aylin will sich nicht mehr Arbeit machen, als nötig und sie will schon gar nicht als Querulantin gelten.

„Du bist also nicht an dem Fall interessiert.", sagt Mike und fügt sich.

„Wir haben uns doch bemüht, Du hast den Kollegen einen wertvollen Tipp gegeben und der Fall ist abgeschlossen. Was willst Du denn noch, wir sind fertig!", sagt Aylin.

„Aber die Kids waren es nicht! Sie wären uns doch gestern aufgefallen! Sascha Biermann ist unser Täter! Ich werde mit Peter reden, mal sehen, was er dazu sagt." Mike beruhigt sich etwas, aber er kann Aylins Gleichgültigkeit nicht verstehen. Sie muss doch daran interessiert sein, den Fall aufzuklären.

„Ja, mach Dich vor ihm erst so richtig lächerlich! Mike, ich will Dich doch nur beschützen. Jeder wird nur Deine Strausberger Vergangenheit sehen und nicht den Fall!"

Aylin versteht seinen Ehrgeiz, doch sie will nicht in diese Fede hineingezogen werden.

Mike glaubt, Aylin will nur ihre Ruhe, wie alle anderen auch, macht sie Dienst nach Vorschrift, statt diesen Abschaum ins Gefängnis zu bringen. „Gut, wie Du meinst." Mike gibt klein bei, doch sein Ehrgeiz, diesen Fall zu lösen, wird immer stärker. Mike wird es allen zeigen! Aylin, Peter und erst recht, seinen alten Kollegen in Strausberg.

Sascha Biermann sitzt sicher in der S-Bahn. Er sieht die Vorstadt an ihm vorbeirauschen und wundert sich, wie sie ihm so schnell auf die Schliche gekommen sind. In Berlin kleben die Bullen nicht so hartnäckig an einem. Sascha beschließt, erstmal Gras über die Sache wachsen zu lassen. Oder soll er in eine andere Region fahren? Nach Hannover oder gleich ins Ruhrgebiet? Seine Chancen wären nicht schlecht, dort die Blüten loszuwerden. Doch was ist mit der Kleinen? Lisa könnte ihn mit einem Schlag reich machen, wenn er es richtig anstellt. Heute Nachmittag wird er Lisa so richtig beeindrucken und mit ihr auf der Spree entlangfahren. Wer weiß, vielleicht kann er auf diesem Fahrgastschiff noch die eine oder andere Blüte loswerden.

Marsa Matruh

Es ist ein weiterer sonniger Tag am Mittelmeer. Tabea Lindemann sitzt in der kleinen Taverne vor dem Strand und trinkt ihren Kaffee. Heute geht sie nicht baden, denn Tabea hat noch einen Temin mit dem Betreiber eines Kinderheims. Tabea hat es nicht einfach als Frau in diesem islamischen Land. Die Männer lehnen es schlichtweg ab, mit einer Frau zu verhandeln. Tabea könnte es sich einfach machen, sie könnte einen der beiden Männer aus ihrem Team rein formell als Geschäftsführer einsetzen und sich von ihm begleiten lassen, doch Tabea will ihren Gewinn nicht teilen. Weder Mustafa noch ihr Liebhaber José wissen von ihrem Verhandlungsgeschick mit den örtlichen Hilfseinrichtungen.

Hamadi, der Leiter des Kinderheims, ist ein typischer Ägypter. Er spricht recht gutes Englisch und weiß, wie er an die Gelder der deutschen Hilfsorganisation kommt. „Mein Haus ist voll schreiender Kinder! Ich muss ein weiteres Haus anmieten, weil ich sie nicht mehr unterkriege!", jammert der gutbeleibte Ägypter.

„Hamadi, ich brauche Bilder, am besten Videos, sonst kann ich Dir kein Geld überweisen!" Tabea besteht darauf, sich mit ihm nur an einem neutralen Ort zu treffen, deshalb musste Hamadi auch an den Strand fahren. Tabea ist vorsichtig, sie traut Hamadi nicht über den Weg, aber wenn sie das Geld nicht teilen will, muss sie mit ihm allein verhandeln. Tabea bestellt noch einen Kaffee.

„Aber Du bekommst doch die üblichen zweitausend Dollar?" Hamadi fuchtelt mit dem Arm, als wolle er lästige Fliegen verscheuchen. „Mach Deine Videos doch selbst!" Hamadi hasst die deutsche Göre. Am meisten hasst er, dass er von ihr abhängig ist. Abhängig von einer dürren Frau, ohne jeglichen Anstand, welch eine Schande!

Tabea ist vorsichtig, sie darf nicht wieder mit ihrem eigenen Handy filmen, da man es in den Metadaten identifizieren kann. „Mach ein Video von Deinen schlimmsten Fällen und schicke es mir, dann überweise ich Dir die fünfhunderttausend Dollar!"

„Scheiße, Tabea, die Krüppel bin ich gerade losgeworden! Ich kann nur mit den Mädchen Geld verdienen!", flucht Hamadi. Er mag diese Handyvideos nicht.

Tabea war erst einmal in seinem Waisenhaus und ihr war nicht wohl dabei, als sie die Kinder dort gesehen hat. Eigentlich ist ihr klar, dass Hamadi mit den Kindern handelt. „Du hast mir doch gerade erzählt, Dein Haus ist voll!", kontert Tabea. Sie weiß, er lügt, wenn er das Maul aufmacht, aber er bescheißt sie wenigstens nicht um ihren Anteil. „Was hast Du mit den behinderten Kindern gemacht?" Tabea weiß, sie sollte sich aus seinen Geschäften raushalten, doch sie muss auch etwas Druck aufbauen, damit ihr Hamadi nicht gänzlich auf der Nase herumtanzt. „Was heißt losgeworden?"

Hamadi macht eine abwertende Geste. Er redet viel mit den Händen. „Keine Ahnung! Ein Libyer hat die beiden mitgenommen, zusammen mit vier anderen Jungs. Was weiß denn ich, was er mit denen macht." Hamadi hasst diese abgeklärte Europäerin ohne jegliche Erziehung. Sie bildet sich ein, den Männern gleichwertig zu sein, doch dieses Miststück hat nun mal die Hand auf dem Geld. „Ich werde sehen, was ich machen kann!" Auf Arabisch fügt er hinzu: „Verdammte Schlampe.", lächelt dabei Tabea freundlich an.

„Hoffentlich tauchen diese Kinder nicht irgendwo wieder auf! Wir können uns keinen Skandal leisten!" Tabea ahnt, dass seine Worte nicht so freundlich waren, wie sein Grinsen. „Maa alslama!", spricht Tabea die einstudierte Abschiedsformel. Ihre Partner sprechen alle Englisch und so musste Tabea nie Arabisch lernen. Hamadi winkt nur ab und verlässt das Café. Tabea trinkt ihren Kaffee aus und lässt hundert Pfund auf dem Tisch liegen. Sie ist wütend und muss sich abreagieren, also geht sie in die Altstadt, um es sich von ihrem schwarzen Hengst besorgen zu lassen.

Das Büro von Human Life ist ein ehemaliges Ladenlokal, in das zwei Trennwände eingezogen wurden. José und Mustafa schlafen meistens hier. Mustafa spart sein gutes Gehalt, um später einmal ein Haus zu bauen, wenn er eine passende Frau gefunden hat. José verbringt oft die Nacht in Tabeas Apartment, aber nicht immer hat Tabea Lust auf ihn, dann treibt er sich auch manchmal am Touristenstrand herum und vögelt reiche Europäerinnen für harte Dollar.

Seit zwei Tagen war Tabea nicht mehr im Büro, sie hatte sich mal wieder ein nettes Zimmer in einer der kleinen Strandpensionen gemietet. Die kleinen Hütten mit jeweils zwei Zimmern liegen direkt am Strand, die Aussicht über den Strand aufs Meer ist einfach herrlich und erst die Bedienung. Junge, attraktive Männer laufen mit freiem Oberkörper zu den Liegestühlen und bringen frische Drinks und das Beste daran ist, dass die Abrechnung über das Konto der Hilfsorganisation läuft, deklariert als Unterbringung für Flüchtlinge. Doch heute muss sie sich im Büro blicken lassen: „Hi Mustafa, wo ist José?", fragt Tabea, als sie müde das Büro betritt.

Mustafa sitzt vorm Computer, er hat in Deutschland eine Ausbildung angefangen, dann ist er wieder in seine Heimat zurückgekehrt. Seinen überdurchschnittlichen Lohn erhält er weiterhin vom Berliner Sozialamt. Er verfasst die Artikel über die Projekte der Hilfsorganisation. Tabea überfliegt sie nur und schickt sie dann nach Berlin, wo Lisa etwas Verwertbares daraus macht. „José ist einkaufen gegangen. Du siehst nicht zufrieden aus?" Mustafa weiß von dem Treffen mit Hamadi. Er bangt jedes Mal um Tabeas Sicherheit, weil sie ihn allein treffen will.

„Dieser dämliche Hamadi! Er soll mir Fotos liefern, vorher bekommt er kein Geld. Haben wir schon Reaktionen aus Deutschland?" Tabea sitzt nicht gern am Computer, dafür hat sie Mustafa, der den ganzen Tag auf diesen Bildschirm glotzt.

„Nicht nur aus Deutschland, auch in Österreich und Holland wurde der Artikel veröffentlicht. RND schreibt, wir sollen mehr liefern!", fasst Mustafa zusammen.

„Arbeitest Du schon daran?" Tabea delegiert gern die Arbeit an andere. Noch besser wäre es, wenn die anderen die Arbeit auch von selbst sehen würden.

„Wir brauchen erst neue Bilder. Gehst Du mit José welche machen?" Mustafa hat längst das System durchschaut. Er ahnt, wozu Tabea fähig ist und er ahnt auch, dass sie in die eigene Tasche wirtschaftet. Auch Mustafa hat damit begonnen, kleine Rechnungen zu schreiben und sich das Geld auf sein eigenes Konto zu überweisen. Schließlich ist er es, der die Belege sortiert und nach Berlin schickt.

„Lust habe ich keine, aber ich denke, José wird schon was finden." Tabea fotografiert nicht gern, aber José. Er kennt die richtigen Leute in den Slums der Vorstadt und er kann gut mit ihnen reden.

Mustafa kennt José aus Berlin. Sie haben sich im Berliner Sozialamt getroffen und dort haben sie auch Tabea kennengelernt. Die beiden Männer haben der angehenden Journalistin über die Zustände in ihrem Heimatland berichtet und dann hatte Tabea die Idee, selbst eine Hilfsorganisation zu gründen. Nachdem sie einiges an Geldern zusammen hatte, sind sie nach Ägypten geflogen, um dort Hilfsprojekte zu unterstützen. Tabea erkannte damals schnell, wie einfach es ist, andere für sich arbeiten zu lassen und dabei nicht nur die Lorbeeren einzustecken. Mustafa und José waren genau die Richtigen dafür. Beide waren sehr strebsam, wollen was lernen, um sich später einmal in ihrer Heimat ein Geschäft aufzubauen. Tabea hat ihre Beziehungen zu einer Abgeordneten spielen lassen und als diese zur Außenministerin ernannt wurde, konnte Tabea sie überzeugen, Human Life zu unterstützen. Tabea verpflichtete Mustafa und José, mit ihr nach Marsa Matruh zu gehen, denn nur so bekamen die beiden neben der deutschen Staatsbürgerschaft auch weiter ihr Gehalt vom Berliner Sozialamt.

„Guten Morgen, Tabea!" José steht mit frischem Gemüse und Brot in der Tür. Er sortiert es auch gleich und sagt: „Ich mache gleich Essen!" José sorgt stets dafür, dass frisches Essen auf den Tisch kommt. Er nimmt eine Paprika und schneidet sie für den Salat in Streifen.

Tabea schaut auf den muskulösen schwarzen Mann, er hat ein weißes Feinripp Unterhemd und eine Jeans an. „Wir müssen Bilder machen! Essen können wir unterwegs!" Tabea hat nur Appetit auf seinen Körper, aber nicht auf sein Essen. Von Anfang an war sie in seine Ausdauer verliebt. Noch nie hat ihr ein Mann gleich drei Orgasmen hintereinander verschafft. Für Tabea ist José nur ein williger Diener, der sich hervorragend in diesem Land auskennt.

Mit vollem Mund nuschelt José: „Ich habe Hunger! Trink doch vorher noch einen Kaffee!", er zeigt auf die halbvolle

Kaffeemaschine und stopft sich noch mehr Essen in den Mund.

„Ich will jetzt nichts!" Tabea will nur seinen Schwanz, dann kann sie sich auch um die unwichtigen Dinge kümmern. „Nimm Dir was mit, Du kannst unterwegs essen!" Tabea geht vor und erwartet, dass José ihr folgt.

„Wo willst Du hin?", fragt José mit einem Stück Brot in der Hand.

„Erst müssen wir zu mir, dann fahren wir in die Slums oder hast Du eine bessere Idee?" Tabea lässt ihn vorgehen, so wie es hier üblich ist. Lediglich zwei Häuser weiter wartet José darauf, dass Tabea die Haustür aufschließt. Es ist eins der wenigen Häuser mit einem verschlossenen Hauseingang. José geht die Treppe hoch und Tabea schaut ihm erwartungsvoll nach.

„Was wollen wir hier?", fragt José, als er ihr Apartment betritt.

„Zieh Dich aus, ich will Dich!" Tabea entledigt sich ihres dünnen Tops und bindet ihr Bikinioberteil ab.

„Oh, verstehe!" José war ganz in seine Arbeit vertieft, doch nun bekommt er auch Lust, es der weißen Frau zu besorgen. Er zieht sich Jeans und Hemd aus.

Tabea ist schon nackt und befreit ihn vom engen Slip, schaut auch gleich nach, ob bei ihrem Hengst noch alles da ist, wo es hingehört. Sie spielt mit seinen Eiern, mit der anderen Hand tastet sie sich an seinem Oberkörper entlang und sagt: „Leck mich!" Ihr starker Liebhaber trägt Tabea ins Schlafzimmer, legt sie aufs Bett und beginnt, sie oral zu stimulieren. „Oh ja! Mach weiter… los, fick mich jetzt!" Tabea kann nicht mehr und schon taucht er in sie ein, bis zum Anschlag. José hält lange durch, bis er kommt und sich dann in ihr ergießt. „Gott, das habe ich so gebraucht!", stöhnt Tabea erleichtert. „Sei vorsichtig! Sau mir nicht das Laken ein!", faucht sie, als José sich aus ihr entfernen will. Auch Tabea versucht, nichts herauslaufen zu lassen, als sie zur Dusche eilt.

„Jaja, ist ja schon gut!" Dieses Weib hat kein bisschen Romantik in sich, denkt sich José und wäscht sich am Waschbecken, dabei beobachtet er ihre Silhouette. Diese Frau raubt ihm noch den Verstand. Im Bett ist sie der Wahnsinn, doch sonst ist sie eine widerwertige Hexe. José muss von ihr wegkommen, ehe diese Beziehung in einem Desaster endet, doch er kann nicht von ihr lassen. José liebt den Sex mit ihr. Nein, er braucht den Sex, er ist süchtig nach ihrem weißen Körper.

Als Tabea wieder frisch ist, steigt sie aus der Dusche, klatscht José auf seinen kleinen festen Arsch und sagt: „Komm, zieh Dich an, wir brauchen Fotos!" Tabea greift sich ein frisches Top sucht ihre Jeansshorts und erst dann zieht sie auch einen neuen Slip an. José beobachtet sie die ganze Zeit. „Gefällt Dir wohl?", lacht Tabea, als sie die Shorts zuknöpft und die Beule in seiner Hose sieht.

José sagt nichts dazu, denn seine Lust kann er nicht

verbergen. Er ist damals mit ihr wieder zurück in seine Heimat gegangen, weil er ihr geglaubt hat. Doch Tabea hat sich mittlerweile ein gutgehendes Netzwerk aufgebaut. Sie verwaltet die Spendengelder aus Deutschland. Wer ihr eine gute Story liefert und Tabeas Anteil nicht vergisst, der bekommt auch was vom Kuchen ab, den sie verteilt. „Hast Du keine Angst, aufzufliegen?", fragt José leise auf dem Weg in die Slums.

„Ach, mach Dir keine Sorgen, Du bekommst doch Dein Geld vom Amt. Sorge halt vor, so wie es andere auch machen und halte Dich an mich." Tabea denkt über seine Worte nach. Ob er womöglich zu viel weiß?

„Ich verstehe nicht, was Du meinst." José ahnt allerdings, dass Tabea irgendetwas plant.

„Ist nicht so wichtig! Erinnere mich, dass ich heute noch mit Lisa telefonieren muss! Sie macht immer so früh Feierabend!" Tabea hat noch einen anderen Termin, doch davon braucht José nichts zu wissen.

Als sie in den Slums ankommen, fragt José: „Was willst Du haben? Kinder oder auch Kranke?"

„Am besten kranke Kinder." Tabea schaut sich um, sieht einen Jungen dasitzen. „Mach mal von dem da ein Bild, aber sag ihm, er soll nicht immer die Fliegen verscheuchen!" Tabea beobachtet Josés Arbeit, wie er sich verrenkt, um im richtigen Winkel zu fotografieren, dann sieht sie, wie der Junge sich freut: „Sag ihm, er soll traurig drein-schauen und dann mach eine Nahaufnahme!" José redet mit dem Jungen und der macht, was Tabea will. Tabea reicht dem Jungen einen einhundert Pfund Schein, wofür er gerade mal ein Brot bekommt.

„Hast Du nicht etwas mehr für die Kinder übrig?", fragt José traurig.

„Das reicht doch wohl, hast Du nicht gesehen, wie er sich gefreut hat?", kontert Tabea.

„Er weiß doch gar nicht, was Du ihm da gegeben hast. Er hätte sich auch über einen rostigen Nagel gefreut."

„Ach was, dann sollte ich mir etwas Schrott besorgen, das spart Geld.", lacht Tabea. Sie gehen weiter und Tabea ent-deckt drei Mädchen, die miteinander spielen. „Da, von den drei Mädchen musst Du mir ein Foto machen." Tabea schaut sich die Mädchen genauer an, als sie aufstehen und auf die Europäerin zurennen. „Oh nein, das geht ja gar nicht. Frag sie, ob sie noch andere Kleider haben! Zerris-sen mit Flecken und sie müssen sich etwas Dreck ins Ge-sicht schmieren!" Tabea braucht Leid auf den Fotos.

„Tabea, diese Mädchen sind stolz auf ihre Kleider, sie wür-den nie zulassen, dass sie schmutzig werden!", erklärt José, der selbst aus einem dieser Slums kommt.

„Na und, von sauberen Kleidern können sie nicht essen! Geld gibt's nur, wenn sie arm und dreckig aussehen. Sag ihnen das!", faucht Tabea. Sie ist beruflich hier und nicht auf Mitleidstour. Sie kann nur Spenden generieren, wenn sie das Leid dokumentiert und nicht die Freude, die die Kinder an den schönen Dingen haben.

José spricht die Kinder sehr harsch an, damit sie sich umziehen gehen. Die kleinste weint und die anderen beiden diskutieren mit ihm. „Wir brauchen schmutzige Kinder. Wollt ihr Geld haben, dann zieht euch alte Kleider an!", sagt ihnen José auf Arabisch.

Nach einigen Minuten kommen die Kinder in zerlumpten Kleidern heraus. Die jüngste weint noch immer und José will ihr ein Taschentuch reichen, da geht Tabea dazwischen: „Finger weg! Genauso will ich sie haben! Sag den anderen beiden, ich leg noch einen Hunderter drauf, wenn sie auch heulen!" José übersetzt Tabeas Wunsch und die Mädchen schauen sich fragend an, dann besprechen sie sich kurz und hauen sich gegenseitig ins Gesicht, bis sie auch weinen. „Ja, perfekt! José, das wird ein gutes Foto!", freut sich Tabea, als sie drei weinende Mädchen sieht.

José lässt die Kamera klicken, er fotografiert die drei Mädchen aus allen Perspektiven, dann gibt Tabea der älteren vierhundert Pfund. „Ist das alles?", beschwert sich José.

„Ja, mehr gibt es nicht!", sagt Tabea, setzt sich ins Auto und wartet auf José.

José schüttelt den Kopf und gibt ihnen aus seiner Tasche noch fünfhundert Pfund dazu. „Kauft Essen dafür!", sagt er den dreien auf Arabisch. „Du bist so geizig!", beschwert er sich bei Tabea.

„Nicht geizig, mein Lieber, sparsam! Einer muss doch das Geld zusammenhalten und an die Zukunft denken!" Tabea sorgt vor, denn ewig wird dieses System nicht funktionieren, dessen ist sich Tabea bewusst.

„An Deine Zukunft, aber nicht an die Zukunft der Kinder!" José hasst ihre Dekadenz.

„Ach was, glaubst Du etwa, wenn ich ihnen mehr gebe, werden sie Ärzte und besiegen dann den Krebs? Sie müssen lernen, mit wenig auszukommen, dann wird auch was aus ihnen!", gibt Tabea überheblich zurück.

Die beiden fahren wieder in die Stadt und José gibt Mustafa die Kamera, damit er die Bilder herunterladen kann. „Mustafa, mach dazu einen Bericht, ich überarbeite ihn morgen.", sagt Tabea, dann telefoniert sie mit Lisa in Berlin: „Was ist mit den Goldstücken? Läuft alles?"

„Herr Adler hat das Gold bestellt und der Kurier wird es Ende November nach Ägypten bringen, vorher hat er keine freien Kapazitäten!", antwortet Lisa.

„Was? Ende November? Lisa, das ist zu spät! Ich brauche das Gold!", schreit Tabea ins Telefon. Tabea ahnt, dass ihr nicht mehr viel Zeit bleibt, denn sie hat Angst, irgendwann aufzufliegen.

„Tut mir leid. Das Geld, viel ist es nicht mehr, kann ich Dir gleich überweisen.", sagt Lisa eingeschüchtert.

„Lisa, ich brauche diese Goldmünzen! Scheiße, wir müssen einen anderen Weg finden!"

Lisa überlegt, doch einen anderen Weg, das wertvolle Edelmetall zu versenden, kennt sie auch nicht. „Ich frage morgen nochmal nach." Lisa schaut auf die Uhr. „Tabea, ich muss Schluss machen, ich habe noch einen wichtigen Termin!" Lisa will ihr noch nicht sagen, dass sie sich mit Sascha trifft.

Tabea ist überrascht. „Oh, hast Du schon wieder Feierabend?" Tabea schaut auf die Uhr. „Ach, die Zeitverschiebung!"

Tabea verbringt den Nachmittag wieder am Strand, wo ihr ein Segelboot auffällt, das draußen vor Anker liegt. Tabea liebt diese Segelboote, sie ist erst einmal mitgesegelt und seitdem will sie das unbedingt noch einmal machen. Nach einer Weile glaubt Tabea eine deutsche Fahne am Heck des Bootes zu erkennen. Nun wird sie erst recht neugierig und schaut sich am Strand nach Deutschen um. Ein junges Pärchen fällt ihr auf, weil sie sich selbst mit einer kleinen Kamera am Strand filmen. Als sie danach zur Bar wollen, fängt sie Tabea ab. „Setzt euch, ich lade euch ein!" Tabea winkt auch gleich den Barmann heran.

„Oh, Sie sind auch aus Deutschland?", fragt der junge Mann und setzt sich.

„Das ist ja nett!", freut sich die junge Frau. „Ich bin Leonie und das ist Tobias!", sie weist auf ihren Freund.

„Tabea! Ihr seid wohl YouTuber?", rät Tabea.

„Sailing Leo & Tobi heißt unser Kanal!" Leonie ist sehr stolz auf die fast tausend Abonnenten.

Tobias schaut sich die braungebrannte Frau an. „Lebst Du etwa hier?" Tabea gefällt ihm, doch er muss seine Freundin im Blick behalten.

Tabea spielt gern mit ihren Reizen. „Kann man so sagen! Ich leite eine Hilfsorganisation!" Tabea gibt den beiden noch einen zweiten Drink aus und lässt sich erzählen, was die zwei so machen. Leonie berichtet ganz stolz, dass sie gerade aus Griechenland kommen und hier ihre Vorräte auffüllen wollen, bis sie in knapp einer Woche nach Spanien aufbrechen werden.

In den nächsten Tagen trifft sich Tabea noch öfter mit den beiden, sie zeigt ihnen die Altstadt und alles Sehenswerte in der Stadt. Die beiden berichten auf ihrem YouTube Kanal über Human Life und Tabea lässt sich gern von Tobias überreden, einen Tag lang mit den beiden an der Küste entlang zu segeln. Tobias zeigt Tabea dabei ihr Segelboot und als Tabea die kleine Gästekoje im Bug sieht, kommt ihr eine Idee.

Mike gibt nicht auf

Statt sich an Aylins Empfehlung zu halten, geht Mike zu seinem Chef: „Peter, die Strausberger haben die Falschen verhaftet! Es ist mit Sicherheit dieser Sascha Biermann aus Berlin!"

Peter weiß schon Bescheid und er will mit Mikes Rachefeldzug nichts zu tun haben. „Hast Du einen Bericht nach Berlin geschickt?"

„Noch nicht, ich wollte erst mit Dir reden! Lass mich ihn observieren! Ich wette, er führt uns direkt zu seinen Hintermännern!", bittet Mike.

Peter schüttelt den Kopf: „Mike, die Strausberger haben mich nicht gerade sehr freundlich gebeten, dass wir in unserem Revier bleiben sollen! Du wirst nicht nach Berlin fahren! Schreib einen Bericht und dann kannst Du Feierabend machen! Morgen gibt es einen neuen Fall für euch, denn dieser ist jetzt abgeschlossen!"

Mike ahnt, worum es wirklich geht: „Hier geht es also nur um Befindlichkeiten und die richtige Zuständigkeit! Peter, wir sind Polizisten und sollten Verbrecher ins Gefängnis bringen, nichts weiter!"

„Mike, Du bist kein Streifenpolizist! Außerdem hast Du doch schon am eigenen Leib erfahren, wohin Dich Dein Übereifer bringt!" Peter meint es gut mit seinem alten Freund, doch auch er will keinen Ärger. „Nimm Dir mal einen Tag frei, komm einfach runter!", empfiehlt der Chef.

Mikes Puls wird immer schneller, denn jeder reitet auf dieser alten Geschichte herum, doch dann kommt ihm eine Idee: „Verstehe! Ich müsste mich mal um meine Wohnung kümmern. Kann ich mir zwei freie Tage nehmen?"

Peter lächelt: „Ja, renoviere Deine Bude, dann kommst Du auf andere Gedanken! Wir sehen uns dann am Montag in alter Frische wieder!"

Mike geht zu Aylin. „Hast Du den Bericht schon fertig?"

Aylin lächelt: „Ja, ist alles erledigt! Hast Du Dich bei Peter entschuldigt?"

Mike nickt und sagt: „Wir haben uns ausgesprochen. Aylin, ich nehme mir zwei Tage frei, um meine Bude zu renovieren!" Zu spät denkt Mike daran, dass Aylin seine Wohnung kennt, zumindest das Schlafzimmer.

Aylin will schon zustimmen, doch dann: „Deine Wohnung ist doch… Mike, was hast Du vor?"

„Nichts! Ich muss einfach mal runterkommen!", beschwichtigt Mike.

Aylin glaubt ihm nicht so recht. „Ruf mich an, wenn Du Hilfe brauchst!"

„Danke!", sagt Mike, lächelt Aylin an und geht. Aber er geht nicht nach Hause!

Mike fährt zu Saschas Adresse, parkt gegenüber und gleich im nächsten Moment verlässt Sascha das Haus. Mike macht sich klein hinter seinem Lenkrad, dann beobachtet Mike, wie Sascha zum S-Bahnhof geht. Mike hasst die S-Bahn, doch was soll er machen? Er schließt sein Auto ab und folgt dem Verdächtigen. Mike muss vorsichtig sein, denn Sascha kennt ihn jetzt. Mit gebührendem Abstand verfolgt er Sascha zum Bahnsteig. Mike steigt zwei Türen weiter in die S-Bahn und beobachtet seinen Verdächtigen. Schon nach zwei Stationen steigt er am Ostbahnhof aus, um nur wenige Minuten später in einem Bürogebäude zu verschwinden.

Mike kann gerade noch die Haustür festhalten, ehe sie ins Schloss fällt. Er wartet kurz, bis Sascha in den Fahrstuhl steigt. Mike wartet davor und beobachtet die Anzeige. Fünfte Etage! Mike schaut sich die Firmen an, die dort gelistet sind und macht ein Foto, dann verlässt er das Haus und wartet ein Stück weiter auf den Verdächtigen. Währenddessen besucht Mike im Internet die jeweiligen Firmenseiten. Eine Versicherung, ein Gebäudemanagement, eine Hilfsorganisation und ein Notar befinden sich auf der Etage. Schon nach zehn Minuten verlässt Sascha das Gebäude. Im Arm hält er eine junge zierliche Frau. Er wollte also nicht zu einer der Firmen, Sascha hat seine Freundin abgeholt, schlussfolgert Mike. Er versucht sich das Gesicht der jungen Frau einzuprägen, um dann auf den Firmenseiten nach ihr zu suchen. Die beiden gehen zügig zum Bahnhof. Nun muss Mike wieder S-Bahn fahren.

Doch nein, sie gehen am Bahnhof vorbei und werden immer schneller. Als sie die Fahrbahn überqueren, nutzen sie eine große Lücke, doch Mike schafft es nicht mehr. Zu viele Autos befahren die dreispurige Straße. Eine ganze Ampelphase muss Mike warten, ehe er seinem Verdächtigen hinterherrennen kann. Er sieht sie auch schon von weitem auf einem Steg der Reederei Riedel stehen, doch Mike schafft es nicht mehr, das Fahrgastschiff legt ohne ihn wieder ab. Mike macht Fotos vom Schiff. Es gibt einfach zu viele Anlegestellen und Mike ist nur zu Fuß.

Mike nutzt die Gelegenheit, setzt sich ans Spreeufer, er nimmt sein Handy und durchsucht die Internetseiten der ansässigen Firmen in der fünften Etage. Mike kann die Versicherung und den Notar ausschließen. Entweder arbeitet sie beim Gebäudemanagement oder bei der Hilfsorganisation. Auf der Internetseite von Human Life gibt es tausende von Bildern, aber es sind Bilder aus Afrika. Mike muss für heute aufgeben, also geht er zum Bürogebäude und klingelt beim Gebäudemanagement. Er fährt in die fünfte Etage, ein Mitarbeiter öffnet ihm und Mike beschreibt die junge Frau.

„Hier bin nur ich und meine Kollegin!" Er zeigt in das chaotische Büro und weist auf die ältere und deutlich fülligere Frau hin. „Sie meinen bestimmt die Kleine, die bei Human Life arbeitet! Die geht aber schon immer recht früh! Sie ist dafür morgens immer die erste hier!"

Mike bedankt sich und weiß nun, dass es sich eigentlich nur um die Sekretärin von Human Life, Lisa Koch, handeln kann. Mike fährt nach Hause, um etwas zu schlafen. Morgen wird er sich wieder auf die Lauer legen.

Am nächsten Morgen fährt Mike wieder nach Berlin. Er parkt so, dass er den Eingang von Saschas Haus im Blick hat, dann ruft er Aylin an: „Guten Morgen, bist Du im Büro?"

„Mike, was ist los?", wundert sich Aylin. „Hast Du was vergessen? Brauchst Du was? Ich schließe gerade den Fall mit den Schließfächern ab!"

„Suche doch mal nach einer Lisa Koch, sie ist Sekretärin bei Human Life, einer Hilfsorganisation!", bittet Mike.

„Was willst Du mit einer Sekretärin?" Aylin glaubt, er checkt eine Bekanntschaft ab. Hat Aylin sich in Mike geirrt? Sucht er sich eine neue Frau?

„Bitte Aylin, es ist wichtig!" Mike will Aylin nicht den wahren Grund seiner Anfrage nennen.

Aylin gibt die Daten ins System ein und erhält einen Treffer. „Mike, die ist viel zu jung! Sie ist zweiundzwanzig und wohnt hier in Königs Wusterhausen! Ist das Deine neue Freundin?" Aylin ist irgendwie enttäuscht von Mike.

„Nein! Gib mir ihre Adresse durch! Liegt irgendetwas gegen sie vor?", fragt Mike.

„Nein, sie ist sauber! Wo hast Du sie denn kennengelernt? Mike, was willst Du von ihr?", fragt Aylin.

„Das erkläre ich Dir später!" Mike legt auf, weil Sascha gerade nach Hause kommt. War er über Nacht bei dieser Lisa?

Mike hat auf der Internetseite von Human Life gelesen, das Berliner Büro ist täglich bis 15.00 Uhr besetzt, also beschließt Mike, pünktlich um drei dort zu sein. Wenn Sascha erst jetzt nach Hause kommt, wird er sicherlich schlafen gehen und Mike kann die Zeit besser nutzen als ständig auf seinen Hauseingang zu starren, also fährt er zum Treptower Hafen. Unterwegs telefoniert er nochmals mit Aylin: „Gibt es was Neues im Falschgeldfall?"

„Wieso, ich denke, Du renovierst?", fragt Aylin.

„Ach, weißt Du, ich will nur auf dem Laufenden bleiben! Weißt Du, ob es weitere Funde gegeben hat?", relativiert Mike seine Neugier.

„Es gibt mittlerweile etliche Fälle! In fast allen Berliner Bezirken sind die fünfzig Euro Scheine aufgetaucht. Es sind wohl mehrere, die es unters Volk bringen. Vielleicht verraten die beiden aus Strausberg ihre Hintermänner.", erklärt Aylin. Sie ist sich nun ziemlich sicher, dass Mike weiter an diesem Fall arbeitet und diesen Sascha Biermann doch beobachtet, also stellt sie Mike auf die Probe: „Was hat Deine Observierung ergeben?"

„Nichts Neues!", antwortet Mike spontan. „Äh… wie meinst Du das?"

„Sei bloß vorsichtig! Und bitte, erwähne nicht, dass ich Dir geholfen habe!" Aylin kann sich schon denken, dass es keinen Sinn macht, Mike von seinem Vorhaben abzuhalten. Sie muss nur darauf achten, dass sie nicht selbst ins Visier der Dienstaufsicht gerät.

Mike ist froh, dass Aylin hinter ihm steht. „Danke für Dein Verständnis, Aylin!"

Mike parkt in der Lieferzufahrt zum Hafen und sucht nach der Spree-Perle II. Auf der ist das Pärchen unterwegs gewesen und Mike will nun herausfinden, ob sie dem Personal aufgefallen sind. Er betritt den Steg.

Ein Steward wird auf den Besucher aufmerksam: „Wir legen erst in zwei Stunden ab!" Der Steward stellt sich Mike in den Weg.

Mike muss vorsichtig sein, er ist nicht in seinem Revier. „Kriminalpolizei, ich habe ein paar Fragen!" Mike hält ihm kurz seine Marke vor die Nase. „Waren Sie gestern auch an Bord?"

„Ja, ich bin täglich auf dem Schiff!", sagt der Steward.

Mike wundert sich etwas, dass der Steward nicht nach einem Gund fragt. „Hat hier jemand mit falschen fünfzig Euro Noten bezahlt?"

Der Steward wird etwas nervös, lässt es sich aber nicht anmerken: „Äh, nicht dass ich wüsste."

„Wer kassiert hier noch außer Ihnen?", fragt Mike.

Der Steward antwortet nicht, er sagt: „Ich bringe Sie zum Kapitän." Er bringt Mike in das winzige Büro des Kapitäns. „Kalle, hier ist jemand von der Polizei wegen Falschgeld!" Soll sich doch der Kapitän darum kümmern und sich das Maul verbrennen, denkt sich der Steward.

Mike stellt sich kurz vor, sagt aber nicht, von welchem Revier er ist. „Gestern Nachmittag ist ein verdächtiges Pärchen auf Ihrem Schiff mitgefahren. Am Spreeufer sind sie zugestiegen. Wir nehmen an, sie wollten ihr Falschgeld loswerden." Mike fragt vorsichtig weiter, denn er weiß, dass es ein Verlust wäre, Falschgeld zu melden: „Ist Ihnen jemand aufgefallen, der stets mit fünfzig Euro Noten bezahlt hat?"

„Nee! Hier steigen so viele Touristen ein und aus, da fällt sowas nicht auf!", sagt der Kapitän und will sich wieder seinem Dienstplan widmen. „War´s das?" Er erwartet nun, dass Mike sein Büro verlässt.

„Schon gut. Sie wissen ja, wenn Sie weitere Hinweise haben, melden Sie sich!" Mike geht wieder von Bord. Am Anleger erregt eine hübsche Frau seine Aufmerksamkeit. Sie geht direkt auf die Spree-Perle II zu. „Einen Moment bitte, Sie sind doch Stewardess auf der Spree-Perle II? Michael Penske, Kriminalpolizei!" Mike hält ihr kurz seinen Dienstausweis vor die Nase.

152

Verunsichert bleibt die junge Frau stehen. „Ja, wieso?“

„Waren Sie gestern auch vom Falschgeld betroffen?“, fragt Mike, eher so nebenbei.

„Äh, ja?“ Eigentlich sollte doch keiner davon reden, warum haben sie es nun doch dem Polizisten gemeldet, wundert sich die Stewardess.

„Wieviel war es denn?“, hakt Mike nach.

„Bei mir war es zum Glück nur ein Fünfziger.“, lächelt die junge Frau. „Mein Kollege hat gleich drei falsche Scheine kassiert!“ Dass er die Blüten so, wie auch sie, wieder unter die Leute gebracht hat, sagt sie dem Polizisten lieber nicht.

Mike hält ihr das Handy mit einem Foto des Verdächtigen vor die Nase. „War er das?“

Die junge Frau schüttelt den Kopf. „Ich weiß nicht, ich hatte so viele Gäste bedient.“

„Das wars schon. Sie können weitermachen!“, sagt Mike. Er hat zwar immer noch keinen Beweis, aber er ist sich sicher, dass er auf der richtigen Spur ist. Er schaut der jungen Frau noch hinterher, wie sie an Bord geht und ihre Hüften dabei schwingt. Sie wird sicherlich einige Probleme bekommen, wenn sie jetzt mit ihren Kollegen über mich spricht, denkt sich Mike und geht zur Imbissbude, um sich eine Bratwurst zu holen. Mike bezahlt mit einem fünfzig Euro Schein und beobachtet, wie die Angestellte ihn eingehend prüft. „Ist bei Ihnen auch Falschgeld aufgetaucht?“

Die Verkäuferin wird vorsichtig. „Wieso?"

Mike hält seinen Dienstausweis über die Theke. „Ich frage beruflich!", sagt Mike und steckt sein Wechselgeld ein.

Die Angestellte hat sofort ein schlechtes Gewissen. „Ja!" Sie will keinen Ärger bekommen, also fügt sie gleich hinzu: „Bei mir ja nicht, aber wissen sie, meine Kollegin. Naja, sie hat mir gesagt, wir sollen vorsichtig sein, weil doch wieder Falschgeld im Umlauf ist!" Sie will sich nicht selbst belasten, aber sie steht auf diesen Polizisten.

Mike hält ihr sein Handy mit dem Foto von Sascha über die Theke: „War es der hier?"

„Nein, das glaube ich nicht! Er war doch so nett!", dann fügt sie bedauernd hinzu: „Leider ist er schon vergeben!"

„Ach ja? Woher wissen Sie das?" Hat Mike eine Spur?

Die Bratwurstverkäuferin erinnert sich genau an diesen gutaussehenden jungen Mann. „Er hatte so ein junges Ding im Arm! Ich hätte viel besser zu ihm gepasst!", gesteht sie ihren Frust. Dann beugt sich die fünfundfünfzigjährige gestandene Frau mit ihrem fülligen Ausschnitt über die Theke und sagt freundlich: „Sie können mich ja verhaften und ausfragen, aber erst, nach dem Sie mich gründlich durchsucht haben!"

Mike steht nun so gar nicht auf diese Art Frauen. „Das ist wohl nicht nötig, ich glaube Ihnen auch so!" Mike fragt sich nun, ob ein Mann allein soviel Falschgeld in Umlauf bringen kann oder ob er Komplizen hat.

Mike schaut auf seine Uhr, es ist kurz vor zwei, also fährt er zum Ostbahnhof, parkt in der Nähe des Bürogebäudes und wartet darauf, dass sich Lisa mit Sascha trifft. Doch Sascha wartet vergebens, denn die junge Sekretärin verlässt allein das Bürogebäude und geht zum Bahnhof. Die zierliche Frau steigt dann in den Regionalzug und fährt nach Hause. Mike flucht, denn er hat nichts erreicht. Er legt sich wieder vor Saschas Haus auf die Lauer.

Gute Nachrichten

Lisa sitzt in ihrem Büro, es ist Freitag kurz vor zehn, als ihr Telefon klingelt. Der Juwelier teilt ihr mit, dass sie das Gold ab morgen Früh abholen kann. Normalerweise hat Lisa einen ausgesprochen ruhigen Job. Sie kann sich für ihr Tagesgeschäft genug Zeit lassen, doch jetzt ist es anders, denn mit diesem Anruf muss sie nun einiges organisieren. Lisa ist aufgeregt, doch zum Glück hat sie sich eine Liste gemacht, die sie nun Punkt für Punkt abarbeitet. Obwohl es nicht ganz oben auf ihrer Liste steht, ruft Lisa sofort Sascha an und berichtet ihm: „Oh Gott, Sascha! Ab morgen steht das Gold zur Abholung bereit!"

Sascha nimmt den Anruf sehr gelassen entgegen, obwohl er genauso aufgeregt ist wie Lisa. „Hast Du schon einen Flug organisiert?"

„Ich muss sehen, was ich kriegen kann, die Flüge sind meist ausgebucht!" Lisa hat sich vorher informiert.

„Nimm einen Business Flug, da ist immer was frei!", vermutet Sascha, denn er kennt sich damit nicht aus.

„Die sind viel zu teuer, das kann ich mir nicht leisten!", sagt Lisa, doch sie bedauert auch gleich ihre Worte, denn sie will nicht, dass Sascha schon wieder alles bezahlt.

„Was schert´s Dich? Die Rechnung übernimmt doch Deine Firma!", sagt Sascha geradeheraus.

„Aber es ist doch unser Urlaub!", sagt Lisa leise.

Sascha hat nicht an Lisas Loyalität gedacht, nun muss er schnell eine Lösung finden! „In erster Linie bist Du als Kurier für Human Life unterwegs und erst, wenn Du diese Münzen übergeben hast, beginnt unser Urlaub!", erklärt Sascha. „Pass auf, wir machen es so: Du fliegst erster Klasse nach Massa Ma… na, Du weißt schon. Ich buche mir einen Flug in derselben Maschine, dann machen wir Urlaub und fliegen gemeinsam zurück! Buche jetzt also einen Flug für Dich und dann gibst Du mir die Flugnummer durch, damit ich meinen Flug buchen kann!", erklärt Sascha.

Lisa bucht ständig Flüge für Tabea, sie weiß also, was zu tun ist. „Ich kann Deinen Flug doch auch buchen, dann können wir nebeneinandersitzen!"

Sascha kann kein Risiko eingehen, er müsste Lisa seine Adresse und seinen richtigen Namen geben, schließlich weiß Lisa nur, dass er Schmidt heißt. „Lisa, ich habe keine Ahnung, wie man einen Flug bucht! Das macht mein Büro in Frankfurt für mich! Gib mir einfach die Daten durch!", erklärt Sascha leicht genervt. Er steht an der Straße, während er mit Lisa telefoniert, als ein alter LKW vorbeifährt.

Lisa hört den Lärm und fragt nach: „Wo bist Du denn?"

Sascha muss jetzt sehr vorsichtig sein, er hat eine Idee: „Ich bin am Flughafen, muss schnell nach München!"

Panik kommt bei Lisa auf. Ist sie jetzt auf sich allein gestellt. „Wann kommst Du denn zurück?"

„Mach Dir keine Sorgen! Ich bin rechtzeitig wieder hier!", beruhigt er Lisa.

Lisa hat die Seite der Lufthansa vor sich. „Was ist mit Sonnabend, da gibt es noch einige freie Plätze!"

Sascha überlegt kurz. Sonnabends sind die Straßen der Hauptstadt nicht allzu voll. „Samstag? Ja, Samstag passt, das schaffe ich!"

„Bist Du dann schon zurück?", fragt Lisa ängstlich.

„Mein Rückflug ist bereits gebucht, ich bin Samstagfrüh wieder in Berlin!", verspricht Sascha

„Dann melde ich mich am Sonnabend bei Herrn Adler an!" Lisa überlegt: „Wie bekomme ich das Gold vom Juwelier zum Flughafen?"

„Mit dem Auto! Ich hole erst Dich zu Hause ab und dann holen wir gemeinsam die Münzen beim Juwelier. Oh Lisa, und dann geht's in den Urlaub!", sagt Sascha.

„Ich wusste gar nicht, dass Du ein Auto hast!", sagt Lisa. Sie beachtet jedes Detail, denn es darf nichts schief gehen.

„Ich habe kein eigenes Auto. Wenn ich eins brauche, miete ich eins!", sagt Sascha lässig und überlegt, wo er es mieten soll. „Ich kann es am Flughafen wieder abgeben und dann fliegen wir zusammen in den Süden! Lisa, ich sehe uns schon unter Palmen am Strand sitzen und...", er tut geheimnisvoll, so als hätte er etwas ganz Besonderes mit Lisa vor.

Auch Lisa hat dieses Bild vor Augen. „Oh Sascha, lass mich bloß nicht im Stich!", bittet Lisa.

„Mach Dir keine Sorgen, Lisa! Ich halte meine Versprechen!" Sascha verabschiedet sich von Lisa und geht nach Hause. Eigentlich wollte er noch ein paar Blüten loswerden, doch dann hat er es sich anders überlegt. Zu Hause zählt Sascha sein Bargeld. 2.645 Euro liegen gutsortiert auf seinem Tisch. Viel ist es nicht und wenn er das Risiko bedenkt, dass sich von Tag zu Tag erhöht, war der Koffer voller Blüten kein so gutes Geschenk gewesen. Sascha öffnet den Aktenkoffer und er ist immer noch voller nagelneuer Geldscheine. Sascha sollte jetzt kein Risiko mehr eingehen, also beschließt er den Koffer im Keller zu verstecken, doch bevor er ihn zuklappt, nimmt er noch ein angefangenes Bündel heraus. Als er alles erledigt hat, legt er sich auf seine Couch und schläft ein.

Erst als es dunkel ist, wird Sascha wach, doch nun ist er putzmunter, was ihm gar nicht gefällt, denn morgen ist der große Tag, an dem er an Lisas Goldmünzen kommen muss. Sascha schnappt sich das Bündel Blüten und einen Zehner echtes Geld, dann geht er zum Kiosk. Sascha überlegt hin und her, hat beide Hände in den Taschen. In einer hält er einen nagelneuen Fünfziger, in der anderen den alten Zehner, doch dann legt Sascha den Zehner auf den Tresen und nimmt sich die kalte Dose Bier. Das Risiko wäre zu hoch, denn hier kennt man ihn.

Sascha trinkt sein Bier, genießt das nächtliche Flair in seinem Kiez und erkennt Angelique, die gerade zum Kiosk kommt. Sie trägt ein dünnes Top unter ihrer Jacke, hat einen Minirock an, den andere als Gürtel bezeichnen würden und sie klappert auf ihren hohen Absätzen herum. „Na Jungs, jemand Bock auf ´ne schnelle Nummer?" Angelique schaut einen nach dem anderen an. Keiner kennt ihren richtigen Namen, aber jeder weiß, dass sie eine von den billigen Nutten ist, die schnelles Geld für den nächsten Kick braucht. Ihr Blick bleibt bei Sascha hängen. „Was ist Süßer, mit Dir mach ich alles!" Sascha gefällt ihr, ihn würde sie auch umsonst vernaschen.

Angelique ist ein echter Knaller. Sascha kann den Blick nicht von ihr lassen. „Wirklich alles?" Sascha hat eine Idee.

Angelique mustert Sascha und lächelt: „Klar, alles, was Du willst, Süßer!" Sie spart nicht mit ihren Reizen.

Die zwei anderen Männer am Imbiss beobachten die Situation. Jeder würde sich gern die Nutte schnappen, doch sie trauen sich nicht oder können es sich schlichtweg nicht leisten. Sascha lässt seine angefangene Bierdose stehen und greift sich Angelique, geht mit ihr ein paar Meter, dann fragt er sie: „Nimmst Du auch Blüten?"

„Was? Du spinnst wohl?", ist ihre erste Reaktion, doch dann will sie sich seinen Vorschlag mal anhören: „Was für Blüten?", fragt sie etwas leiser nach.

„Die hier!" Sascha gibt ihr einen Fünfziger.

160

Angelique schaut sich den täuschend echten Schein an. „Nicht schlecht. Fünfhundert und ich blas Dir einen!" Angelique steckt den falschen Fuffziger ein.

Sascha holt das angefangene Bündel aus seiner Manteltasche und zählt die Scheine. „Ich gib Dir zweitausend, dann will ich aber hundert zurückhaben!" Er weiß, sie ist nicht besonders clever und das bisschen Hirn, dass sie noch hat, ballert sie sich nachher sowieso mit dem Koks weg.

Angelique versteht nicht so recht, was dieses hin und her soll, doch bei zweitausend, denkt sie nicht weiter nach. Sie schaut in ihr kleines Handtäschchen und zählt achtzig Euro zusammen. „Ich kann Dir Fünfzig geben und wir schieben eine schnelle Nummer!", verhandelt Angelique.

Fünfzig sind besser als nichts, denkt sich Sascha. „Okay!" Er legt seinen Arm um Angelique und geleitet sie in den nächsten Hausflur. Die beiden Männer am Kiosk beobachten alles und wüssten nur allzu gerne, was Sascha für die Nutte bezahlt.

Sascha bekommt seine schnelle Nummer, dann macht er sich mit einem Taschentuch notdürftig sauber und zieht seine Hose wieder hoch. Angelique zeigt auf die Packung Tempos in Saschas Hand und fragt: „Bekomme ich auch eins?"

Sascha gibt ihr ein Taschentuch und reicht ihr dann das Bündel Blüten „Sei vorsichtig, lass Dich nicht erwischen!", sagt Sascha, als er seine Hose zuknöpft. „Von mir hast Du′s nicht, klar?"

„Keine Angst, ich bin schon ein großes Mädchen!", sagt Angelique und gibt Sascha die vereinbarten fünfzig Euro. „Bis zum nächsten Mal!", sagt Angelique und tippelt auf ihren hohen Absätzen davon.

Sascha geht erleichtert und mit einem Grinsen im Gesicht zum Kiosk zurück. Es ist das erste Mal, dass Sascha bei einer Nutte fünfzig Euro verdient hat. Darauf kauft er sich noch ein Bier. Es steht nur noch einer der beiden anderen da und lallt: „Ging ja ziemlich schnell!"

Sascha lacht, trinkt einen Schluck Bier und antwortet: „Ja, die Kleine ist flink!" Die beiden lachen und Sascha lässt wieder seinen Blick schweifen. Ihm fällt ein Mann auf, der schon vorhin etwas weiter weg auf einer Parkbank gesessen hat. In der Dunkelheit ist er nicht gut zu erkennen. Jetzt steht er auf und geht. Er passt irgendwie nicht in Saschas Kiez.

Mike wartet noch einen Moment. Als Sascha ein weiteres Bier bestellt, geht er der vermeintlichen Nutte nach. Er will sie befragen, sich das Geld zeigen lassen, dass sie von Mike bekommen hat. Ist sein Verdächtiger wirklich so blöd, eine Nutte mit Falschgeld zu bezahlen? Mike geht ihr nach, schaut, ob sie sich mit einem Zuhälter trifft und ihm das Falschgeld übergibt. Mike ist vorsichtig, bleibt weit genug hinter ihr, doch plötzlich hält ein Auto an. Mike ist zu spät! Die Nutte steigt ein und ist weg, noch bevor er sie erreicht.

Als Mike wieder den Kiosk im Blick hat, geht Sascha gerade. Mike bleibt an ihm dran, doch Sascha geht nach Hause. Mike setzt sich wieder in sein Auto, denn nun weiß er, welche Wohnung Sascha bewohnt, weil, kurz nach dem Sascha ins Haus ging, wurde es hell hinter dem untersten Fenster. Bald wird das Licht etwas dunkler und ein Fernseher flackert im Hintergrund. Mike ahnt, dass Sascha wohl nicht mehr das Haus verlässt. Mike hat einen langen Tag hinter sich und es dauert nicht lange, dann nickt er hinter dem Steuer ein.

Am Morgen wird Mike durch das Gebell eines Hundes geweckt. Er macht sich Sorgen, dass sein Verdächtiger schon das Haus verlassen hat, doch dem ist nicht so. Samstag, kurz vor elf, verlässt Sascha Biermann das Haus. Er hat zwei identische Koffer dabei und geht Richtung Bahnhof. Mike steigt sofort aus, seine Glieder sind steif, er bewegt sich wie ein alter Mann, erst nach einigen Schritten lockern sich seine Muskeln. Was mag er wohl in den Koffern haben, sie wirken recht schwer, zumindest einer der Koffer scheint schwer zu sein. Wie schwer sind Geldscheine, wenn sie eng gebündelt in einem Koffer liegen? Ist das eine neue Lieferung frischer Blüten? Mike muss ihn erwischen, doch hier in Berlin hat er keine Befugnisse, wenn, dann muss er ihn in seinem Revier dingfest machen.

Warum fährt dieser Typ nur stets mit der S-Bahn und nicht wie jeder normale Verbrecher mit dem Auto? Jetzt muss

Mike seinen Wagen in Berlin stehen lassen. Sascha steigt in die S-Bahn zum Flughafen Schönefeld. Was will er am Flughafen oder wird er früher aussteigen? Mike steigt auch in den Zug. Er muss darauf achten, dass ihm der Verdächtige nicht erkennt, andererseits darf er ihn nicht verlieren, wenn er spontan in letzter Sekunde aus dem Zug springt. Mike stellt sich direkt an die Tür, wo er ihn durch das Spiegelbild einer Trennscheibe im Auge hat, ohne ihn dabei direkt ansehen zu müssen.

Mike ist schon lange nicht mehr mit der S-Bahn gefahren. Er hat nicht mal einen Fahrschein. Was ist, wenn ihn ein Kontrolleur aufhält? Womöglich verliert er Sascha, wenn er dem Kontrolleur seine Dienstmarke vorzeigt. Mike fühlt sich wie ein kleiner Junge, der das erste Mal was klaut.

Mike ist tief in seinen Gedanken, doch hat er stets ein Auge auf diesen Ganoven mit den zwei Koffern. In seiner Jugend ist Mike oft mit der S-Bahn nach Berlin gefahren, denn im verschlafenen Strausberg war nie viel los, doch auch er hat sich nach der Wende schnell ein überteuertes Westauto gekauft. Wie stolz er damals auf diesen kleinen Honda war. Danach ist er eigentlich gar nicht mehr mit der S-Bahn gefahren. An der Endstation, am Flughafen Schönefeld, steigt Sascha aus, doch wo will er hin? Warum biegt er vor dem Terminal ab? Sascha geht zu dem kleinen Büro der Autovermietung. Damit hat Mike nicht gerechnet, schnell stürzt er in das Büro der Konkurrenz. Eine Frau füllt gerade ein Formular aus. „Schnell! Ich brauche sofort einen Wagen!", schreit Mike die Angestellte an.

„Einen Moment bitte, ich kümmere mich sofort um Sie!",
sagt die Angestellte freundlich.

„Ich habe es auch eilig!" Die andere Kundin schaut verärgert von ihrem Formular hoch.

„Ich stecke mitten in einer Ermittlung! Machen Sie
schnell, sonst entwischt er mir!", sagt Mike aufgeregt.

Die Angestellte versucht nun nicht mehr ihren Ärger zu
verbergen. „Hier, füllen Sie das schonmal aus!", sie
schiebt ihm lieblos ein Formular hin.

„Dafür habe ich keine Zeit! Geben Sie mir irgendein Auto,
aber schnell!" Mike wird lauter. Er legt ihr seinen Dienstausweis hin und sagt: „Machen Sie ein Foto, die Formali-
täten erledigen wir später!"

„Ein Foto? Warum soll ich ein Foto machen?"

„Oh Mann! Ich habe keine Zeit! Geben Sie mir ein Auto,
sofort!", schnauzt Mike die Frau an. Die Frau ist total ver-
ängstigt, doch Mike hat keine Zeit. Da sieht er einen Au-
toschlüssel auf dem Tresen liegen und greift zu.

„Hey, das ist meiner!", protestiert die andere Kundin. Sie
nimmt sich geistesgegenwärtig ihr Handy und macht ein
Foto von Mikes Ausweis.

„Wo steht das Auto?", will Mike wissen und nimmt sich
seinen Dienstausweis. Dann eilt Mike hinaus, denn der
Verdächtige wird sicher längst seinen Mietwagen haben.

„Halt, so geht das doch nicht!", ruft die Angestellte.

„Sorry, ich melde mich bei Ihnen! Versprochen!", ruft Mike zurück. Er rennt zum Parkplatz gegenüber und drückt unentwegt auf die Fernbedienung, in der Hoffnung, dass er irgendwo ein Blinken sieht. Mike hat Glück, bei einem weißen Kleinwagen blinken munter die Warnblinker. Nun sieht er sich um, was einige Meter weiter ist. Da verlässt Biermann die andere Autovermietung. Sascha wuchtet erst den einen Koffer in den Kofferraum seines gemieteten Mercedes und dann legt er den zweiten dazu. Mike ist jetzt in seinem Revier, also muss er jetzt zuschlagen und diesen Sascha Biermann mit seinen Blüten verhaften!

Abreise

Sascha wird durch seinen Wecker aus dem Schlaf gerissen. Er hat Angelique vor Augen, die ihn gestern Abend erleichtert hat. Sie wird doch nicht so dumm gewesen sein und ihrem Zuhälter das Falschgeld gegeben haben? Ach, was solls, denkt sich Sascha. Er duscht sich die Nacht vom Körper, rasiert sich und sorgt dafür, dass seine Haare perfekt liegen. Sascha hat einen engen Zeitplan, doch es ist alles organisiert. Sascha weiß nur noch nicht, wann er Lisa das Gold entreißen wird. Er könnte eine Panne vortäuschen und sie bitten auszusteigen, dann würde er sie einfach so am Straßenrand stehen lassen. Die Lösung gefällt Sascha aber nicht, denn innerhalb weniger Minuten könnte sie die Bullen rufen. Was wäre, wenn Lisa ohne dem Geld nach Ägypten fliegt und erst dort den Verlust bemerkt? Sascha hätte dann einen riesigen Vorsprung. Ja, diese Lösung gefällt ihm schon besser. Sascha weiß bereits, es geht um fünfzehn Kilo Gold in einem Aktenkoffer. Sascha holt den Aktenkoffer mit dem Falschgeld aus dem Keller, füllt es in eine Plastiktüte und versteckt diese wieder. Sascha legt den leeren Aktenkoffer auf den Tisch und überlegt, was er dort hineintun kann. Was ist klein und schwer, fragt er sich. Als er suchend durch seine Wohnung streift, fällt ihm eine Hantel auf. Sascha hebt sie an, es ist eine fünf Kilo Hantel. Er sucht nach der zweiten und entdeckt noch zwei weitere, wesentlich abgegriffenere Hanteln. Sascha legt die beiden alten und eine neue Hantel in den Aktenkoffer. Mit zwei Handtüchern sorgt er dafür, dass nichts klappert und dann legt Sascha den Aktenkoffer in einen der beiden Reisekoffer, die er in einem China-Laden gekauft hat. Es sind die gleichen. Der zweite Koffer ist leer, hier will er Lisas Aktenkoffer mit dem Gold hineinlegen.

Sascha geht zum Bahnhof, entwertet einen Fahrschein und muss nicht lange auf die S-Bahn nach Schönefeld warten. Sascha steigt ein und da die S-Bahn stadtauswärts fährt, ist sie relativ leer. Sascha setzt sich in ein freies Abteil und legt beide Koffer auf den freien Platz neben sich. In Gedanken geht er seinen Plan nochmals durch, dann schaut er sich in der S-Bahn um. Ein Fahrgast fällt ihm nun schon zum zweiten Mal auf, denn er steht schon seit mindestens zehn Minuten an der Tür und steigt nicht aus. Warum setzt er sich nicht, wo doch noch so viele Plätze frei sind? Es gibt schon komische Typen, denkt sich Sascha. Als die S-Bahn am Flughafen einfährt, ist sie fast leer. Eine ältere Frau, ein junger Mann und dieser Typ an der Tür, der Sascha stets den Rücken zukehrt, steigen mit ihm an der Endstation aus.

Sascha biegt vorm Terminal ab und geht zur Autovermietung, er hat sich bereits am Vorabend einen Wagen reserviert. Ein eleganter Mercedes wartet auf dem Parkplatz auf ihn, schließlich will er bei Lisa einen guten Eindruck hinterlassen. Nie war es wichtiger als jetzt, dass Lisa glaubt, er wäre ein einflussreicher Geschäftsmann, der sich in die kleine Sekretärin verliebt hat. Sascha unterschreibt den Vertrag und fragt sicherheitshalber noch mal nach: „Und den Wagen kann ich dann überall in der Stadt abgeben?"

„Ja, Herr Biermann, wir haben sieben Filialen in und um Berlin! Da werden Sie sicher eine in der Nähe finden.", sagt die nette Dame mit der hellblauen Weste. Sie übergibt ihm die Papiere in einer schwarzen Tasche und den Schlüssel. „Gute Fahrt, Herr Biermann!"

Sascha geht zum Parkplatz, entriegelt den Wagen, legt den Koffer mit den Hanteln nach hinten, in den Kofferraum und den leeren Koffer packt er davor.

Sascha fährt nicht oft Auto, denn damit kommt man in Berlin nicht mehr gut voran. Er hatte mal einen Mustang, den er bei einem todsicheren Spiel gewonnen hat. Er mochte dieses Auto, seine schier unendliche Kraft und erst die Mädchen, die er damit abgeschleppt hat, doch seriös wirkte er damit keinesfalls. Sascha muss lachen, als er an seinen Mustang denkt. Dieser Verschnitt von einem Rocker konnte ja nicht wissen, dass Sascha das Spiel manipuliert hat. So schön dieser blaue Mustang auch war, er hat ihm jede Menge Geld gekostet. Die Versicherung war enorm und erst der Verbrauch. In der Stadt hat das Ding gut und gerne an die fünfunddreißig Liter geschluckt, aber cool war er schon! Etwas wehmütig denkt Sascha an den Boliden. Schon nach einem Jahr war Sascha den Mustang wieder los, als er das erste Mal wegen Erpressung für ein Jahr in den Knast musste. Die Behörden haben seinen Mustang versteigert, um die Gerichtskosten zu begleichen. Keinen Cent haben sie ihm gelassen. Für einen Spottpreis wurde er verkauft. Danach hat sich Sascha kein Auto mehr angeschafft, denn fassen konnten sie ihn nur, weil er mit dem Mustang im Stau stecken blieb. Dieser Idiot vor ihm ist einfach nicht gefahren, obwohl er grün hatte. Ja, er wollte das Polizeiauto unbedingt vorher durchlassen, wie es sich für einen anständigen Bürger gehört. Als Sascha das leider viel zu spät mitbekam, wollte er aus dem Wagen springen und zu Fuß wegrennen, doch da stand dieser Bulle schon neben seiner Tür. Nein, ein Auto ist nur ein weiteres Risiko.

Sascha schaut nicht gern auf die Uhr, doch heute ist es wichtig, dass er Lisa pünktlich abholt. Er hat noch etwas Zeit und so macht er einen kleinen Abstecher zum A 10 Center. Es ist noch nicht viel los. Sascha parkt den Mercedes und geht hinein. Gleich vorne, sticht ihm ein Juwelier ins Auge. „Ich brauche einen Verlobungsring! Nichts Aufwendiges, irgendetwas Billiges!", sagt Sascha.

„Zur Verlobung?", hakt die Verkäuferin nach.

„Ja, es soll eher symbolisch sein.", versucht Sascha zu erklären. Er schaut sich etwas um. „Was ist mit dem da, für sechsunddreißig Euro?"

Die Verkäuferin schaut ihn mitleidig an. Sie selbst scheint Schmuck zu lieben, so behangen wie sie ihm gegenüber steht. Sie verzieht missbilligend die Mundwinkel und sagt: „Wenn Sie meinen." Sie legt den Ring auf den Glastresen. „Darf es noch etwas sein?"

„Nein!" Als sie die Summe eintippt, fragt Sascha: „Gibt es keine Schachtel dazu?"

„Oh, tut mir leid, aber die sind nur für den echten Schmuck!" Sie holt so ein schwarzes Etui hervor und sagt: „Soll es das sein? Das wären achtundvierzig neunzig."

Sascha holt einen zerknüllten Fünfziger hervor, doch dann überlegt er es sich anders. Er legt zwei Zwanziger und einen Zehner auf den Tresen. „Hier, behalten Sie den Rest!" Garantiert würde sie den Schein prüfen. Sascha muss heute auf Nummer Sicher gehen.

„Danke! Also, wenn Sie einen Rat von mir wollen, Ihre Freundin wird den Modeschmuck…", sie redet nicht weiter, denn der Kunde nimmt sich Schachtel und Ring, lässt sie einfach stehen und geht.

Sascha platziert die Schachtel in der Mittelkonsole, neben einem Paket Taschentücher. Lisa soll die Schachtel sehen, sie vielleicht sogar heimlich öffnen. Auf jeden Fall soll sie sich auf einen Heiratsantrag freuen und keine Zweifel an Saschas Absichten hegen.

Als Sascha keine zehn Minuten später in die Erich-Kästner-Straße einbiegt, wartet Lisa bereits vor dem Haus. Er hält direkt vor Lisa, die mit einem breiten Grinsen dasteht. Als Sascha aussteigen will, drängelt sich ein weißer Opel Corsa an seinem Mercedes vorbei. Eigenartigerweise beschwert sich der Fahrer nicht, obwohl er jeden Grund dafür hätte, denn Sascha ist nicht, wie hier üblich, mit einem Rad auf den Bürgersteig gefahren.

Auch Lisa wundert sich über den Fremden, doch dann sieht sie Sascha und eilt auf ihn zu. Ihre Nervosität kann sie nicht verbergen: „Hast Du an den leeren Koffer gedacht?", fragt sie noch vor einer Begrüßung.

Sascha ist genauso aufgeregt, doch er kann es verbergen. „Hallo Schatz!", lächelt Sascha seine Freundin an. „Bist Du bereit für unseren Urlaub?" Er gibt ihr einen Kuss, der sie beruhigen soll.

„Ach entschuldige, Sascha! Ich bin ja so aufgeregt." Etwas leiser, aber immer noch genauso nervös sagt sie: „Erst wenn wir das Paket los sind, werde ich mich auf diesen Urlaub freuen können!"

„Lisa, mach Dir nicht so viele Gedanken!" Sascha küsst die zierliche Frau, die innerlich zu zittern scheint und öffnet den Kofferraum. „Da, ein unscheinbarer einfacher Koffer!" Sascha legt Lisas Reisetasche daneben, schließt den Kofferraum und hält ihr die Tür auf. „Komm, lass uns das Paket abholen!"

„Oh je, hoffentlich geht alles gut." Noch bevor sie losfahren, entdeckt Lisa die kleine Schmuckschachtel und schlagartig verbessert sich ihre Stimmung. Nun ist Lisa nicht nur wegen des Goldes nervös, nein, jetzt erwartet sie von Sascha einen Heiratsantrag. „Ich bin ja so gespannt auf Ägypten. Wohnen wir am Meer?" Will Sascha sie wirklich heiraten oder sind es nur Ohrringe? Lisa kann sich kaum konzentrieren, immer wieder schaut sie runter auf das kleine Schmucketui.

„Unser Hotel liegt direkt am Strand und wir haben eine Suite mit Blick auf das Mittelmeer!", fantasiert Sascha, der noch nicht einmal ein Flugticket besitzt. Er dreht an dem markanten Knopf in der Mittelkonsole, bis das Menü fürs Navi erscheint. „Gibst Du bitte die Adresse ein."

„Oh ja, Moment!" Lisa hat alles vergessen, sie holt ihren Zettel hervor und tippt den Straßennamen und die Hausnummer des Juweliers ein. „Fertig!", sagt Lisa, als sie die Eingabe abschließt.

Sascha geht auf Start und ihm wird die beste Route angezeigt. „Da siehst Du, wir sind genau im Zeitplan.", sagt Sascha zufrieden. Der Verkehr ist normal für diese Tageszeit und das Navi zeigt keine Störung an. „Alles läuft perfekt!", sagt Sascha beruhigt.

„Mein Gott, ich bin so aufgeregt! So viel Gold habe ich noch nie auf einmal gesehen!" Lisa ist das reinste Nervenbündel. „Gut, dass Du da bist!" Lisa streichelt Saschas Arm, sie will ihn nicht beim Fahren stören. Ihr Blick fällt immer wieder auf das kleine Schmuckkästchen. „Hat denn in München alles geklappt?"

„München?", fragt Sascha verwirrt. Er konzentriert sich gerade auf den Goldtransport, doch dann fällt ihm seine Lüge wieder ein: „Ach ja! In München ist alles gut gelaufen. Ich denke, diese Firma haben wir gerettet!"

„Das ist schön!" Lisa kann sich nicht auf Saschas Job konzentrieren, sie denkt ständig nur an die Goldmünzen und an dieses kleine Schmuckkästchen in der Mittelkonsole.

„Oh Sascha, ich bin ja so aufgeregt!" Lisa sieht in Gedanken, wie Sascha vor ihr kniet. Im Hintergrund rauscht das Mittelmeer und Lisa steht unter einer Palme, als Sascha die alles entscheidende Frage stellt.

Sascha schaut flüchtig zu Lisa. „Hey, mach Dir nicht so viele Gedanken! Es ist doch nicht Dein Geld, Du hast nichts davon, also behandele es auch so. Stell Dir vor, Du holst jetzt ein paar Steine ab und bringst sie nur zum Flughafen. Denk nicht an das Gold, es ist nicht Deins!"

Lisas Tagtraum verschwindet, doch weil Sascha mit einer so angenehmen Stimme redet, steht Lisa schon bald wieder unter der Palme und träumt von Saschas Heiratsantrag, dann sagt sie: „Gut, holen wir ein paar Steine ab und fliegen damit in den Urlaub!" Lisa kann es kaum noch erwarten, bis sie endlich am Strand sind.

„Sie haben ihr Ziel erreicht!", meldet das Navi. Noch nicht ganz, denkt sich Sascha. Er schaut sich um, er findet natürlich keinen freien Parkplatz, also hält Sascha einfach direkt vor dem Juwelier und schaltet die Warnblinkanlage ein „Beeil Dich, hier ist Halteverbot! Ich muss leider beim Wagen bleiben."

„Oh, äh… ja." Lisa hat nicht damit gerechnet, dass Sascha sie jetzt allein lässt, doch sie versteht die Situation, in der sich Sascha befindet. „Du bleibst doch hier stehen, oder?", fragt Lisa ängstlich und öffnet die Tür.

„Ja, ich lasse Dich doch nicht allein!", beruhigt Sascha. Auf gar keinen Fall würde Sascha ohne das Gold wegfahren… auch nicht ohne Lisa und das drückt er mit seinem Blick aus.

Lisa ist beruhigt. Sie steigt aus und stürmt in Frank Adlers exquisiten Laden. „Guten Tag Herr Adler, ich habe leider nicht viel Zeit, mein Freund steht im Halteverbot!" Lisa zeigt auf den Mercedes vor dem Schaufenster.

Der Juwelier hat gerade keinen Kunden im Laden und so hat er den Mercedes vor seinem Geschäft längst entdeckt. „Keine Angst, hier kontrollieren sie nur selten. Kommen Sie erstmal herein, Frau Koch!" Der Juwelier schließt die Tür hinter Lisa und verriegelt sie, dann dreht er das kleine Schild an der Glasscheibe um, so dass nun von innen *Geöffnet* zu sehen ist. Adler will sicher gehen, dass er jetzt nicht gestört wird. „Warten Sie einen Moment!"

„Ja gern!", sagt Lisa, doch sie würde ihn lieber zur Eile drängen. Adler schließt die Tür zu einem Nebenraum auf und Lisa erkennt, wie dick diese so unscheinbare Tür ist. Kurz darauf kommt er mit einem einfachen Aktenkoffer heraus. „Ist das der Koffer?"

„Ja, Frau Koch!" Der Juwelier legt den Aktenkoffer umständlich auf den Tresen, dreht ihn zu Lisa, öffnet ihn und sagt: „Ich habe die Münzen eingerollt, so klappern sie nicht im Koffer! Jede Rolle hat genau fünfhundert Gramm, zählen Sie bitte nach!" Adler stellt eine elektronische Feinwaage daneben. Er faltet ein graues Papier mit der

Aufschrift -Feingold- und legt es auf die Waage. „Ich ziehe das Tara Gewicht vom Papier ab." Dann nimmt er das Papier wieder weg und auf der Anzeige steht: -0,16 Gramm. „So, jetzt können Sie die Rollen wiegen."

Lisa ist so aufgeregt, sie zählt die Rollen ab, hebt eine davon ehrfürchtig an und sagt: „Aber, das sind ja dreißig Kilo!", doch dann rechnet sie nochmal nach: „Ach nein, zwei Rollen sind ja ein Kilo. Oh je, ich bin so aufgeregt!" Lisa nimmt die Rolle und legt sie auf die Waage. Es dauert einen Moment, bis die digitale Anzeige verharrt. „Genau fünfhundert Gramm.", liest Lisa ab und wiegt die nächste Rolle Goldmünzen. Lisa weiß, dass die Zeit drängt, denn auf keinen Fall will Lisa, dass ein Polizist ihren Freund wegschickt, weil er im Halteverbot steht. Dann wäre Lisa allein, schutzlos irgendwelchen Kriminellen ausgeliefert. Lisa schaut in den Koffer. Die Münzrollen liegen in einer Reihe und keine weicht von der anderen ab. „Die sehen alle gleich aus. Herr Adler, ich vertraue Ihnen!"

„Seien Sie vorsichtig! Es gibt jede Menge Ganoven da draußen!", warnt Adler, er erkennt ihre Nervosität. „Bleiben Sie ruhig und denken Sie nicht ständig an das Gold!", rät der erfahrene Goldhändler. Für ihn ist der Umgang mit dem wertvollen Edelmetall so alltäglich, wie für einen Maurer, das Hantieren mit Ziegelsteinen. Gütig lächelt Adler die junge Frau an.

Nun muss Lisa lachen: „Ja, mein Freund hat gesagt, ich soll mir vorstellen, es wären nur Steine."

„Gute Idee, das wird Sie auf jeden Fall beruhigen!" Der Juwelier lächelt Lisa aufmunternd an. „Sie machen das schon." Er legt einige Bögen Papier auf den Tisch. „Das ist das Übergabeprotokoll. Unterschreiben Sie bitte hier, hier und hier!" Er weist auf die gestrichelten Linien und hält ihr einen Kugelschreiber vor die Nase.

Lisa unterschreibt das Übergabeprotokoll. „Vielen Dank, Herr Adler. Ich muss jetzt los."

Frank Adler steckt die Dokumente für Lisa in einen großen Umschlag und schließt den Aktenkoffer. Er nimmt einen kleinen Schlüssel und verriegelt die beiden Verschlüsse, dann reicht er Lisa den Umschlag und sagt: „Ich stecke den Schlüssel auch in den Umschlag?" Lisa nickt und Adler verschließt das große Kuvert. „Ich wünsche Ihnen eine angenehme Reise, Frau Koch!" Der Juwelier schaut der zierlichen Frau zu, wie sie versucht, den schweren Koffer vom Tresen zu heben. Er eilt um den Tresen herum und öffnet ihr die Tür. „Machen Sie es gut!" Während Lisa den schweren Koffer hinausbringt, dreht der Juwelier das Schild im Fenster wieder herum. Nun ist sein Laden wieder für jedermann geöffnet.

Sascha steigt sofort aus, als Lisa den Laden verlässt. Er wartet jedoch am Wagen, denn er will von diesem Juwelier nicht erkannt werden. Sascha öffnet den Kofferraum, zieht den leeren Koffer vor und öffnet ihn. „Ich helfe Dir!" Er nimmt Lisa den schweren Koffer ab und legt ihn in den geöffneten leeren Koffer hinein. „Passt perfekt!", lobt er sich selbst, dann macht Sascha den Koffer zu und schiebt ihn weit nach hinten, in den großen Kofferraum des Mercedes hinein. Er nimmt die alte Wolldecke vom zweiten Koffer und legt sie über den anderen goldgefüllten Koffer. Lisa verdeckt er mit seinem Körper dabei die Sicht in den Kofferraum. „Komm, fahren wir, ehe wir hier noch auffallen!", sagt Sascha zu Lisa, die auch gleich einsteigt. Sascha vertauscht aber noch schnell die beiden Koffer, so dass der mit dem Gold nun hinten liegt und der andere, der nur die Hanteln enthält, griffbereit an der Ladekante ist. „Los geht´s, sagt Sascha siegessicher, als er auch einsteigt. Sascha lässt den Motor an, stellt den Wahlhebel auf D und fährt los. Ihm fällt ein Kleinwagen auf, der auch im Halteverbot steht. Wieder ist es so ein weißer Opel Corsa. „Davon scheint es viele zu geben!", sagt er leise eher zu sich selbst, um sich zu beruhigen, doch im Innenraum einer E Klasse ist es leise.

„Ist das derselbe?", Lisa ist der Kleinwagen auch aufgefallen, aber sie kennt sich mit Autos nicht gut aus.

„Ach was, das wäre aber mehr als ein Zufall!", lacht Sascha und tätschelt Lisas schmalen Schenkel, der heute in eine enge Jeans gehüllt ist. „Keine Sorge, am Flughafen geht alles genauso unkompliziert, wirst schon sehen!"

„Ich bin so froh, dass Du da bist!", sagt Lisa.

„Ach Lisa, das mache ich doch gern!" Sascha hat immer noch seine Hand auf Lisas Schenkel. „Ich liebe Dich!"

Lisa legt ihre Hand vorsichtig auf seine, falls er sie verkehrsbedingt schnell wegnehmen muss. Leicht streichelt sie seine Hand und fühlt dabei seine Wärme auf ihrem Schenkel. „Sascha, ich liebe Dich auch!" Oh, wie gerne würde Lisa ihn nun küssen und liebkosen, doch er bewegt den großen Wagen gerade durch den Verkehr Berlins.

Penibel achtet Sascha auf alle Verkehrsregeln, um einer Polizeikontrolle aus dem Weg zu gehen. Er achtet genau auf die Tachonadel, dass sie nicht über die fünfziger Marke zeigt, obwohl er auf der breiten Ausfallstraße von vielen anderen überholt wird. Nur flüchtig schaut er Lisa in die strahlenden Augen und lächelt ihr zu.

Sascha überlegt sich gerade eine Strategie. Er wird den Wagen so dicht wie möglich am Eingang parken, mit Lisa und dem falschen Koffer aussteigen und dann, im Flughafengebäude verschwinden. Er wird das Getümmel nutzen oder einfach mal zur Toilette gehen. Sascha muss dann nur noch zurück zum Wagen rennen und losfahren, mit einem Koffer voller Gold. Sascha grinst über beide Ohren, dann holt ihn Lisa aus seinen Gedanken.

„Freust Du Dich auch so auf den Urlaub?" Lisa sieht sein warmes Lächeln.

„Oh ja, Lisa, das wird großartig!", sagt Sascha.

„Hast Du schon irgendwas geplant?" Lisa bezieht sich auf den Urlaub und auf das kleine Schmucketui.

„Ich? Äh… ja, natürlich! Das ist aber eine Überraschung!"
Sascha ist sich sicher, dass sie das kleine Etui schon entdeckt hat. Diese Ausgabe hat sich gelohnt.

Als Lisa die ersten Hinweisschilder zum Flughafen sieht,
sagt sie: „Neben dem Haupteingang gibt es irgendwo eine
Tür, wo Zoll dransteht! Da muss ich das Gold abgeben, Ich
bekomm es dann in Marsa Matruh wieder!"

„Ah, verstehe!" Sascha braucht jetzt einen neuen Plan,
denn wenn sie erstmal beim Zoll das Gold abgegeben haben, ist es weg, denn Sascha hat kein Ticket. Sascha hat
nicht mehr viel Zeit, er befindet sich bereits in der Zufahrt
zum Flughafen. Er fährt zum Hauptterminal und sucht, wie
auch Lisa, nach der Zollabfertigung.

„Da steht Zoll!", Lisa weist auf ein kleines Schild.

Jetzt hat Sascha die rettende Idee! Er folgt der Beschilde-
rung und entdeckt die Tür unter dem Schild der Zollabfertigung, Sascha hält direkt vorm Eingang. „Da sind wir!"
Sascha schaut sich um, er sieht den Eingang, ein paar Kofferwagen und wie üblich ist auch hier striktes Halteverbot.
Sascha steigt aus, gibt Lisa ihre Reisetasche heraus. „Geh
doch schon mal und nimm so einen Kofferwagen!"

Lisa wundert sich weil sie doch nicht so viel Gepäck haben. „Brauchen wir denn so einen Wagen?"

„Ja, auf jeden Fall!", antwortet Sascha und nimmt den
schweren unscheinbaren Koffer aus dem Kofferraum, den
er demonstrativ offenlässt. Er trägt den schweren Koffer

zu Lisa und ihren Kofferwagen. Sascha stellt den Koffer zu Lisas Tasche und sagt: „So hast Du es doch viel leichter, wenn Du damit durch den Zoll gehst!"

Lisa wundert sich, über seine Worte. „Kommst Du etwa nicht mit?", fragt sie eingeschüchtert und überrascht.

Sascha darf sie jetzt auf gar keinen Fall verunsichern, er ist seinem Ziel schon so nahe! Sascha lächelt Lisa liebevoll an und sagt: „Ich habe doch damit nichts zu tun, schließlich sind wir noch nicht verheiratet!", verplappert er sich absichtlich und fügt hinzu: „Hier darf ich nicht stehenbleiben. Gib Du unser Paket ab und ich bringe den Wagen zur Autovermietung zurück! Wir treffen uns dann am Check-In Schalter!"

Lisa hört nur: *noch nicht verheiratet*. Alles andere nimmt sie gar nicht bewusst wahr. „Ja, gut." Lisa erwacht nur langsam wieder aus diesem schönen Tagtraum, denn sie hat immer noch einen Koffer voller Gold, auf den sie nun selbst aufpassen muss. „Wartest Du noch, bis ich drin bin?", fragt Lisa ängstlich und dann fällt ihr ein: „Wo treffen wir uns?"

Sascha hat es fast geschafft! Er könnte Lisa einfach so stehen lassen und davon fahren, doch er kann sich noch etwas mehr Zeit verschaffen, wenn ihm Lisa weiterhin vertraut. „Am Check-In Schalter!", wiederholt Sascha. „Mach Dir keine Sorgen! Gib Du den Koffer auf und ich bring den Wagen weg. Ich warte noch, bis Du drinnen bist!", sagt Sascha, ohne dabei genervt zu wirken.

„Ja, selbstverständlich!" Lisa erkennt, wie dumm sie sich verhält, doch Sascha hat so viel Verständnis für ihre Nervosität. Lisa klingelt an der Tür. Sie muss nicht lange warten und ein uniformierter Zollbeamter kommt heraus. Lisa spricht kurz mit ihm, dann hält er ihr die Tür auf.

„Bis gleich, Schatz!", ruft Sascha ihr zu und steigt ein, um zur Autovermietung zu fahren.

„Sind Sie Lisa Koch?", fragt der Mann vom Zoll.

„Ja, ich habe einen Werttransport angemeldet!", sagt Lisa, dann ruft sie Sascha zu: „Bis gleich!", doch Sascha fährt bereits los.

„Kommen Sie mit, wir haben Sie schon erwartet!" Der Zollbeamte hält Lisa die Tür auf und geleitet sie zum Büro. „Es war aber die Rede von einem Standard-Aktenkoffer!" Er schaut auf den kleinen Reisekoffer, der neben der Reisetasche auf dem Kofferwagen liegt.

„Ja, das ist richtig!", lacht Lisa, denn sie ist schon etwas stolz auf den kleinen Trick mit den Koffern. Lisa legt den Koffer auf die Seite, öffnet ihn und entnimmt den Aktenkoffer, der ihr allerdings etwas dunkler vorkommt, doch Lisa schiebt es auf das Neonlicht im Zoll Büro. „Da ist der Aktenkoffer! Wir haben ihn zur Tarnung in den Reisekoffer gelegt!"

„Tut mir leid, sie müssen ihn selbst auf den Tisch legen!", bedauert der Zöllner die strengen Vorschriften.

„Äh… ja, das geht schon!" Lisa wuchtet den schweren Koffer auf den Tisch. „Soll ich ihn auch aufmachen?" Lisa kommt sich so unbeholfen vor, denn der Beamte ist ihr völlig überlegen.

„Ja, bitte!" Dem Zöllner ist Lisas Nervosität nicht entgangen, er macht sich aber keine Sorgen, denn er schiebt es auf die Unsicherheit der zierlichen Fau. „Ich brauche auch noch die Ausfuhrgenehmigung!"

Lisa greift in ihre Handtasche, wo sich die Begleitpapiere, in einem grauen Kuvert befinden, sie nimmt den kleinen Schlüssel heraus und reicht dem Beamten das Kuvert. „Da ist auch die Ausfuhrgenehmigung drin!" Lisa ist das reinste Nervenbündel. Ihr fällt der kleine Schlüssel herunter, als sie ihn in der Hand so drehen will, dass sie ihn in das kleine Schlüsselloch stecken kann. „Oh scheiße!"

Lisa buckt sich nach dem Schlüssel und der Mann schaut genüsslich auf ihren kleinen Hintern in der engen Jeans. „Keine Sorge, junge Frau! Nehmen Sie sich Zeit!", sagt er beruhigend.

Lisa hebt den Schlüssel auf. „Hab ihn schon!", dann will sie ihn in das Schloss stecken, aber er will nicht so recht passen. „Warum geht das nicht?" Lisa stochert in dem schmalen Schlitz herum.

„Immer mit der Ruhe, Frau Koch! Drehen Sie ihn anders-herum!" Der Zollbeamte darf Lisa nicht helfen, ehe er das Gold offiziell übernommen hat.

„Das probiere ich doch schon!", sagt Lisa genervt. Sie versucht es beim anderen Schloss, doch auch da will der Schlüssel nicht passen. „Mist, das kann doch nicht sein! Er hat doch damit abgeschlossen, das habe ich gesehen!" Lisa verfällt in Panik.

„Bleiben Sie ruhig!", sagt der Beamte. „Diese kleinen Schlösser klemmen manchmal. Ich darf Ihnen leider nicht helfen! War er denn abgeschlossen?"

„Ja… ich äh… ja, ich glaub schon." Verwirrt entriegelt Lisa die Verschlüsse. Die beiden Riegel schnallen hoch. „Oh, er war ja doch offen!" wundert sich Lisa und macht den Koffer auf. „Nein! Was ist das denn?", schreit Lisa panisch. „Das… nein, das kann doch nicht sein!" Lisa würde zu gern jetzt in Ohnmacht fallen, doch sie bleibt bei Bewusstsein, bekommt alles mit und kann doch nicht verstehen, was sie da sieht.

Dem Beamten versperrt der Kofferdeckel die Sicht zum Inhalt. „Was ist denn los?", fragt er verwundert und geht einen Schritt zur Seite, um eine bessere Sicht auf den Inhalt zu bekommen. Im Koffer liegen drei Hanteln. Der Zollbeamte rechnet kurz zusammen und sagt: „Wie angekündigt, fünfzehn Kilo! Ich nehme nicht an, dass Sie die Hanteln bei uns aufgeben wollten?" Der Beamte muss sich ein Lachen verkneifen, doch er ahnt bereits, dass es sich hier um eine Straftat handeln könnte.

„Nein! Da sollten Goldmünzen drin sein!", schreit Lisa laut aus sich heraus, doch dann kann Lisa nur noch heulen.

„Wie kann denn das sein? Da waren doch die Goldmünzen drinnen!" Lisa ist kaum noch zu verstehen.

Der Mann vom Zoll sagt seinem Kollegen: „Achim, ruf schon mal bei der Kripo an, ich denke, den Fall können die wohl gleich übernehmen."

Lisa würde am liebsten im Boden versinken. Sie ist für das Gold verantwortlich! Lisa hat alles unterschrieben und jetzt ist es weg! Ach, wäre doch bloß Sascha hier. „Sascha! Ich muss zu Sascha!", sagt Lisa. „Sascha wird das Ganze aufklären, er weiß immer, was zu tun ist!" Lisa wischt sich die Tränen aus den Augen und geht zum Ausgang.

„Halt, warten Sie!", sagt der Beamte.

Lisa wird bewusst, dass sie nicht einfach so gehen kann. „Sascha, mein Freund, wartet am Schalter auf mich! Er wird bestimmt alles aufklären!"

„Wer ist dieser Sascha und warum wartet er auf Sie?" Der Beamte ahnt, dass dieser Sascha mit dem Gold verschwunden ist, wenn es denn jemals in diesem Koffer war.

Lisa geht zum Schreibtisch des Beamten und erklärt: „Sascha Schmidt ist mein Freund, er hat den Wagen zur Autovermietung gebracht, dann wollten wir uns am Check-In treffen und gemeinsam nach Marsa Matruh fliegen!"

„Warum kommt er nicht hierher, wenn er Sie begleitet?" Der Zöllner weist auf das Übergabeprotokoll: „Wenn er sie begleitet, muss er auch mit anwesend sein!"

Lisa verzieht das Gesicht. „Er begleitet mich ja nicht offiziell, wir fliegen zusammen nach Marsa Matruh und wenn ich das Gold übergeben habe, machen wir eine Woche Urlaub!"

Jetzt versteht der Zollbeamte und er ahnt nun auch, warum Lisa so nervös ist. „Und das alles auf Kosten von Human Life?"

„Nein, so ist das nicht!", protestiert Lisa. „Sascha hat seinen Flug selbst gebucht und er bezahlt auch das Hotel!", doch dann muss Lisa eingestehen: „Naja, seine Sekretärin hat das alles für ihn gebucht! Sascha weiß gar nicht, wie man einen Flug bucht."

„Dieser Sascha Schmidt arbeitet auch für Human Life?", hakt der Zollbeamte nach.

Lisa muss unbedingt Sascha holen, er wird das alles aufklären! Lisa muss schmunzeln: „Nicht, dass Sascha gerade einen Koffer voller Gold als sein Gepäck aufgibt!" Lisa hat eine Idee: „Können Sie ihn nicht ausrufen oder wenigstens am Check-In Schalter Bescheid sagen?"

„Ja, gute Idee!" Der Mann nimmt den Telefonhörer ab und drückt auf eine der vielen Tasten auf dem großen Apparat: „Sascha Schmidt, bitte melden Sie sich im Zoll Büro!" Er wiederholt: „Sascha Schmidt, bitte im Zoll Büro melden!", dann legt er den Hörer wieder auf und hat noch eine andere Idee. Er nimmt den Hörer wieder in die Hand und wählt die Abfertigung: „Haben wir einen Sascha Schmidt für den Flug nach Marsa Matruh?"

Lisa wundert sich, denn sie würde nie an Sascha zweifeln. Das Telefon klingelt kurz darauf und der Beamte geht ran. Lisa wartet nun auf das Ergebnis seiner Anfrage. „Was ist denn nun? Hat sich mein Freund schon gemeldet?"

„Frau Koch, ein Sascha Schmidt ist nicht für den besagten Flug gemeldet und alle Passagiere, bis auf Sie, sind bereits an Bord! Wir warten jetzt auf die Kollegen der Kriminalpolizei, die den Fall dann weiterbearbeiten werden!"

„Kriminalpolizei?" Lisa weiß nun gar nichts mehr. Warum erreicht sie Sascha nicht am Telefon? Sie probiert es nun schon zum vierten Mal, doch alles, was sie hört, ist: *Der Teilnehmer ist zurzeit nicht erreichbar.*

Könnte es denn sein, dass Sascha an das Gold von Human Life wollte? Nein! Das ist unmöglich! „Sascha ist doch so ein liebevoller Mensch! Was ist ihm nur passiert? Warum geht er nicht ans Telefon?", sagt Lisa leise. Lisa geht weiter in sich. Was weiß sie von Sascha? Sie weiß ja nicht einmal, wo er eigentlich wohnt. Sascha ist so ein guter Zuhörer, er redet nicht viel über sich, prahlt nicht mit dem, was er hat, doch lässt er stets blicken, dass Geld für ihn keine Rolle spielt. Lisa denkt an den eleganten Mercedes, den er gemietet hat. Sie sieht den Ring in der kleinen Box. Lisa hat heimlich reingeschaut. Nur kurz, aber es war ein Ring mit einem Stein darin. Nein, Sascha würde sie doch nicht ausrauben, er wollte doch um ihre Hand anhalten. Schließlich hat er ein Hotel gebucht, direkt am Strand. Sascha ist doch kein Krimineller! Er ist immer so elegant gekleidet, drückt sich stets so gewählt aus und hat auf alles eine Antwort. Oh, wo bleibt Sascha nur?

Als der Zoll in Königs Wusterhausen anruft, beschließt Peter Aylin allein zum Flughafen zu schicken: „Es geht wohl um einen Diebstahl von fünfzehn Kilo Gold! Lass Dir das vor Ort erklären und nimm den Fall auf!"

„Gut, mach ich!", sagt Aylin, dann hakt sie nach: „Fünfzehn Kilo Gold, wieviel ist das wert?"

Peter gibt bei Google 15 Kg Gold ein und zeitgleich kommt das Fax mit der ersten Vernehmung aus Schönefeld an. „Das ist ja eigenartig! Laut Google sind es rund 1,3 Millionen, hier geben sie eineinhalb Millionen an!" Peter hält das Fax in der Hand. „Pass genau auf! Irgendwas ist da wohl faul!"

Aylin beeilt sich und ist bald darauf beim Zoll am Flughafen Schönefeld. Sie stellt sich bei den Beamten und bei Lisa vor und der Zollbeamte sagt: „Eigentlich wollte ich den Fall der Kripo übergeben, aber hier scheint sich noch so einiges anzubahnen! Bis jetzt ist es so, dass kein Zoll oder Steuervergehen vorliegt, denn das vermeintliche Gold ist hier nicht eingegangen!"

Aylin widmet sich Lisa: „Dann erzählen Sie mal, was ist passiert?"

Lisas Tränen rinnen nur so aus ihren Augen, denn zu allem Unglück ist Sascha immer noch nicht aufgetaucht. Eine dreiviertel Stunde ist bereits vergangen und er hat sich noch nicht beim Zoll gemeldet. Lisa schaut die Polizistin in Zivil an. „Ich wollte mit meinem Freund in den Urlaub fliegen…"

Aylin unterbricht sie gleich: „Mit fünfzehn Kilo Gold?"

„Was? Nein, die waren doch für Human Life! Ich wollte die Goldmünzen für meine Chefin mitnehmen, weil der Kurier doch erst in sechs Wochen kann.", erklärt Lisa.

Aylin versucht ihr zu folgen. „Was oder wer ist Human Life?", will sie von Lisa wissen.

Lisa denkt noch immer über Sascha nach. Keiner Fliege könnte er etwas zu Leide tun, doch nun scheint es so, als würde er verdächtig sein. Was tut Lisa ihrem Freund nur an? „Human Life ist eine Hilfsorganisation. Tabea, meine Chefin, wartet auf die Münzen. Ich wollte ihr die Münzen bringen, damit sie nicht so lange warten muss und ich wollte mit Sascha in den Urlaub fliegen. Er hat ein Hotel gebucht und ich glaube, er wollte mir einen Heiratsantrag machen. Er müsste längst am Schalter auf mich warten!", wieder muss Lisa weinen.

Aylin kann der jungen Frau nicht folgen, doch an diesen Namen erinnert sie sich: „Sascha?" Aylin hat eine Idee, sie nimmt ihr Handy, öffnet das Bild von diesem Sascha Biermann und zeigt es Lisa. „Das ist nicht zufällig ihr Freund?"

Lisa schaut auf das Foto. „Ja, das ist Sascha! Wieso haben Sie ein Foto von ihm?", fragt Lisa verwundert.

„Sie wollten also mit Sascha Biermann nach Ägypten fliegen und…"

Da wird Aylin von Lisa unterbrochen: „Er heißt Schmidt,
Sascha Schmidt. Ja, wir wollten zusammen in den Urlaub
fliegen!"

„Nun, sein richtiger Name ist Biermann!", erklärt Aylin,
sie wendet sich an den Zollbeamten: „Lassen Sie doch
bitte Herrn Sascha Biermann ausrufen, er soll sich am
Check-In melden. Vielleicht haben wir Glück, aber ich
glaube, er ist bereits über alle Berge!"

„Biermann? Aber… wieso?" Lisa kann das nicht glauben.
Warum behauptet diese Polizistin, Sascha heißt Biermann?
„Das macht doch alles keinen Sinn."

Aylin muss Lisa recht geben: „Das macht wirklich nicht
viel Sinn. Hat ihr Sascha mit Geld um sich geworfen? Hat
er eventuell stets mit fünfzig Euro Noten bezahlt?"

Lisa überlegt. „Aber das war doch wegen dem Falschgeld!", erklärt Lisa und Aylin wird hellhörig. „Er bekommt
immer nur große Scheine und die Läden wollen die großen
Scheine nicht so gern haben wegen dem Falschgeld, das
wohl gerade im Umlauf ist." Lisa denkt sich, eine Polizistin sollte das eigentlich wissen, denn es stand ja gestern in
allen Zeitungen, dass wieder Falschgeld im Umlauf ist.

Der Zollbeamte meldet sich zu Wort: „Für heute ist kein
Sascha Schmidt und kein Sascha Biermann auf irgendeinem Flug gebucht! Er wird also nicht mehr hier sein!"

„Das kann aber nicht sein!", streitet Lisa ab. „Sascha hat ein Ticket für denselben Flug gehabt!"

Aylin wendet sich kurz an Lisa: „Haben Sie das Ticket gesehen?"

Lisa schüttelt den Kopf. „Warum sollte ich es mir von ihm zeigen lassen?"

Aylin nimmt ihr Handy und ruft ihren Kollegen an: „Mike, es hat sich etwas mit diesem Sascha Biermann ergeben, Du hattest wohl recht! Er wurde am Flughafen gesehen!" Aylin hofft, dass Mike vielleicht mehr weiß.

„Ich weiß, ich verfolge ihn schon seit ein paar Stunden! Er scheint eine Komplizin zu haben, die hat er am Flughafen abgesetzt!" Mike konzentriert sich auf den Mercedes, der drei Autos vor ihm fährt.

Aylin hat sich schon gedacht, dass Mike nicht einfach so zwei Tage Urlaub nimmt. „Wo bist Du jetzt?"

„Adlergestell, Richtung Innenstadt!", gibt Mike durch. „Ich schätze, er fährt wieder nach Hause." Doch Mike weiß, er hat einen Mietwagen, den er vorher abgeben muss. „Er wird wohl nicht direkt nach Hause fahren. Wir sind gerade am Treptower Park vorbeigefahren, jetzt müsste er abbiegen, wenn er nach Hause will." Mike bleibt dran, er hofft, ihn nicht an irgendeiner Ampel zu verlieren, deshalb ist nur noch dieser blaue Toyota zwischen Mike und Sascha.

Aylin gibt durch: „Ich mache mich auf den Weg zu Dir!"
Sie legt auf und sagt zu dem Beamten vom Zoll: „Nehmen
Sie bitte ihre Personalien auf!" Aylin weist auf Lisa und
richtet sich dann direkt an sie: „Sie sind eine Verdächtige
und bleiben erstmal hier! Ich melde mich, sowie ich mehr
weiß! Jetzt muss ich zu meinem Kollegen!" Aylin verlässt
das Zoll Büro und steigt in ihren Wagen, der genau vorm
Eingang parkt. Aylin muss sich beeilen, um Mike zu Hilfe
zu kommen.

Lisa ist sprachlos. „Aber... ich... äh was?" Lisa schaut wie
gebannt auf die gestresste Frau und kann nicht verstehen,
warum sie nun verdächtig ist. Was soll sie denn gemacht
haben? Wo ist bloß Sascha, warum hilft er ihr nicht?

Mike hat es gerade noch so geschafft, der blaue Toyota vor
ihm hätte auch schon bei Gelb anhalten können, dann wäre
ihm Sascha entwischt. Bei Mike ist die Ampel bereits rot,
doch er fährt weiter, wechselt auf die linke Spur, drängelt
sich vor den Toyota und ist nun direkt hinter Saschas Mercedes.

Mike wählt Aylins Nummer: „Aylin, ich brauche Deine
Unterstützung! Scheiße, ich bin offiziell nicht im Dienst!"

Aylin sitzt bereits in ihrem Dienstwagen und tritt das Gas-
pedal des BMW durch, noch bevor sie das Blaulicht ein-
schaltet. „Mike, ich höre Dich! Ich bin auf dem Weg! Was
ist bei Dir?"

Mike ist froh, eine Partnerin wie Aylin zu haben und berichtet ihr: „Er biegt nicht ab, ich glaube, er will wohl doch nicht nach Hause!" Sascha wechselt die Spur, fährt von der mittleren zur rechten. „Warte, vielleicht doch…" Er biegt nicht ab, fährt weiter geradeaus. „Nein, er fährt mitten in die Stadt hinein." Mike ist hinter ihm und hofft, dass Sascha ihn nicht erkennt.

Sascha ist hochkonzentriert. Er hatte keinen Plan, was er macht, wenn er das Gold hat. Lisa wird es längst gemerkt haben und die Polizei ist ihm wohl auch schon auf der Spur. Vielleicht sind sie auch schon in seiner Wohnung und warten auf ihn. Wie auch immer, Sascha muss schnell weg. Er greift nach dem Flyer der Autovermietung. Eine Filiale ist direkt hier am Ostbahnhof. Sascha fährt auf den Parkplatz vorm Bahnhof. Zwei Parkplätze hat die Autovermietung reserviert und einer davon ist noch frei, auf den anderen Parkplätzen steht groß Taxi drauf.

Sascha parkt den Wagen, nimmt seine Sachen aus den Fächern und hält die Schachtel mit dem Verlobungsring in der Hand. Er denkt etwas wehmütig an die naive Lisa, doch dafür hat er jetzt keine Zeit! Er öffnet den Kofferraum und sieht den Reisekoffer und die Decke darin liegen. Egal, soll sich doch die Autovermietung darum kümmern, denkt er sich und nimmt nur den Aktenkoffer heraus. Die Schachtel mit dem Verlobungsring schmeißt er auch in den Kofferraum. Sascha geht auf die Autovermietung zu. Was ist, wenn sie ihn da schon erwarten? Nein, lieber kein Risiko eingehen! Sascha geht auf das Bahnhofsgebäude zu. Eine laute Diskussion erregt seine Aufmerksamkeit. Ein Taxifahrer regt sich lauthals auf, aber nein, es geht nicht um seinen Mercedes, er zofft sich mit einem anderen, der einen weißen Kleinwagen fährt. Ist es derselbe Opel, den er heute schon zweimal gesehen hat? Sascha hat keine Zeit, er geht ins Bahnhofsgebäude und richtet als Erstes seinen Blick auf die Abfahrtstafel. Der nächste Zug geht in acht Minuten nach Amsterdam.

Sascha eilt zum Fahrkartenschalter: „Schnell, ich brauche noch ein Ticket nach Amsterdam! Beeilen Sie sich bitte, der Zug fährt gleich!", drängelt er die Frau am Schalter.

So braucht ihr ein Fahrgast gar nicht erst zu kommen! Genervt schaut sie ihn an, doch dann lächelt sie und beeilt sich, das Ticket auszudrucken, doch erst nachdem sie den Zwanziger eingesteckt hat, den Sascha ihr lächelnd zuschiebt. „Bitte schön, einmal zweiter Klasse nach Amsterdam hundertsechsundvierzig, vierundneunzig bitte!"

Sascha schiebt ihr drei zerknüllte Fünfziger in den Schlitz unter der Scheibe und sie schiebt ihm das Ticket hindurch. „Stimmt so!", sagt Sascha und rennt los.

„Gute Fahrt!", ruft die Frau dem netten Mann hinterher. Genau so sollten all ihre Kunden sein. Sie legt die fünfzig Euro Scheine ungeprüft in die Kasse und zählt das Wechselgeld ab, das sie dann zusammen mit dem Zwanziger in ihre Tasche steckt.

Sascha rennt zum Bahnsteig hoch und steigt in den Intercity nach Amsterdam. Erst im Zug schaut er sich um, ob ihm jemand gefolgt ist. Die Ansage aus dem Lautsprecher verspricht, dass der Intercity in wenigen Sekunden pünktlich seine Fahrt fortsetzt. Sascha geht beruhigt mit seinem Aktenkoffer durch das Abteil, sucht einen freien Sitz und setzt sich. Den schweren Koffer legt er sich auf den Schoß. Erst wenn der Zug Berlin verlassen hat, will Sascha ihn abstellen.

Mike hält Aylin auf dem Laufenden: „Er ist jetzt am Ostbahnhof und gibt seinen Mietwagen ab! Ich verfolge ihn weiter!" Mike legt auf, parkt neben Saschas Mercedes, obwohl der Parkplatz nur für Taxis ist.

„Was soll das, hier können Sie nicht parken!", bäumt sich der Taxifahrer in seiner geöffneten Fahrertür auf.

Mike verriegelt die Türen. „Kriminalpolizei! Ich bin im Einsatz!", antwortet Mike knapp.

„Hier keine Parkplatz! Weiterfahre!", schnauzt ihn der nächste Taxifahrer an. Der indische Fahrer ist ebenfalls ausgestiegen, denn auch er will sich diese Frechheit nicht bieten lassen, doch der erste hat bereits sein Handy in der Hand und zeigt den Parksünder an.

Mike lässt die aufgebrachten Taxifahrer stehen, verfolgt seinen Verdächtigen in das Büro der Autovermietung. Mike öffnet die Tür, des kleinen Büros. Nur ein älterer

Mann steht am Tresen, der keinerlei Ähnlichkeit mit seinem Verdächtigen hat. Mike kombiniert, dass Sascha den Wagen wohl nicht ordnungsgemäß abgegeben hat. Will er das Falschgeld auf dem Bahnhof verkaufen oder besorgt er sich hier neue Blüten? Mike rennt ins Bahnhofsgebäude und sieht gerade noch so, wie der Verdächtige zum Gleis vier abbiegt. Mike rennt hinterher, spurtet die Stufen hoch und sieht ihn wieder. Er steigt gerade in den Zug ein und Mike vernimmt die Ansage aus dem Lautsprecher, er steigt auch in den Zug nach Amsterdam, dann schließen sich die Türen.

Aylin ist mittlerweile bereits im Stadtgebiet und kommt nun immer langsamer voran, weil der Verkehr immer dichter wird. Sie ruft ihren Partner an: „Mike, bist Du noch am Ostbahnhof?"

„Ich bin im Zug!", antwortet Mike leise. Er steht an der Tür, als der Zug sich in Bewegung setzt. „Oh Scheiße, ich hoffe, er ist auch hier drin!" Mike schaut sich auf dem Bahnsteig um. „Ich habe ihn aus den Augen verloren!" Mike sieht die Anzeige vorbeisausen. „Ich bin im Intercity nach Amsterdam.", sagt er leise ins Telefon, dann schaut er sich um, entdeckt den Monitor. „Nächster Halt: Hauptbahnhof!", liest Mike vor.

„Sei vorsichtig!", warnt Aylin. „Er hat wohl für eineinhalb Millionen Euro Gold dabei!" Aylin ist sich nicht sicher, ob er sie verstanden hat.

„Ich werde ihn suchen und melde mich wieder!" Mike legt auf und geht durch den Zug. Wo soll Mike zuerst nach ihm suchen? Was hat Aylin da gesagt? Eineinhalb Millionen? So viel Falschgeld muss er erstmal loswerden. Was will er in Amsterdam? Schmuggelt er das Falschgeld nach Holland? Ich muss ihn hier schnappen, sonst ernten andere die Lorbeeren, denkt sich Mike. Er geht zügig nach vorn, schaut nach beiden Seiten, dann entdeckt er ihn. Der Platz neben Sascha ist noch frei. „Wir kennen uns!", sagt Mike, als er sich neben Sascha setzt.

Sascha ist in seinen Gedanken verloren. Er überlegt, wo er aussteigen soll, ob er Deutschland verlassen soll oder lieber wo anders aussteigen sollte. Er sieht dem Polizisten direkt in die Augen. „Nein, ich kenne Sie nicht!" Sascha erkennt sofort den Polizisten, der ihn in Strausberg verhaften wollte. „Sie müssen sich irren!" Panik kommt in Sascha auf. Es muss noch eine Chance geben, schließlich ist dieser Bulle allein. „Entschuldigen Sie bitte, ich muss hier raus!" Der Intercity wird langsamer. Sascha steht auf, nimmt seinen Koffer und will an dem Bullen vorbei gehen.

Mike muss nun reagieren, denn auf dem Hauptbahnhof wird ihm Sascha womöglich entfliehen „Sie sind festgenommen! Die Fahrt endet hier!" Mike greift sich seinen Arm, drückt fest zu, so wie er es immer gemacht hat, wenn er seine Macht demonstrieren will. Er hat keine Handschellen dabei. Mike nimmt sein Handy, ruft Aylin an: „Ich habe ihn, komm zum Hauptbahnhof!" Als der Zug hält, zerrt Mike seinen Gefangenen aus dem Zug. Er steckt sein Handy weg und nimmt Sascha den Koffer ab, dann stellt Mike fest: „Der ist aber schwer, da sind wohl jede Menge Blüten drin?"

„Was soll das? Wer sind Sie! Geben Sie mir mein Gepäck zurück!" Sascha versucht, sich aus seinem Griff zu lösen, doch es gelingt ihm nicht. Jetzt erkennt Sascha, dass er wegen dem Falschgeld gesucht wird und nicht wegen dem Gold. Nein, er kann sich nicht von einem einzelnen Bullen festnehmen lassen. Sascha reißt sich los, rennt den Bahnsteig entlang. Seine Gedanken kreisen nur um das Gold, aber es geht auch um seine Freiheit!

„Scheiße!", flucht Mike, als sich Sascha losreißt. „Stehen bleiben!", ruft er ihm hinterher. Mike hat bereits seine Waffe in der Hand, doch der Bahnsteig ist voller Menschen, Mike kann nicht einfach so auf Sascha schießen, also rennt er ihm hinterher, mit dem schweren Koffer in der Hand. „Halt, Polizei! Sie sind verhaftet!" Der Abstand zu Sascha wird größer. Mike kann den Koffer nicht stehenlassen, der Bahnsteig ist voller Menschen und der Koffer wäre wohl schnell beim nächsten Dieb.

Immer wieder dreht sich Sascha um, er hofft darauf, dass der Bulle den Koffer stehen lässt, da schließen sich die Türen des Intercitys und Sascha nutzt die Chance, sich selbst in Sicherheit zu bringen. Gerade so schafft er es hinein und beobachtet durch die verglaste Tür den Bullen, der die

Verfolgung abbrechen muss. Blöd ist nur, dass er mit seinem Gold dasteht. Nun war alles umsonst!

Mike versucht eine Tür zu öffnen, doch der Intercity hat außen keine Griffe. Er reagiert blitzschnell und rennt zu dem Schaffner, an dem er gerade vorbeigerannt ist. „Halten Sie den Zug an!", brüllt er schon von Weiten.

„Was ist denn passiert? Sie hätten doch schon längst einsteigen können!" Dem Schaffner ist der rennende Mann aufgefallen weil er nicht in irgendeinen Waggon einsteigt.

„Halten Sie den Zug an! Ich bin von der Kripo!", schreit Mike völlig außer Atem.

„So einfach ist das nicht!", sagt der Schaffner, als sich der Zug in Bewegung setzt. „Zeigen Sie mir ihren Ausweis, dann gehen wir ins Aufsichtsbüro!"

Mike hasst den Dienst in Zivil. In Uniform hätte man ihn längst als Mann des Gesetzes erkannt und dieser Schaffner hätte seinen Aufforderungen sofort Folge geleistet. Widerwillig nimmt Mike den Koffer in die andere Hand und sucht nach seinem Dienstausweis. „Der Typ ist gleich weg!", Mike sieht zu, wie der Zug den Bahnhof verlässt und hält dem Schaffner seinen Dienstausweis dicht vor die Nase, denn schließlich ist er hier nicht zuständig. Mike ist nicht einmal im Dienst. Er ruft seine Kollegin an: „Aylin, wo bist Du?"

„Ich stehe im Stau, bin fast am Ostbahnhof!", sagt Aylin.

Mikes Jagd ist vorbei, er hat verloren! Bis Aylin hier ist, ist der Intercity längst in Hannover. „Ich habe ihn verloren! Er sitzt im Intercity nach Amsterdam. Treffen wir uns am Ostbahnhof? Mit der S-Bahn bin ich wohl schneller!"

„Ja, von mir aus!", sagt Aylin und setzt den Blinker, denn der Ostbahnhof ist in Sichtweite. „Hast Du eine Fahndung nach ihm rausgegeben?"

„Wie denn, ich bin doch nicht zuständig!", erklärt Mike.

„Gut, dann mach ich das!" Aylin parkt hinter dem Bahnhof, holt sich erstmal einen Kaffee und zündet sich eine Zigarette an, dann ruft sie in der Zentrale an.

Peter nimmt Aylins Anzeige auf und gibt die Fahndung in den Computer ein, damit sind alle anderen Strafverfolgungsbehörden mit involviert. Auch der Zoll am Flughafen Schönefeld sieht die Fahndung und klinkt sich mit ein.

Aylin entspannt mit Kaffee und Zigarette, als sich ihr Handy meldet. So schnell hat Aylin nicht mit Mikes Anruf gerechnet, doch die S-Bahn ist schnell und er wird nun bald hier sein. Aylin schaut erst aufs Display: *unbekannte Nummer*. Aylin wundert sich und geht ran.

Am anderen Ende ist der Zollbeamte vom Flughafen Berlin-Schönefeld „Es gibt Neuigkeiten! Ich muss Sie nochmal herbitten, damit wir den Fall besser koordinieren können!"

Aylin meldet sich bei Mike: „Ich muss nochmal zum Flughafen, kommst Du allein klar?"

Mike denkt an den Mietwagen und an sein eigenes Auto, das noch in Berlin steht: „Ja, fahr ruhig!", denn offiziell ist Mike nicht im Dienst. „Wir sehen uns Montag auf der Wache!" Mike weiß, dass Aylin Ärger bekommt, wenn herauskommt, dass sie ihm geholfen hat.

„Bis Montag! Sorry, dass ich Dich nicht fahren kann!" Aylin beendet das Gespräch, wirft ihre Kippe und den Kaffeebecher weg, dann fährt sie zurück zum Flughafen.

Mike steht mit dem schweren Aktenkoffer in der S-Bahn. So langsam kommt er etwas runter, sein Puls verlangsamt sich und er denkt daran, dass er als nächstes den Mietwagen zurückbringen muss. Schon bald kommt Mike am Ostbahnhof an und geht zu dem weißen Opel Corsa. Ein Strafzettel klemmt schon hinterm Scheibenwischer. Mike flucht kurz und wuchtet den schweren Koffer in den schmalen Kofferraum, dann hat er eine Idee! Mike fährt erstmal zu Saschas Wohnung, denn dort parkt sein eigenes Auto. Er deponiert den Koffer in seinem Kofferraum, denn Mike will den Koffer Montagfrüh aufs Revier mitnehmen und Peter vor versammelter Mannschaft das Falschgeld präsentieren, damit er sich bei ihm auch gleich entschuldigen kann, bevor er ihn zur Schnecke macht, weil er in seiner Freizeit Verbrecher jagt. Mike hat Sascha zwar nicht verhaften können, doch dafür hat er einen Koffer voller Falschgeld. Nach diesem Misserfolg ist Mikes Laune nun etwas besser. Bis zu Saschas Wohnung ist es nicht weit.

Mike bekommt einen freien Parkplatz, fast direkt vor Saschas Wohnung. Was für ein Loch, denkt sich Mike, als er die niedrigen Fenster mit der Pappe im unteren Teil sieht. Diese Bude passt so gar nicht zu diesem elegant gekleideten Mann, denkt sich Mike. Saschas Wohnung scheint verlassen und Mike hat noch genug zu tun. Gegenüber parkt sein KIA, den Mike auch noch nach Hause bringen muss, also steigt er aus, lädt den Aktenkoffer in den KIA und fährt zum Flughafen Schönefeld.

Mike glaubt, dass Sascha bald nach Berlin zurückkommen wird, denn er hat zum einen kein Falschgeld mehr, und zum anderen wurde er nicht auf frischer Tat ertappt, sodass wohl auch nicht weiter nach ihm gefahndet wird. Vielleicht wird die Berliner Kripo nach ihm suchen, wenn sie von Mike alle Informationen haben. Mike wird nur noch aktiv werden, wenn sich Sascha in seinem Revier blicken lässt, dass schwört er sich. Ja, er war etwas übereifrig und er hat auch Aylin mit reingerissen. Zum Glück kann er am Montag den Koffer mit dem Falschgeld auf den Tisch legen, damit wird es auch keine Disziplinarmaßnahmen geben. Mike wird dann mit Aylin reden. Hoffentlich nimmt sie ihm seinen Alleingang nicht allzu übel.

Mike hat ein mulmiges Gefühl, als er den Opel Corsa vor der Autovermietung einparkt. Selbstverständlich hat er den Wagen vollgetankt und nun geht er in das kleine Büro am Flughafen: „Ich bringe den Wagen zurück!", sagt Mike demütig, als er den Schlüssel auf den Tresen legt. Ehe die Mitarbeiterin checkt, wer er ist, sagt Mike: „Bitte entschuldigen Sie mein Auftreten vorhin! Ich habe einen Verdächtigen verfolgt und konnte ihn, dank Ihrer Hilfe festnehmen!"

Jetzt erkennt sie den Kunden. „Ach, was hat er denn gemacht?", fragt die Angestellte interessiert und freundlich.

Mike geht etwas dichter an sie heran, obwohl beide im Laden allein sind, flüstert er: „Ich darf eigentlich nicht darüber reden! Sie wissen schon, wegen der laufenden Ermittlungen und so! Er wollte jede Menge Falschgeld unter die Leute bringen!", flüstert Mike ihr zu, dann sagt er laut: „Passen Sie also auf, wenn jemand bei Ihnen mit fünfzig Euro Scheinen bezahlt!"

„Oh! Was ist mit dem Auto?", fragt sie nun.

„Keine Angst, er hat keinen Kratzer und ich habe ihn auch wieder vollgetankt! Wieviel bin ich Ihnen schuldig?" Mike hofft, dass sie sich noch nicht über ihn beschwert hat.

Die Angestellte steht auf und schaut zum Parkplatz. Sie sieht den weißen Corsa dastehen. „Das wäre dann die Tagesmiete! 69,95 € bekomme ich von Ihnen!" Sie holt das Formular heraus und sagt: „Ich brauche noch Ihren Dienstausweis für die Rechnung!" Mike gibt ihr seinen Personalausweis, daraufhin fragt sie: „Mieten Sie den Wagen jetzt privat oder soll ich Ihnen eine Rechnung auf die Polizei ausstellen?"

„Ach, lassen Sie mal, ich mach das privat!", sagt Mike, denn er war schließlich nicht im Dienst.

Die Angestellte reicht Mike das Lesegerät, Mike legt seine Karte drauf und sagt: „Danke für Ihr Verständnis!"

Die Angestellte lächelt und sagt: „Man hilft ja, wo man kann! Hauptsache, Sie haben den Verbrecher geschnappt!"

„Nur mit Ihrer Hilfe, ist mir das gelungen!", schleimt Mike die Frau hinter dem Tresen an, dann verabschiedet er sich und geht zum Bahnhof.

Nun muss Mike wieder mit der S-Bahn fahren, doch dieses Mal holt er sich einen Fahrschein und entwertet ihn auch gleich. Die Fahrt dauert rund eine halbe Stunde und Mike denkt wieder über seine Übereifrigkeit nach. Warum wird es einem Polizisten nur so schwer gemacht, die Bürger zu schützen? Mike denkt an den Vorfall damals in Strausberg zurück. Auch wenn es der Sohn vom Bürgermeister war, so hat er genauso gegen die Regeln verstoßen, wie die anderen Querdenker auch. Er hätte doch einfach seine Strafe bezahlen können, aber nein! Er muss mit Mike diskutieren, muss die Wissenschaftler in Frage stellen, die eine Maske für alle gefordert haben. Was blieb ihm anderes übrig, als ihm mit dem Schlagstock zur Ordnung zu rufen. Wäre dieser Idiot doch zuhause geblieben, wie es alle anderen gemacht haben, statt ohne Mundschutz diese Vieren in der Luft zu verteilen. Er und die anderen Querdenker haben die Gesundheit aller aufs Spiel gesetzt und Mike musste dafür büßen, welch eine Ungerechtigkeit!

Und jetzt ist es wieder dasselbe! Laut Beamteneid ist Mike immer im Dienst, auch wenn er privat unterwegs ist, aber wenn er dann einen Verbrecher verfolgt, kriegt er Ärger. Mike muss sich umstellen! Er muss Dienst nach Vorschrift machen, wenn er sich seinen Posten nicht versauen will. Alle machen es so, also kann auch er sich so verhalten. Er wird mit Aylin reden, wird sich bei ihr entschuldigen und vielleicht wird aus ihnen mehr. Mike könnte sich gut vorstellen, mit seiner Kollegin auch zusammenzuleben. Sie gefällt ihm. Nicht nur, dass Aylin eine geile Figur hat, sie ist auch gut im Bett. Mike denkt unweigerlich an Jessica. Mit seiner Exfrau hatte er nicht so guten Sex. Wenn er so zurückdenkt, dann lief nicht oft etwas und wenn, dann war es eine schnelle Nummer, ohne jegliche Romantik. War es bei ihr nur so eine Art Pflichtbewusstsein? Hat sie ihn schon vor diesem Vorfall nicht mehr geliebt? Hat Jessica ihn jemals geliebt? So langsam geht Mike ein Licht auf und er begreift, dass er derjenige ist, der falsch liegt.

Mike ist so tief in seinen Gedanken, dass er fast zu weit gefahren wäre. „Scheiße!", flucht er und beeilt sich, um noch aus der S-Bahn zu kommen. Er geht zu seinem Wagen. Mike könnte sich noch ein bisschen umschauen, bevor er heim fährt. Er macht es sich auf dem Fahrersitz bequem und beobachtet Saschas Wohnung, doch dann denkt er wieder an seinen Entschluss, ruhiger zu treten. Mike ist hier nicht in seinem Revier, also setzt er sich aufrecht hin, startet den Wagen und fährt nach Hause, so wie es sich für einen Beamten in seiner Freizeit gehört. Es dauert nicht lange und er parkt in der Plattenbausiedlung vor seinem Eingang. Mike schließt den kleinen KIA ab und will schon los gehen, da fällt ihm der Koffer ein. Mike sollte ihn mit hochnehmen, denn wenn dieses Falschgeld durch seine Nachlässigkeit in die falschen Hände geraten würde, wäre seine Laufbahn beendet. Er nimmt den Koffer und bringt ihn nach oben in seine Wohnung „Mann, ist das Ding schwer!", flucht er leise im Treppenhaus. Mike hatte einen harten Tag, er ist einfach nur fertig und so fällt ihm das Tragen immer schwerer. Mike wundert sich, denn eigentlich sollten die eineinhalb Millionen nicht so schwer sein, es sei denn, es sind kleine Scheine. Zehner und Zwanziger. Aber dafür recht so ein Aktenkoffer doch nicht aus. Mike stellt den Koffer im Flur ab und geht duschen, erst danach denkt er wieder an den schweren Koffer. Es lässt ihm keine Ruhe, also spielt er so lange mit einem Nagel an dem einfachen Schloss herum, bis die Verschlüsse hochschnallen.

Saschas Flucht

„Scheiße!", flucht Sascha, als er völlig außer Atem im Intercity ist, der gerade den Bahnhof verlässt. Dieser Bulle steht mit seinem Gold auf dem Bahnsteig und wahrscheinlich hätte er ihm den Koffer nicht mal abnehmen dürfen. „Scheiß Bullen!", flucht Sascha leise. Er durchsucht seine Taschen. Viel Geld hat er nicht dabei, also sollte er in Deutschland bleiben. Sascha will auf jeden Fall Berlin verlassen, aber schon in Hannover, wo der Zug dann das nächste Mal hält, aussteigen und erstmal untertauchen. Sascha ist stinksauer. Er hatte das Gold in seinen Händen! Warum war dieser Bulle allein? Da ist doch was faul? Sascha muss bald in seine Wohnung zurück. Er braucht den Müllsack mit den falschen Fuffzigern, damit er ein neues Leben anfangen kann. Scheiße, Sascha liebt seinen Kiez.

Nach einer Weile wird der Zug langsamer, Sascha geht langsam zur Tür und wartet, bis der Zug in den Bahnhof einfährt. Kurz bevor der Zug hält, gibt es eine Durchsage: „Meine Damen und Herren, aufgrund einer polizeilichen Maßnahme wird sich der Aufenthalt in Hannover etwas verzögern! Wir bitten um ihr Verständnis!"

Was nun? Suchen sie nach ihm? Wohl kaum, denn sie haben ja das Gold, also warum so viel Aufwand? Nein, nach ihm werden sie wohl mit Sicherheit nicht suchen, oder doch? Sascha stellt sich an die Tür, es ist nichts zu sehen. Wenn er aussteigt und wegrennt, sollte er weg sein, ehe hier ein Bulle auftaucht. Wie wild drückt Sascha auf den Knopf, doch die Tür öffnet nicht, noch rollt der Zug etwas. Nun strömen etliche Polizisten auf den Bahnsteig, positionieren sich vor den Türen. „Scheiße!" Sascha hat eine Idee. Er zieht die Notbremse und der Zug stoppt. Sascha dreht an dem Not Hebel der anderen Tür. Er drückt die Tür auf der gegenüberliegenden Seite auf und springt raus auf die Gleise, obwohl er sich sicher ist, dass sie nicht ihn suchen, will er nichts riskieren. Ohne weiter zu überlegen, rennt Sascha über die Gleise hinunter zur Straße. Unten sieht Sascha einen Zaun, doch da kommt er drüber! Jetzt heißt es schnell sein, denn hinter dem Zaun fährt schon ein Polizeiauto. Da hört Sascha hinter sich bereits die Warnungen der Polizisten, die ihn verfolgen. Spätestens am Zaun haben sie ihn. Sascha gibt auf und lässt sich festnehmen.

Sascha erkennt Zollbeamte. „Was wollen Sie von mir? Ich will nicht über die Grenze! Hey, ich habe hier nur abgekürzt! Sorry, aber ihr habt den Falschen!"

Die Beamten sagen nichts, sie übergeben Sascha an einen Kommissar in Zivil. „Das ist erstmal euer Fall!"

Der Kommissar bedankt sich bei den Zollbeamten und legt Sascha Handschellen an, bevor er ihn befragt: „Wo ist der Koffer mit dem Gold?"

Nun ist sich Sascha sicher, dass sie genau wissen, wen sie da gefangen haben. Es hat also keinen Sinn, irgendwas abzustreiten: „Den hat mir der Bulle in Berlin doch schon abgenommen! Was läuft da bei euch schief?"

„Hatte er einen Koffer dabei?", fragt der Kommissar die umstehenden Beamten von Zoll und Bundespolizei. Die schauen sich gegenseitig an und schütteln den Kopf. „Durchsucht die Gleise und den gesamten Zug!" Der Kommissar wendet sich wieder Sascha zu: „Sagen Sie uns lieber, wo der Koffer ist, sonst kommt auch noch ein gefährlicher Eingriff in den Schienenverkehr hinzu!"

„Ich habe es doch schon gesagt, den hat mir der Bulle in Berlin abgenommen!", wiederholt sich Sascha. Was hat dieser Mike nur damit gemacht? Dieses Schwein, denkt sich Sascha.

„Hat sich dieser Polizist bei ihnen vorgestellt?", fragt der Kommissar nach.

„Oh ja, er wollte mich zum Kaffee einladen!", rutscht es Sascha heraus, doch dann besinnt er sich und sagt: „Ich sage jetzt gar nichts mehr!"

Nach über einer Stunde brechen die Beamten die Suche nach dem Gold ab und der Zug darf endlich weiterfahren. Sascha wird zum Zoll nach Berlin gebracht und dort in Untersuchungshaft genommen.

Ägypten

Im Büro von Human Life werden gerade die Fotos am Computer ausgewertet. Es ist bereits Mittag, als Tabea das Büro betritt. „José, Mustafa, wir müssen heute Nachmittag Lisa am Airport in Empfang nehmen!", sagt Tabea ohne jegliche Begrüßung.

José schaut auf. Tabea wirkt noch sehr müde. „Lisa? Die Sekretärin aus Berlin?"

„Ja!" Tabea weist auf den Bildschirm: „Sie hat gestern Abend eine E-Mail geschrieben. Da stehen alle Details drin. Wir werden zu dritt hinfahren!"

„Was will denn die Sekretärin hier? Will sie uns überprüfen?" José hält eine Sekretärin für die rechte Hand des Chefs, schließlich sitzt sie im Vorzimmer und entscheidet, wer vorgelassen wird und wer nicht.

„Ach Quatsch! Sie bringt mir einen Koffer für Human Life vorbei!", sagt Tabea.

„Reicht es nicht, wenn Mustafa fährt? Er kennt sie doch!" José hat keine Lust, auf die lange Fahrt zu dritt in der engen Kabine des Pick Up.

Mustafa nickt. „Ja ich glaube, ich kenne sie. Das ist doch die zierliche junge Frau, die Human Life in Berlin leitet?" Er hat nie verstanden, warum eine junge, unerfahrene Frau diese wichtige Organisation in der deutschen Hauptstadt vertritt.

„Och Mustafa, sie ist nur eine Sekretärin! Ich bin Human Life!" Tabea ist genervt davon, dass diese Moslems eine Frau nicht als Chef akzeptieren können. „Und nein, wir fahren zu dritt! Der Koffer ist viel zu wichtig …für unsere Organisation!" Auf keinen Fall darf sie den beiden erklären, dass es sich um Gold handelt, deshalb fügt sie hinzu: „In dem Koffer sind unheimlich wichtige Dokumente, die auf keinen Fall in fremde Hände gelangen dürfen! Deswegen hole ich den Koffer auch persönlich ab und ihr werdet mich dabei begleiten!"

„Du hattest wohl noch keinen Kaffee?" José spielt auf ihren müden Gesichtsausdruck an. Er geht zur kleinen Küchenzeile und hält eine große Tasse hoch: „Wie immer?"

„Ja, ist der auch frisch?" Tabea hasst es, wenn der Kaffee schon einen halben Tag in der Maschine ist. José versichert es ihr, stellt die große Tasse an ihren aufgeräumten Schreibtisch und Tabea setzt sich. Sie hat die halbe Nacht nicht geschlafen, denn heute ist der entscheidende Tag! Heute Abend wird sie einen Koffer voller Gold in der Hand halten und morgen Früh damit verschwinden! Nichts darf dabei schief gehen. Wieder und wieder ist Tabea ihren Plan durchgegangen. Wenn sie den Koffer hat, wird sie sich von José und Mustafa direkt nach Hause bringen lassen und schon morgen ist Tabea mit Tobias und Leonie verabredet. Nur wegen Tabea haben die beiden ihre Abreise um einen Tag verschoben. Tabea hat alles organisiert. Sie hat einen Beamten bestochen, der die Jacht beim Verlassen kontrollieren wird. Tabea wird diesem gierigen

Zollbeamten zwei Goldstücke in die Hand drücken, wenn er das Boot durchsucht. So hat sie es mit ihm vereinbart. Tabea ist so froh, dass dieses Leben hier in Marsa Matruh endlich vorbei ist. Nach der Überfahrt ist sie in Europa, wo sie ein neues Leben in Spanien beginnen wird.

Tabea ist nervös. „Wann müssen wir los?"

José checkt die E-Mail von Lisa, rechnet die Fahrt hinzu und sagt: „Halb fünf!"

„Wir fahren um vier!" Tabea schaut auf die Uhr, es ist halb zwei. Tabea hat noch einen langen Tag vor sich. „Ich gehe was essen!"

„Was ist mit der Einweihung von Hamadis Kinderheim? Du wolltest doch Fotos machen?", fragt Mustafa.

„Wann ist das denn?", fragt Tabea.

„Er hat Dich für 15.00 Uhr eingeladen! Das können wir schaffen, es liegt fast auf dem Weg!", schlägt Mustafa vor.

„Nein, lieber nicht! Wir fahren morgen hin und machen ein paar Fotos!" Tabea will kein Risiko eingehen. „Wir sehen uns in gut zwei Stunden!" Tabea verlässt das Büro.

„Was ist mit ihr los?", wundert sich Mustafa.

„Sie hat irgendetwas. Ich habe sie noch nie so angespannt erlebt.", bestätigt José. Er glaubt, Tabea zu kennen, doch ist er nur ihr Spielzeug.

„Ich verstehe es nicht! Dieses Kinderheim liegt doch direkt auf dem Weg! Hamadi macht die Eröffnungsfeier doch nur für ihre Fotos!", sagt Mustafa.

„Es muss was mit der Frau Koch, dieser Lisa aus Berlin, zu tun haben!", sagt José.

„Sie hat bestimmt mehr zu sagen als Tabea, das will sie nur nicht zugeben. Ich wette, Lisa ist die Chefin von Human Life und nicht sie!", ahnt Mustafa.

„Ja, kann schon sein!", überlegt José. Er hat mit Lisa noch nichts zu tun gehabt. Nur Mustafa telefoniert oft mit ihr, wenn sie Fragen zu seinen Artikeln hat. „Wie ist sie so, diese Lisa?", fragt er Mustafa.

Mustafa denkt an die letzten Gespräche: „Ich mag sie nicht! Sie ist wie Tabea, weiß alles besser und berichtigt mich ständig! Glaub mir José, diese Göre war noch nie in Ägypten, aber sie tut so, als ob sie sich hier auskennt! Ich möchte nicht wissen, was sie dem Chef so alles über uns erzählt!"

José macht sich so seine eigenen Gedanken: „Aber Tabea sagt doch, sie ist die Chefin!"

„Ach ja, und warum gibt es in Berlin eine Sekretärin? Wenn es eine Sekretärin gibt, dann gibt es auch einen Chef oder glaubst Du wirklich, eine Frau leitet Human Life?" Mustafa kennt sich mit Unternehmensstrukturen aus, schließlich hat er in Berlin zwei Kurse belegt, bevor ihn Tabea überredet hat, mit ihr nach Marsa Matruh zu gehen.

Tabea hatte sich nochmals mit Leonie und Tobias getroffen. Sie ist mit den beiden nochmal alles durchgegangen und sie sind für morgen Früh um acht Uhr verabredet. Während die beiden sich den Bauch vollgeschlagen haben, konnte Tabea kaum etwas essen. Völlig nervös kommt sie gegen halb vier ins Büro zurück. „Lass uns fahren!", sagt sie zu José und Mustafa.

„Was, jetzt schon? Wir haben noch mehr als eine Stunde Zeit!", widerspricht José.

„Ich muss pünktlich sein! Dann warten wir eben dort!" Tabeas Leben geht heute in eine neue Richtung. Es darf nichts schief gehen. „Wer weiß, vielleicht landet Lisa ja früher! Sie kennt sich hier doch gar nicht aus!"

„Sie braucht doch nur am Flughafen auf uns warten! Sie muss doch nicht allein in die Stadt!", erklärt José.

Tabea verdreht die Augen: „Lisa hat vielleicht einen Anschlussflug oder ein Taxi, das auf sie wartet!"

Nun versteht José gar nichts mehr: „Kommt sie denn gar nicht mit?"

„Ich habe euch doch erklärt, dass Lisa hier Urlaub macht! Sie will uns nicht besuchen!", erklärt Tabea genervt.

Mustafa kann sich das nicht vorstellen: „Sie wird sich doch bestimmt das Büro ansehen wollen? Sie könnte doch auch mit zum Kinderheim kommen. Das gäbe ein paar gute Fotos, wenn sogar jemand Wichtiges aus Berlin bei der Eröffnung mit dabei ist!"

„Wann begreifst Du das endlich, dass ich die Chefin von Human Life bin? Lisa ist eine Sekretärin, nichts weiter!", erklärt Tabea wütend, doch dann beruhigt sie sich, weil sie an ihre Zukunft denkt. „Macht euch fertig, ich will los!"

Mustafa speichert seine Datei, er hat den ganzen Tag an einer Präsentation gearbeitet. Auf einer A4 Seite hat er vier Bilder gesetzt und dazu einiges an Text geschrieben. Mustafa weiß, dass nur ein Profi so eine Arbeit machen kann. Er ist seit einer halben Stunde fertig und Tabea sollte es sich nochmal ansehen, bevor er es nach Berlin schickt, doch nun eilt es ja nicht, wenn Lisa gar nicht in Berlin ist. Mustafa winkt ab und fährt den Computer herunter, José schaltet die Kaffeemaschine aus und hält die halbvolle Kann hoch. „Will noch jemand einen Kaffee?" Als sich weder Mustafa noch Tabea melden, kippt er ihn weg und spült die Kanne aus.

„Seid ihr endlich soweit?", drängt Tabea.

José nimmt den Schlüssel für den Pick Up und sagt: „Ja, von mir aus können wir los!" José verlässt als Letzter das Büro und schließt ab.

Tabea wartet bereits ungeduldig an der Beifahrertür. Tabea fährt gern Auto, doch hier ist es nicht gern gesehen, wenn eine Frau den Wagen fährt. Bei den Touristen wird da zwar ein Auge zugedrückt, aber als Touristin gilt Tabea hier schon lange nicht mehr. Sie hat sich damit abgefunden und so quetscht sie sich auf den Notsitz in der Mitte, da es hier so üblich ist. Oft genug sitzt die Frau auch auf der

Ladefläche, obwohl der Beifahrerplatz frei ist. Aber diese Diskriminierung hat nun ein Ende! Tabea wird in ein paar Tagen in Spanien ankommen und dort ein neues Leben beginnen. Sie wird sich einen schicken Sportwagen kaufen und eine kleine Finka am Strand beziehen. Drei bis vier Tage soll die Überfahrt dauern. Tobias hat aber auch gesagt, es können auch fünf bis sechs Tage sein, je nachdem, wie windig es wird. „Hoffentlich geht alles gut!", seufzt Tabea gedankenverloren, als sie losfahren.

„Ach, mach Dir keine Sorgen! So weit ist es doch nicht!", geht José auf ihre Bemerkung ein.

„Was?" José reißt Tabea aus ihren Gedanken. „Ach, fahr einfach!" Die Straßen sind schlecht und José hat es noch immer nicht begriffen, um die Schlaglöcher herumzufahren. Die Sitze in dem alten Pick Up sind ausgesessen und so rutscht Tabea bei jeder Unebenheit dichter an Mustafa heran. „Bleib doch mal auf Deiner Seite!", keift sie ihn an. Mustafa sagt nichts weiter und versucht sich an die Tür zu lehnen. Tabea mag es nicht, so eingeengt zu sein. Sie mag es zwar, mit den Männern intim zu werden, aber nur, wenn sie dazu Lust hat.

Tabea schaut zu José herüber. Sollte sie ihn nachholen, wenn sie in Spanien ist? José ist ein guter Liebhaber, er wird ihr sicher auch ein guter Mann sein, aber will sie das wirklich? Er sieht schon sexy aus. Tabea muss sich zusammenreißen, sie schaut nach vorn auf die Straße. Tabea sieht gut aus, sie ist fit und wird sicherlich in Spanien einen gutaussehenden Spanier finden, vielleicht sogar einen, der selbst genug Geld hat. Schließlich suchen sich reiche Männer keine armen Mädchen zum Heiraten. Ja, genau! Tabea wird sich einen reichen Spanier suchen. In ihrem Apartment hat Tabea bereits eine gehörige Menge Bargeld gehortet. Alles amerikanische Dollar, denn die kann sie auch in Europa umtauschen. Dreißig Goldmünzen hat sie auch schon gehortet, denn für die Kinder währen die viel zu schade. Mit Lisas Lieferung ist Tabea eine reiche Frau, sie kann sich gut ausstaffieren und dann… „Au! Pass doch auf!", schnauzt Tabea José an, weil er wieder durch ein riesiges Schlagloch gefahren ist. „Ist es denn noch weit?", fragt sie genervt.

„Eine Weile dauert es noch!", antwortet José. „Soll ich mal anhalten? Musst Du mal?", fragt er fürsorglich. Irgendwas ist mit Tabea. Sie ist sonst viel entspannter.

„Nein!", gibt Tabea zurück. Sie weiß, wo sie ist und wie lange die Fahrt noch dauern wird, doch ihre Nerven liegen blank. „Och Scheiße! Warum musst Du auch davon reden?" Nun drückt ihr die Blase.

Mustafa kann Tabea nicht so richtig einschätzen. Er weiß, dass sie sich oft von José vögeln lässt, schließlich prahlt er gern davon, doch Mustafa will nur seine Ruhe, er sucht nach einer muslimischen Frau, die ihren Mann achtet. Als Tabea unruhig hin und her rutscht, fragt er höflich: „Willst Du lieber an der Tür sitzen?"

„Nein! Lass nur!", gibt Tabea genervt zurück. „José, halte an einem Busch an! Wegen Deiner Fragerei muss ich jetzt pissen!", faucht sie den Fahrer an.

José wird langsamer. „Was ist mit dem da?" Er zeigt auf einen Busch am Straßenrand.

„Du Schwachkopf, wie soll ich mich dahinter verstecken?", antwortet Tabea. Es ist Frauen verboten, sich in der Öffentlichkeit zu erleichtern. Da Tabea nicht wie die einheimischen Frauen gekleidet ist, sondern gern, Shorts und ein dünnes Shirt trägt, würde man sie wohl sofort verhaften, wenn sie sich am Straßenrand erleichtert.

„Ist ja schon gut!", murrt José. Einen halben Kilometer weiter entdeckt er dann eine kleine Gruppe von Büschen und hält davor an. „Geht es hier?"

„Ja, halt schon an!" Tabeas Blase drückt wohl eher aus Nervosität, als dass sie voll wäre. Nun hat sie es eilig: „Lass mich raus!", faucht Tabea Mustafa an.

Mustafa steigt aus und hält ihr die Tür auf. Er schaut ihr nach, wie sie ihren kleinen Hintern schwingt. Tabea schaut in die Runde, ob sie von der Straße aus zu sehen ist, dann öffnet sie ihre Jeansshorts und lässt sie samt Tanga herunter. Mustafa wendet sich ab und sagt zu José: „Mann, ist die heute gereizt!"

José verteidigt Tabea: „Das wärst Du auch, wenn Dein großer Boss kommen würde!" José schaut Tabea zu, wie sie ihren kleinen nackten Hintern zu ihnen dreht.

„Aber, diese Lisa ist doch dann auch unser Boss!", erkennt Mustafa.

„Ja, aber Tabea ist eine Frau!", erklärt José.

„Aha!" Mustafa hat keine Ahnung von der Psyche einer Frau und er will davon auch nichts wissen. Als Tabea zurückkommt, schließt sie im Gehen den Knopf ihrer engen Jeansshorts. „Möchtest Du lieber außen sitzen?", bietet Mustafa seiner Chefin höflich an.

„Ihr Kerle begreift es einfach nicht, oder? Wenn es nach mir ginge, würde ich fahren und ihr könntet auf der Ladefläche sitzen!", gibt Tabea zickig zurück.

Mustafa ist es egal, er setzt sich auch nach hinten, auf die Ladefläche. „Aber Du bist eine Frau?"

„Ja, eben! Darum lasse ich mich auch von euch hier drin einquetschen!" Tabea nimmt wieder auf dem mittleren Sitz Platz.

„Soll ich nun nach hinten gehen?", fragt Mustafa José.

„Nein! Du zwängst Dich wieder hier hin!" Tabea weist auf den Platz neben ihr. „Wir müssen uns an die Regeln halten!", erklärt Tabea.

„Aber das machen wir doch!", sagt Mustafa und nimmt wieder Platz. José steigt auch ein und fährt los.

Tabea hat dieses arabische Land so satt. Obwohl sie sich mit all den Regeln arrangiert hat, und so manches Mal ihre Überlegenheit den einheimischen Männern gegenüber demonstriert hat, will sie diesen ewigen Kampf nicht mehr! In Europa ist alles viel einfacher. Hier, in Afrika, könnte sie nicht einmal reich sein, ohne einen Ehemann, dem dann offiziell alles gehören würde. „Es ist bald geschafft!", murmelt Tabea und denkt an die Übergabe. Wenn Lisa ihr den Aktenkoffer gibt, ist es geschafft, die Überfahrt nach Spanien wird eher eine Urlaubsreise, zumindest wenn es nach Tobias Erzählung geht.

„Ja, wir sind bald da!", antwortet José auf Tabeas Worte.

Schönefeld - Flughafenpolizei

Lisa versteht einfach nicht, was hier gerade passiert. „Wo ist denn nur Sascha?", fragt sie verheult.

Der Zollbeamte versucht, diese Geschichte zu entwirren. Er nimmt sich das Ausfuhrprotokoll und fragt Lisa: „Wofür braucht eine Hilfsorganisation so viel Gold?"

„Das liegt an der schwachen Währung! Die Behörden vor Ort müssen geschmiert werden! Wissen Sie, das ist nicht so wie in Deutschland oder wie in der EU! Die Beamten sind dort alle korrupt und deshalb hat Tabea die Spenden in Gold angefordert!", erklärt Lisa.

Der Beamte hört genau zu, versucht der jungen Frau zu folgen: „Wie hoch ist denn das Vermögen von Human Life, wenn Sie so viel Schmiergeld brauchen?" Dem Beamten ist schon klar, dass so eine Organisation nicht jede kleine Ausgabe belegen kann, dass auch mal ein Funktionär geschmiert werden muss, aber bei dieser Summe wird er dann doch misstrauisch.

„Das war alles!", sagt Lisa und weist auf das Übergabeprotokoll auf dem Schreibtisch vor ihr.

Der Zollinspektor ahnt, dass hier was nicht stimmt. „Wie oft waren sie denn schon in Ägypten?", fragt er Lisa und sucht bereits nach der Nummer des Staatssekretärs, der die Ausfuhr genehmigt hat.

„Ich? Noch nie!", sagt Lisa.

Schon hat der Zollbeamte den zuständigen Staatssekretär am Apparat. „Sie haben die Ausfuhr von fünfzehn Kilogramm Gold nach Ägypten genehmigt! Haben Sie den Vorgang geprüft?" Doch der Staatssekretär erklärt lediglich, dass er auf Anordnung der Ministerin gehandelt hat.

„Tabea, meine Chefin, kennt die Ministerin!", sagt Lisa, als sie das Gespräch mit verfolgt.

„Das habe ich mir fast gedacht!", antwortet der Beamte. Er wählt eine andere Nummer und erkundigt sich nach der Ankunft des Fluges in Ägypten. „Die kriegen wir!", triumphiert er und telefoniert mit einem Agenten am dortigen Flughafen. Der Beamte fragt Lisa: „Ist das Tabea Lindemann?" Er dreht seinen Bildschirm mit Tabeas Foto zu ihr.

„Ja!", sagt Lisa.

Der Zollinspektor übermittelt das Foto an den Agenten und sagt dann: „Wir müssen diese Frau nach Deutschland kriegen, egal wie!"

Lisa wartet immer noch darauf, dass Sascha kommt und alles aufklärt, doch er kommt nicht. „Was passiert denn nun mit mir?"

„Sie dürfen auf keinen Fall die Stadt verlassen! Die Staatsanwaltschaft wird sich bald bei Ihnen melden!", antwortet der Beamte. Er sieht, wie die zierliche Lisa dabei regelrecht zusammensackt. „Wenn Sie mir die Wahrheit gesagt haben, dann müssen Sie nichts befürchten! Fahren Sie nach Hause und sollte sich Ihr Freund oder diese Tabea bei

Ihnen melden, dann rufen Sie umgehend bei mir oder bei der Polizistin an!", er zeigt auf Aylins Visitenkarte, die vor Lisa auf dem Tisch liegt. Er reicht ihr auch seine Visitenkarte: „Da erreichen Sie mich!"

„Aber ich muss doch am Montag zur Arbeit!", sagt Lisa.

Der Zollbeamte schüttelt den Kopf, ihm tut die junge Frau leid: „Frau Koch, am Montag wird es diese Organisation nicht mehr geben!"

Lisa begreift noch immer nicht, was hier passiert. „Hoffentlich wird Sascha alles aufklären können." Lisa geht zur S-Bahn und fährt nach Hause.

Gleich nachdem Lisa das Zoll Büro verlässt, ruft der Beamte Aylin an: „Kommen Sie bitte nochmal her, der Fall nimmt dann doch größere Ausmaße an, als wir dachten!"

Airport Masa Matruh

„Das muss sie sein!", sagt Tabea, als sie ein Flugzeug landen sieht. Sie warten auf dem Parkplatz vorm Flughafen. José und Tabea sitzen noch im Auto und Mustafa wartet draußen, denn es ist ihm zu eng neben Tabea.

José schaut auf seine Uhr: „Ja, das sollte ihr Flug sein!"

Tabea wird immer nervöser. „Wie lange wird es wohl dauern, bis sie durch den Zoll ist?"

„Keine Ahnung, Du bist doch schon so oft geflogen!", antwortet José.

Mustafa lehnt draußen an der Ladefläche. Gelangweilt schaut er sich das Treiben vorm Airport an. Ein Araber fällt ihm auf, weil er einen typisch europäischen Anzug trägt. Er scheint irgendetwas zu suchen. Mustafa beobachtet den Mann eine Weile, dann verliert er das Interesse an ihm.

„Ja, ich weiß!", sagt Tabea. José weiß nicht, was in dem Koffer ist. Also ahnt er auch nicht, dass es sicherlich etwas dauern wird, bis Lisa den Zoll abgewickelt hat. „Hoffentlich geht alles gut!", sagt Tabea leise.

José streichelt ihren nackten Schenkel. „Mach Dir keine Sorgen!"

Tabea schiebt seine Hand weg. „Lass das! Ich bin nicht in Stimmung!" Nervös schaut Tabea abermals zur Uhr: „Egal, ich gehe jetzt hin!"

„Das ist doch viel zu früh!", sagt José. Er hat Tabea schon

oft am Flughafen abgeholt und kann daher einschätzen, wann die Sekretärin das Terminal betritt.

„Ihr kommt mit!", sagt Tabea zu den beiden Männern. „Haltet euch im Hintergrund, aber passt auf mich und auf Lisa auf! Nicht, dass uns jemand den Koffer klaut!"

„Von mir aus!" Mustafa watschelt den beiden hinterher. Was mag die Chefin wohl dabeihaben, wenn Tabea so einen Aufwand betreibt, denkt er sich. Mustafa macht, was ihm gesagt wird und schaut sich nach verdächtigen Personen um. Etwa fünf Meter bleiben die beiden Männer hinter Tabea. Einer rechts und einer links von ihr. Während Mustafa die Umgebung scannt, starrt José nur auf Tabeas kleinen Arsch in der engen Jeansshorts. Mustafa mag es lieber, wenn an einer Frau auch ordentlich was dran ist. Er hat kein Interesse an der dürren Tabea. Es ist nicht viel los, ein Flug nach Deutschland wird gerade aufgerufen und einige Touristen strömen zum Gate. Mustafa behält sie alle im Auge, dann bemerkt er diesen Anzugträger wieder. Auch er schaut sich um, sucht anscheinend nach einem Gesicht, denn er schaut immer mal wieder auf sein Handy. Eine Frau in der Flughafenuniform öffnet eine Tür und hakt sie ein, damit sie nicht zufällt, dann kommen auch schon die ersten Touristen in die Halle gestürmt. Mustafa hört eindeutig heraus, dass es Deutsche sind, also wird wohl auch bald die Chefin aus Berlin mit dabei sein. Auch Tabea reckt den Hals und hält nach Lisa Ausschau. Da beobachtet Mustafa wieder diesen Anzugträger, den er schon auf dem Parkplatz beobachtet hat.

Der Anzugträger geht an Tabea vorbei, bleibt stehen und spricht sie an: „Entschuldigen Sie, sind Sie Tabea Lindemann?", fragt der Mann im europäischen Anzug.

„Äh… ja, wieso?", wundert sich Tabea.

„Bitte entschuldigen Sie, ich bin vom Flughafenzoll. Frau Koch musste gleich umsteigen und hat uns gebeten, Ihnen den Koffer direkt auszuhändigen!", erklärt der Mann im Anzug freundlich.

„Diese blöde Kuh! Oh, entschuldigen Sie, aber Frau Koch sollte ihn mir direkt geben!" Tabea bedenkt erst zu spät, dass sie sich zurückhalten sollte. „Ich hatte noch einiges mit ihr zu bereden!", erklärt Tabea schnell.

„Das tut mir leid, aber ihr Anschlussflug ist früher als geplant gestartet." Er zeigt auf die große Fensterfront. „Da fliegt sie!" Ein kleines Charterflugzeug hebt gerade von der Startbahn ab.

„Naja, da kann man nichts machen!", versucht Tabea ruhig zu bleiben. „Haben Sie den Koffer dabei?"

„Tut mir leid, ich muss Ihnen den Koffer im Zoll Büro aushändigen! Sie wissen schon wegen der Korruption!", das konnte sich der Agent nicht verkneifen. „Kommen Sie, es ist gleich da drüben!" Er legt bereits den Arm um Tabeas Hüfte und geleitet sie.

„Na gut, wenn's denn sein muss!" Tabea geht mit ihm. José und Mustafa bleiben dicht hinter ihr.

Freundlich hält der vermeintliche Zollbeamte ihr die Tür auf: „Bitte, gehen Sie vor!" Er schließt sie sofort wieder, damit ihre Begleiter nicht hinterherkommen. „Bitte, hier entlang!", weist er Tabea den Weg durch eine weitere Tür auf einen langen, schmalen Flur hin.

Mustafa und José stehen plötzlich vor einer geschlossenen Tür. Mustafa ist es egal, doch José rüttelt an der verschlossenen Tür. „Lass uns hier auf Tabea warten, beim Zoll ist sie doch sicher!", sagt Mustafa.

José rüttelt weiter. „Wir sollten bei ihr bleiben, hat Tabea gesagt!"

„Komm runter, sie ist nur eine Frau!" Mustafa kann José nicht verstehen. Er hechelt dieser dürren Weißen hinterher, als wäre sie eine läufige Hündin.

Tabea wundert sich. Dieser eigenartige Flur kommt ihr bekannt vor. Doch dann geht alles ganz schnell! Der Mann greift sich geschickt ihre Hände und legt ihr Handschellen an. „Was soll das? Hey, lassen Sie mich los!", wehrt sich Tabea, doch es ist zu spät.

„Bleiben Sie bitte ruhig und machen Sie keinen Aufstand!" Er hat Tabea fest im Griff und geleitet sie weiter.

Nun erkennt Tabea den eigenartigen Flur wieder. Vor ihr öffnet sich die Flugzeugtür und eine Stewardess gibt den Weg frei. „Nach links bitte!", sagt sie. Der Mann schiebt Tabea in das Flugzeug hinein.

„Lassen Sie mich los! Ich habe Rechte! Ich bin Ägypterin! Das dürfen Sie nicht!", wehrt sich Tabea.

„Setzen Sie sich!" Der Mann drückt Tabea in den Sitz und schnallt sie fest an. Ihre Hände sind auf dem Rücken gefesselt. „Sie fliegen jetzt nach Deutschland! Sollte sich das alles aufklären, werden sie selbstverständlich wieder nach Hause gebracht!", erklärt der grobe Typ im Anzug. Er wendet sich an die Stewardess: „Lassen Sie die Frau angeschnallt! Ein Kollege wird sie in Berlin in Empfang nehmen!"

„Hey! Lassen Sie mich gehen! Das ist widerrechtlich! Ich werde Dich verklagen, Du Arschloch!", schreit Tabea dem Mann hinterher. Sie kann sich nicht einmal zu ihm umdrehen, da er sie sehr fest angeschnallt hat.

Der Mann verlässt die Maschine und dann rollt das Flugzeug auf die Startbahn. Die Stewardess hat so etwas schon erlebt. Sie weiß genau, dass der Geheimdienst so etwas nur mit schwerkriminellen Subjekten macht. Souverän stellt sie sich vor Tabea und sagt: „Sie sind hier in der ersten Klasse! Sie können den Flug genießen und ruhig sein oder ich werde sie knebeln bis wir landen!" Sie hat keinerlei Mitleid mit dieser Frau.

„Lass mich sofort los! Dazu hast Du kein Recht!" Das Flugzeug hat die Startposition erreicht und die Stewardess muss sich auch gleich anschnallen. Sie nimmt ein paar Servietten und knüllt sie zusammen. Tabea kann sich nicht wehren, sie kann sich in diesem komfortablen Sitz nicht bewegen, also gibt sie auf: „Ja, ist ja schon gut!" Tabea dreht ihren Mund weg und sagt nichts weiter.

Der deutsche Agent bemüht nun die ägyptischen Kollegen um Amtshilfe und lässt Mustafa und José festnehmen. In der keinen Vernehmungszelle im Keller des Airports vernimmt er die beiden. „Was wollte Frau Lindemann hier?"

Mustafa hat keine Lust, für diese Frau den Kopf hinzuhalten: „Wir sollten sie begleiten, weil sie von der Chefin was abholen wollte!"

„Was wollte sie denn abholen?", fragt der Agent.

„Das hat sie uns nicht gesagt, aber es war ihr wohl sehr wichtig, denn sie war den ganzen Tag schon sehr nervös. Wir sollten sie beschützen, auf sie und auf Lisa aufpassen!", erklärt Mustafa.

„Ihr seid festgenommen!", erklärt der Agent.

„Aber wir haben doch nichts getan!", antworten gleich beide synchron.

Der Agent verlässt die Zelle, telefoniert mit Berlin und sagt dann, als er zurückkommt: „Ihr könnt euch den deutschen Behörden stellen und als Zeugen aussagen!" Er macht eine Pause und gibt ihnen dann ihre Alternative: „Oder ihr geht hier ins Gefängnis!"

„Ich sage aus und ich stelle mich Deutschland!", sagt Mustafa. Auf keinen Fall will er hier in den Knast.

„Ja, ich auch! Ich will auch nach Deutschland!", stimmt auch José zu. Schließlich wollte er Deutschland damals schon nicht verlassen.

„Okay! Wir fahren in euer Büro und ich schaue mich dort um! Dann fliegt ihr mit der nächsten Maschine nach Deutschland! Seid ihr damit einverstanden?" Es gibt kein Auslieferungsabkommen mit Ägypten. Der Agent hat keinerlei rechtliche Handhabe, er darf die beiden nicht mal einsperren, aber das sagt er ihnen nicht.

„Jaja! Wir machen alles!", sagt Mustafa und José nickt. Sie wissen, dass sie in Deutschland wesentlich besser aufgehoben sind. Zumal sie hier keinen guten Ruf haben, schließlich haben sie sich wie Trottel verhalten und einer Frau gedient.

Noch am selben Abend fährt der Agent mit den beiden in die Stadt. Er lässt sich das Büro von Human Life zeigen. Als Erstes befiehlt er Mustafa, den Computer in sein Auto zu laden, dann schaut er sich weiter um. „Wer schläft hier?", fragt der Agent, als er im hinteren Bereich zwei Betten sieht.

José antwortet: „Mustafa und manchmal auch ich!"

Der Agent schaut sich die Betten an. „Und wo schläft Frau Lindemann?"

„In ihrem Apartment!", antwortet José. Er geht zu dem Spint neben seinem Bett und fischt einen Schlüssel heraus, der unter einem Einleger klebt. Den Schlüssel gibt er den

Agenten. „Den hat sie mir mal für den Notfall gegeben, falls sie sich mal ausschließt!", sagt José.

Der Agent schaut sich einige Ordner an und legt auch davon welche in sein Auto, dann gehen sie zu Tabeas Apartment. José geht vor, schließt die Tür auf und lässt alle rein. Mustafa ist zum ersten Mal in Tabeas Wohnung und er vergleicht ihr Apartment mit der Pritsche im Büro, auf der er geschlafen hat. Jetzt hasst er diese Frau erst so richtig. „Sie wollte wohl weg?", stellt der Agent fest, als er Tabeas gepackten Koffer sieht.

„Davon weiß ich gar nichts!", wundert sich José, doch es weist alles darauf hin.

Der Agent öffnet den großen Koffer. Unter einer Jacke und einem Pullover verbirgt sich neben Unterwäsche auch einiges an Bargeld und jede Menge Goldmünzen. Der Agent schließt den Koffer und nimmt ihn mit, dann fährt er mit Mustafa und José zurück zum Flughafen. Er kauft zwei Tickets für die beiden Helfer und sie fliegen mit dem Beweismaterial am Morgen nach Berlin.

Mikes Einsicht

Am Sonntagvormittag klingelt es. Mike erwartet niemand, also geht er neugierig an seine Wohnungstür und öffnet: „Aylin, was machst Du denn hier?" Mike freut sich.

„Hast Du schon gefrühstückt?" Aylin hält eine Tüte mit Brötchen in der Hand.

Mike ist erst spät aufgestanden, Seine Kaffeemaschine gibt gerade die letzten Geräusche von sich. „Komm rein, ich habe gerade frischen Kaffee gemacht!" Mike weist auf das spartanisch eingerichtete Wohnzimmer. „Nimm Platz, Kaffee kommt gleich!"

Aylin setzt sich an den Esstisch. „Mike, ich muss mit Dir reden! Über die letzten Tage!", sagt Aylin laut genug, damit es Mike in der Küche hören kann.

Mike stellt zwei Teller, Besteck und zwei Tassen auf den Tisch. „Danke für die Brötchen!" Mike holt Butter und Marmelade und eine Kanne mit dampfend heißem Kaffee. „Hast Du die vom Bäcker?"

„Ja, der hat sonntags von acht bis zehn auf, aber nur im Sommer!", Aylin liebt es, am Sonntag ein frisches Brötchen zu essen, doch ist sie meist zu faul, um sie zu holen. Heute ist sie aber hingefahren und hat welche geholt. Aylin hat lange mit sich gerungen, sie mag ihren neuen Kollegen und nachdem sie mit Mike geschlafen hat, weiß sie nun auch, dass sie sich zumindest ein bisschen in ihn verliebt hat. Sie muss einfach wissen, wie er zu ihr steht. „Was war denn los? Du hast doch erst gesagt, Du hast ihn und dann ist er Dir entkommen?"

„Ach Aylin, ich habe da einen riesigen Fehler gemacht!", beginnt Mike. Er schenkt Kaffee ein und öffnet das Glas Marmelade. „Ich habe leider nur Kirschmarmelade!"

„Was ist mit dem Gold? Wo hat er es versteckt?" Nicht nur Aylin sucht krampfhaft nach Saschas Beute.

„Gold? Was denn für Gold?", fragt Mike überrascht.

Aylin schaut in Mikes Augen. Seine Verwunderung ist echt. „Sascha Biermann hatte fünfzehn Kilo Gold bei sich! Vermutlich in einem Aktenkoffer.", erklärt Aylin.

„Gold? Aber ich dachte, er dealt mit Falschgeld." Mike überlegt. „Ich habe ihn im Zug geschnappt, doch als wir draußen waren, konnte er sich losreißen und dann ist er weggerannt. Ich konnte doch nicht schießen, der Bahnsteig war voller Leute. Ich bin ihm hinterher, doch dummerweise ist er im letzten Moment in den Zug gesprungen!" Mike schüttelt den Kopf. „Der ist weg! Wer weiß, wo er untertaucht und wenn er, wie Du sagst, einen Koffer voller Gold dabeihat, werden wir ihn wohl nie schnappen!" Aylin lässt Mike ausreden, sie nimmt sich ein Brötchen und macht sich Marmelade drauf. „Aylin, ich habe Mist gebaut! Aber glaube mir, ich habe jetzt gelernt! Scheiße, ich habe meinen Job aufs Spiel gesetzt, weil ich einen Falschgeldfall aufklären wollte, doch was habe ich nun davon? Der Täter ist weg und wie sich nun auch noch rausstellt, hatte er nicht mal Falschgeld dabei!"

Aylin ist mit ihrem halben Brötchen fertig. „Sie haben ihn! Am nächsten Bahnhof hat die Bundespolizei und die Zollfahndung ihn gestellt! Mike, sie haben den ganzen Zug auf den Kopf gestellt, aber das Gold ist weg! Hast Du wirklich keinen Koffer bei ihm gesehen?"

„Sie haben ihn?" Nun ändert sich einiges. „Nein…" Mike denkt nach. „Er hatte keinen Koffer dabei? Im Zug saß er allein! Nein, da war kein Koffer! Der Mietwagen! Er fuhr einen Mercedes, habt ihr den schon untersucht?"

Aylin schüttelt den Kopf: „Die haben das Auto umgekrempelt! Mike, dieser Typ hat ausgesagt, dass Du ihm den Koffer abgenommen hast!"

Mike schreckt hoch, schaut Aylin in die Augen: „Diese Mistsau! Naja, das lässt sich ja überprüfen!", sagt Mike ruhig. Er hofft, dass sie es nicht prüfen werden.

Aylin glaubt ihm. Mike ist wohl der ehrlichste Polizist, den sie kennt. „Was hast Du jetzt vor?"

Mike zuckt mit der Schulter. „Ich werde mich Montagfrüh bei Peter entschuldigen und hoffe, dass er mich nicht rausschmeißt!"

„Ach Mike, mach so einen Scheiß nie wieder!" Aylin umarmt Mike und er genießt ihre Nähe, dann küsst er sie lange und nach einer Weile treiben sie es auf Mikes alter Couch.

Kommissariat Königs Wusterhausen

Mike erscheint am Montagmorgen zehn Minuten vor Dienstbeginn und klopft an Peters Tür: „Tut mir leid, dass ich mich in diesem Fall so verrannt habe! Bitte, gib mir noch eine Chance!"

Peter steht auf. „Mike, so etwas darf nie wieder vorkommen! Wir müssen uns strikt an die Regeln halten, sonst sind wir am Arsch! Denk doch bloß mal an den Fall mit dem Somalier! Wegen einer unleserlichen Unterschrift ist er nun auf freiem Fuß! Mike, der Kerl hat höchstwahrscheinlich zwei Mädchen getötet!" Peter geht dieser Misshandlungsfall so sehr an die Nieren, weil seine Enkeltochter im selben Alter ist. Er weist zur Tür und sagt: „Komm!" Peter geht ins Großraumbüro und sagt zu allen: „Der Falschgeldfall ist abgeschlossen! Der Zoll hat ihn übernommen, denn hier geht es um Steuerhinterziehung und Zollvergehen. Mike ist wieder im Dienst! Du fährst mit Aylin zum Berliner Zoll, die haben noch einige Fragen an euch!"

„Danke, Peter!" Im Großraumbüro wendet er sich an alle: „Kollegen, es tut mir leid!", entschuldigt sich Mike und verspricht: „Ich weiß jetzt, wo mein Platz ist und ich werde mich in Zukunft entsprechend der Regeln verhalten!" Mike bekommt einiges an Zuspruch. Aylin hat ihre Zweifel bereits am Sonntag ausräumen können. Die beiden wollen ihre Beziehung erstmal geheim halten.

„Komm, fahren wir!", sagt Aylin und geht vor. Sie fahren zum Berliner Hauptzollamt, wo auch Sascha in Untersuchungshaft sitzt.

Im Hauptzollamt sitzen Mike und Aylin, sowie der Zollinspektor vom Flughafen und ein Zollamtmann, der den Fall leitet. Er hat einige Berichte vor sich. Und spricht Mike an: „Sie haben Sascha Biermann festgenommen?"

Mike darf sich jetzt keinen Patzer leisten: „Nein, wir haben ihn einmal in Strausberg festgesetzt und durchsucht, weil wir den dringenden Verdacht hatten, dass er Falschgeld dabeihat. Jedoch konnten wir ihm nichts nachweisen." Mike senkt bedächtig seinen Kopf und redet weiter. „Ich habe mich in diesem Fall verrannt, habe den Kollegen in Strausberg unberechtigte Vorwürfe gemacht und wurde daraufhin gerügt." Mike macht eine Pause.

„Sie haben ihn aber trotzdem verfolgt?", fragt der Zollamtmann.

Mike gesteht: „Ja, das habe ich! Ich habe ihn beobachtet und bin ihm dann zum Flughafen gefolgt. Dort hat er sich einen Mietwagen genommen und ich lieh mir auch ein Auto. Mit diesem Mietwagen hat er eine gewisse Lisa Koch in Königs Wusterhausen abgeholt und ist mit ihr nach Berlin in die Koppenstraße gefahren und wieder zurück…"

Hier unterbricht der Leiter: „Was haben sie in der Koppenstraße gemacht?"

„Das konnte ich nicht genau sehen. Es gibt eine Menge Geschäfte dort. Vielleicht haben sie was gekauft, ich weiß es nicht!" Den Juwelier erwähnt Mike mit keiner Silbe.

„Warum sind sie ihm gefolgt?"

„Ich war mir sicher, dass er sich wieder frische Blüten beschafft und ich musste ihn doch unbedingt auf frischer Tat ertappen, wenn ich mich bei meinen Kollegen rehabilitieren wollte! Diese Lisa Koch hat eine Reisetasche in das Auto geladen und am Flughafen hatte sie dann einen Koffer und diese Reisetasche auf einen Wagen gepackt!", berichtet Mike weiter. „Ob alles ihre Sachen waren, weiß ich nicht. Vielleicht haben die beiden auch noch einen Koffer in der Koppenstraße dazu geladen, aber das konnte ich nicht sehen."

„Könnte es sein, dass der Wagen in der Koppenstraße vor einem Juwelier hielt?", fragt der Zollamtmann.

Mike zuckt mit der Schulter: „Kann schon sein, ich habe etwas weiter gestanden und das Auto durch den Rückspiegel beobachtet!"

„Aha! Also hat er diese Fau abgeholt, ist mit ihr nach Berlin gefahren und gleich wieder zurück zum Flughafen?"

„Ja, genau so war es!", bestätigt Mike.

„Wie ging es dann weiter?" Der Zollamtmann schaut auch immer mal wieder zu Aylin, doch sie sitzt nur da und hört allen anderen zu.

„Er fuhr wieder nach Berlin, bis zum Ostbahnhof und als er dann in einen Intercity stieg, folgte ich ihm. Ich wollte ihn dann festnehmen und den Wagen durchsuchen, denn ich konnte mir beim besten Willen nicht vorstellen, dass er einen Koffer mit Falschgeld durch den Zoll kriegt!"

„Wo war sein Mietwagen?"

„Den hat er vorm Bahnhof abgestellt."

„Wo hatten Sie geparkt?"

„Ich stand etwas weiter weg, auf einem freien Taxiplatz. Ehrlich gesagt hatte ich nach meiner Jagd nicht mehr darauf geachtet. Ich war am Boden, denn ich habe einen Verdächtigen entkommen lassen, obwohl ich gar nicht im Dienst war! Ich habe meinen Mietwagen zurückgebracht und bin dann nach Hause!"

„Sind Sie sich sicher, dass er kein Gepäck dabeihatte?", fragt der Zollamtmann nochmals nach.

Mike überlegt, geht in Gedanken nochmals alles durch. „Nein, also… ich weiß nicht. Vielleicht hatte er einen dabei, als er in den Zug gestiegen ist. Nein, ich habe keinen Koffer gesehen!"

Der Zollamtmann wendet sich an alle: „Er muss diesen Koffer irgendwo auf seiner Flucht deponiert haben! So viel Gold lässt man doch nicht einfach so zurück!"

Mike horcht auf: „Gold? Wie meinen Sie das? Hat er damit das Falschgeld bezahlt?"

Nun ist allen klar, dass Mike dem Falschgeld hinterherge-jagt ist. Aylin versteht dieses Versteckspiel nicht so recht, aber sie will Mike nicht noch tiefer reinreiten. Aylin hat Mike am Sonntag versprochen, dass die beiden ihre Bezie-hung und damit auch das Gespräch am Sonntag geheim halten.

„Wenn das Gold nicht im Zug und auch nicht im Mietwa-gen war, dann kann es wohl nur noch im Bahnhof sein, oder er hatte es einem Komplizen übergeben!", erklärt der Zollinspektor vom Flughafen. „Hat er allein gearbeitet oder war da noch jemand?"

„Das Mädchen!", wirft Aylin ein. „Diese Lisa Koch! Ich meine, so naiv kann man doch nicht sein! Ich habe mir ihre Lovestory angehört! Sie will von all dem nichts gewusst haben?"

„Sie und Sascha Biermann sind zusammen losgezogen und haben die falschen Fünfziger unter die Leute gebracht! Bis jetzt bin ich immer davon ausgegangen, dass sie keine Ahnung hatte und er sie nur benutzt hat!", kombiniert Mike.

Der Zollinspektor geht den Ablauf nochmal durch: „Nein, sie hatte keine Chance, den Koffer beiseitezuschaffen!"

„Ja, und auch nachher nicht!", fügt Aylin hinzu.

„War er im Zug allein?", fragt der Zollamtmann.

Mike überlegt. „Ich habe mich ihm gegenüber gesetzt…
Eine Frau saß neben mir, also ihm direkt gegenüber!"
Mike schüttelt den Kopf: „Ich habe sie mir nicht angesehen…" Er grübelt: „Braune Haare, auf jeden Fall dunkle,
nicht allzu lange Haare… nein, an mehr kann ich mich
nicht erinnern."

Aylin hakt ein: „Wie hat sie reagiert, als Du ihn angesprochen hast?"

Mike denkt angestrengt nach: „Gar nicht, möchte ich sagen. Nein, ich denke nicht, dass sie sich kannten!"

„Gut, vernehmen wir ihn nochmal!", sagt der Zollamtmann, steht auf und geht zur Tür. Alle anderen folgen.

Mike hofft, dass er Sascha nicht begegnet, denn er würde
ihn sicherlich belasten. Sie gehen in den Vorraum, der
durch eine gepanzerte Glasscheibe vom Vernehmungs-
raum getrennt ist. Sascha Biermann wird von zwei Beamten begleitet. Der Zollamtmann geht ihnen hinterher. Er
wird die Vernehmung durchführen und die drei schauen
durch die Scheibe zu. Die beiden Beamten stellen sich an
die Tür. Sie sind nur Zeugen der Vernehmung. Sascha redet nicht viel, beantwortet nur kurz die gestellten Fragen,
zumindest erkennt es Mike so durch die dicke Scheibe hindurch.

Nach einer Weile kommt der Zollamtmann heraus und berichtet: „Er behauptet, ein Beamter hätte ihm den Koffer
auf dem Bahnhof abgenommen!" Er schaut Mike fragend
in die Augen.

Mike schüttelt den Kopf. „Er will sich an mir rächen und uns gleichzeitig auf eine falsche Spur bringen! Könnte er den Koffer im Zug versteckt haben?"

„Nein!", sagt der Zollamtmann und berichtet: „Der Zug wurde vor Ort eine Stunde lang durchsucht, dann wurden alle Fahrgäste beim Aussteigen durchsucht und anschließend wurde der Zug ein weiteres Mal in Amsterdam durchsucht!"

Mike hat eine Idee, Angriff ist die beste Verteidigung: „Schicken Sie mich rein! Mal sehen, wie er dann reagiert!"

Der Zollamtmann hatte auch schon darüber nachgedacht, es dann aber verworfen. „Nein, das bringt uns nicht weiter! Soll er ruhig glauben, dass sie kein echter Polizist sind!"

„Was? Hat er das gesagt?", empört sich Mike. „Naja, ich hatte keine Gelegenheit, ihm meine Dienstmarke zu zeigen."

Aylin schüttelt den Kopf. „Du hast sie ihm in Strausberg gezeigt! Er weiß also, dass Du Kriminalbeamter bist."

Nachtflug aus Ägypten

Die Anschnallzeichen erlöschen, nachdem das Flugzeug in Berlin landet. Die Stewardess kommt zu Tabea und öffnet ihren Gurt. „Ich hoffe, sie hatten einen angenehmen Flug!"

„Nein, hatte ich nicht, Du dämliche Kuh!", faucht Tabea.

„Drehen Sie sich bitte um, ich mache Ihnen die Handschellen ab!" Die Stewardess lächelt Tabea freundlich an. Tabea dreht sich um, sie versteht ihre Reaktion nicht, aber wenn sie ihr die Handschellen abnimmt, kommt sie hier vielleicht noch weg. „So, das wars schon! Ich wünsche Ihnen einen angenehmen Aufenthalt!", sagt die Stewardess freundlich.

Tabea drängt zum Ausgang, drängelt sich vor und verlässt die Maschine. Kaum ist sie draußen, packen sie zwei Beamte. „Frau Tabea Lindemann?"

„Was soll das? Lassen Sie mich los!", wehrt sich Tabea.

„Sie sind verhaftet!" schon klicken erneut die Handschellen auf ihrem Rücken. Die Beamten schieben sie durch den Gang zum Zoll. Tabea wird in eine Zelle geführt und ohne weitere Erklärung wird die Tür verschlossen.

„Hey, was soll das? Was wollt ihr denn von mir?" Tabea ist guter Hoffnung, dass sie ihr nichts nachweisen können, weil sie das Gold aus Deutschland nie in Empfang genommen hat.

Erst gegen Mittag erscheint ein Mann in Zolluniform. „Was soll das hier? Ich will eine Erklärung, warum sie mich hierher verschleppt haben!", keift Tabea den Mann sofort an, als er die Zelle betritt.

Der Mann schließt hinter sich die Tür, setzt sich auf die Pritsche und weist auf den Stuhl gegenüber: „Setzen Sie sich!" Er wartet, bis Tabea sitzt, dann stellt er sich vor: „Ich bin Zollamtmann Friedrich! Für ihre Organisation haben wir eine Lieferung Gold in Empfang genommen. Ihre Sekretärin hat es für den Transport nach Ägypten ordnungsgemäß bei uns aufgegeben!", beginnt er seine Rede.

„Ja und? Warum haben Sie mich hierher verschleppt?", will Tabea wissen.

„Oh, wie kommen Sie darauf? Sie sind ohne gültige Bordkarte hier in Berlin Schönefeld angekommen! Niemand hat sie verschleppt!" Der Mann genießt ihre Schweigsamkeit. „In Ägypten können sie problemlos auf das Konto ihrer Hilfsorganisation zugreifen, warum also lassen sie sich das gesamte Vermögen in Goldmünzen schicken?"

Tabea ahnt so langsam, was sie ihr vorwerfen wollen. „Waren Sie schon mal in Ägypten? Wissen Sie, wie die Behörden dort arbeiten?", fragt Tabea.

„Nun, wir wissen, wie Hilfsorganisationen und Behörden in Ägypten zusammenarbeiten!", antwortet Friedrich überlegen. „Ihre beiden Mitarbeiter wurden gerade vernommen und in den nächsten Tagen haben wir auch ihre Computer ausgewertet!"

„Mitarbeiter? Es gibt hier nur meine Sekretärin, Frau äh… Frau Koch! Aber bitte, prüfen Sie ruhig alles nach!" Tabea macht sich keine Sorgen, denn hier läuft alles sauber, dafür sorgt Lisa.

„Ich rede von ihrem Büro in Marsa Matruh! Ihre Mitarbeiter haben sich den deutschen Behörden gestellt und wollen als Zeugen aussagen!"

„Scheiße! Ich sage gar nichts mehr!" Tabea denkt, es wäre wohl so am besten.

Damit hat der Zollamtmann schon gerechnet und ein guter Anwalt wird sie da auch rausholen können. „Nun, das ist Ihr gutes Recht! Noch haben wir nicht alles ausgewertet. Ihre Mitarbeiter haben das Vernehmungsprotokoll noch nicht unterschrieben! Noch haben Sie also die Möglichkeit, ein umfassendes Geständnis abzulegen und mit einer deutlich milderen Strafe davonzukommen!" Friedrich steht auf.

Tabea bekommt es mit der Angst zu tun. Sie will auf gar keinen Fall in den Knast. „Was wäre das für eine deutlich mildere Strafe?"

Friedrich setzt sich wieder. „Sechs Monate, vielleicht ein Jahr! Wenn Sie ein umfangreiches Geständnis ablegen… garantiere ich Ihnen, es wird zur Bewährung ausgesetzt!" Er schaut Tabea fragend an.

„Das heißt, ich müsste dann nicht ins Gefängnis?", fragt Tabea nach.

„Nach der Verhandlung kommen Sie, natürlich unter Auflagen, …auf freien Fuß!", verspricht der Zollamtmann.

Tabea kann sich denken, dass José und Mustafa alles erzählen werden, um ihren eigenen Arsch zu retten. „Na gut, ich sage Ihnen, was Sie wissen wollen!"

Tabea redet den ganzen Nachmittag, erzählt, wie euphorisch sie nach Ägypten gegangen ist, um zu helfen, um den Kindern dort ein besseres Leben zu ermöglichen. Tabea erzählt von Hamadi, der sie erpresst hat, immer mehr Geld verlangte. „Er hat von mir verlangt, dass ich ihm Bargeld gebe!", berichtet Tabea, denn diese Verhandlungen hat sie immer allein geführt, ohne Mustafa oder José. „Es hat ihm nicht mehr gereicht! Er wollte mehr und dann sollte ich das neue Kinderheim in Gold bezahlen! Was sollte ich denn machen? Er hatte keine Skrupel, die Kinder vor meinen Augen zu schlagen! Ja, er hat gedroht, eins nach dem anderen umzubringen!" Tabea weint, aber nur aus Angst vor ihrer eigenen Bestrafung, schließlich waren ihr die Kinder immer egal gewesen und das wissen auch Mustafa und José. Tabea hofft, dass sie es so nicht aussagen werden. „Ich habe so manche Nacht geheult, weil ich die Starke spielen musste! Was glauben Sie, wie schwer es ist, sich als Frau in diesem muslimischen Land durchzusetzen?" Und wieder rinnen dicke Tränen aus Tabeas Augen.

„Warum haben Sie Ihren Mitarbeitern nichts von dem Gold erzählt?", fragt der Zollamtmann bei der Vernehmung nach.

„Weil ich den beiden nicht vertraut habe. Ich bin zwar recht gut mit ihnen zurechtgekommen, aber bei so viel Geld? Nein, das konnte ich ihnen nicht sagen!"

Friedrich notiert sich einige Stichpunkte. „Mustafa hat ausgesagt, sie wollten mit José abhauen!", er schaut auf seine Notizen. „Ja, abhauen hat er gesagt!"

„Ich wollte nicht mit ihm abhauen, sondern ihn heiraten! Da wird er was verwechselt haben, so gut ist sein Deutsch nun auch wieder nicht! Wissen Sie, Mustafa wollte ständig was von mir, aber ich habe mich nun mal in José verliebt. In drei Wochen wollte ich sowieso nach Deutschland fliegen, da hätte ich José mitgenommen und ihn hier in Berlin, geheiratet!", erklärt Tabea.

„Oh, das habe ich nicht geahnt! Warum haben Sie nicht in Marsa Matruh geheiratet?", hakt der Zollamtmann nach.

„Nein, dann hätte ich mich verschleiern müssen!", sagt Tabea. „Es ist etwas anderes, wenn man in Ägypten heiratet!"

„Wusste José überhaupt von Ihren Hochzeitsplänen?", will Zollamtmann Friedrich wissen.

„Ich denke, er hat es geahnt! Ja, also wir haben darüber gesprochen, aber es gab keine konkreten Pläne!" Tabea weiß nicht, wieviel intime Geheimnisse José schon ausgeplaudert hat, doch er hat gerne damit geprahlt, eine Weiße zu vögeln.

Zollamtmann Friedrich lädt auch den Staatssekretär vor und befragt ihn, denn er hatte zugegeben, dass er die Ausfuhr des Goldes genehmigt hatte, ohne den Vorgang zu prüfen. „Haben Sie überprüft, wieviel Kapital Human Life zur Verfügung steht, als Sie die Ausfuhr genehmigten?"

„Nein, habe ich nicht!", erklärt der Staatssekretär knapp.

„Wäre es nicht Ihre Pflicht gewesen, diese Organisation zu überprüfen?", will Friedrich wissen.

Der Staatssekretär überlegt sich seine Antwort genau: „Nein, denn ich habe im direkten Auftrag der Außenministerin gehandelt!"

Friedrich ist damit nicht zufrieden: „Warum hat die Außenministerin es in Auftrag gegeben?"

„Da müssen Sie sie schon selbst befragen!", antwortet der Staatssekretär, ohne eine Miene zu verziehen.

„Schon klar!", gibt der Zollamtmann auf. „Sie wissen, dass ich dazu nicht befugt bin?" Der Staatssekretär nickt nur. „Wie oft wurde denn schon Gold oder Bargeld nach Marsa Matruh steuerfrei verschickt?"

„Diese Auskünfte müssen Sie direkt bei der Ministerin beantragen!", erklärt der Staatssekretär.

„Ich danke Ihnen für Ihre Zusammenarbeit!", sagt Friedrich sarkastisch und verabschiedet den Staatssekretär.

Vier Monate später

Vier Monate später kommt es dann zur ersten Verhandlung. Sascha hätte eigentlich nur schweigen müssen, doch da er bei der Behauptung blieb, der vermeintliche Polizist hätte ihm den Koffer mit dem Gold abgenommen, wird er wegen schweren Diebstals zu einem Jahr Gefängnis verurteilt, denn damit hatte er zugegeben, dass er Lisa Koch das Gold unterschlagen hat. Hätte er geschwiegen, dann wäre er wohl als freier Mann nach Hause gegangen.

Bei Tabeas Verhandlung sieht es nicht viel besser aus. Ihr wirft die Staatsanwaltschaft Veruntreuung von Spendengeldern vor. Der Staatssekretär wurde nicht als Zeuge geladen, obwohl es der Zollamtmann beantragt hat.

Mustafas penible Buchführung hat Tabea tief herein geritten. Er hat jeden Euro und jedes Pfund dokumentiert, vor allem auch die Zahlungen an Hamadis kleines Kinderheim, das laut Tabeas Dokumentationen fünfmal so groß dargestellt wurde. José hat tatsächlich ausgesagt, dass Tabea ihn als eine Art Sexsklaven benutzt hat.

José und Mustafa dürfen in Deutschland bleiben, sie bekommen Bürgergeld und teilen sich erstmal eine Sozialwohnung. Tabea wird zu zehn Monaten ohne Bewährung verurteilt. Die Richterin begründet das Urteil: „Sie haben sich an Spenden bereichert! Menschen, die den Kindern Afrikas etwas Gutes zukommen lassen wollten, haben Sie betrogen! In Ihrem Apartment wurden zwanzigtausend

Dollar und zehn Goldmünzen in einem gepackten Koffer sichergestellt. Sie hatten also vorgehabt, mit dem Vermögen von Human Life das Land zu verlassen!"

Tabeas Verteidigung basierte stets darauf, dass sie ihr die Unterschlagung nicht nachweisen konnten, da sie das Gold nie in Empfang genommen hat. Tabea ist immer davon ausgegangen, dass ihr Apartment nicht durchsucht wurde. „So habe ich das Bargeld getarnt! Ich konnte es doch nicht im Büro lassen, mit denen da!" Tabea weist auf Mustafa und José. Sie überlegt, ob sie die beiden auch wegen der fehlenden zwanzig Goldmünzen verdächtigen soll, doch Tabea weiß nicht, wer ihr Apartment durchsucht hat. Tabea hatte den Zollamtmann vertraut, als er sie befragt hat. „Aber, wir hatten einen Deal!", protestiert Tabea unter Tränen bei der Urteilsverkündung.

Die Richterin beendet die Verhandlung mit den Worten: „Es mag vielleicht in Ägypten so üblich sein, aber die deutsche Justiz macht keine Geschäfte mit Betrügerinnen!"

Mike und Aylin sitzen gemeinsam in Aylins Wohnung und frühstücken, denn Mike übernachtet nun oft bei Aylin. Mike blättert durch die Tageszeitung und liest sich den Artikel über Human Life durch, dann gibt er Aylin die Zeitung: „Sie haben das Gold wohl doch nicht gefunden!"

„Naja, wenigstens haben sie uns da rausgehalten!", sagt Aylin. „Ich wüsste zu gern, wo das Gold abgeblieben ist!"

„Die Kleine steckt da irgendwie mit drin!", vermutet Mike. „Sie ist völlig straffrei ausgegangen. Ich wette sie steckt doch mit Biermann unter einer Decke!

„Du meinst diese Sekretärin? So viel ich weiß, arbeitet sie jetzt im Lidl!" Aylin kombiniert: „Nein, mit eineinhalb Millionen in Gold würde ich nicht an der Supermarktkasse arbeiten!"

Mike fantasiert weiter: „Vielleicht ist es ja nur zur Tarnung, bis Biermann entlassen wird?"

Aylin schüttelt den Kopf: „Ich hatte mit ihr gesprochen! Das Mädel ist so naiv!" Aylin hatte sich so ihre Gedanken gemacht, sie hat auch in Erwägung gezogen, dass eventuell Mike sich das Gold genommen hat, doch dann hat sie etwas nachgeforscht: „Wusstest Du eigentlich, dass es gar nicht so einfach ist, Gold zu verkaufen?"

Mike hat sich damit auch schon beschäftigt. „Wieso, Du bringst es zu einem Juwelier und verkaufst es einfach!"

„Nein, so einfach ist es nicht! Der Juwelier muss Deine Personalien aufnehmen und Dich dann auch noch den Behörden melden, wenn es mehr als zweitausend Euro sind!", erklärt Aylin.

„Das wird nicht einfach für ihn werden!", sagt Mike.

„Du meinst also, Sascha Biermann hat es?", folgert Aylin.

„Ich bin mir sicher, dass die beiden unter einer Decke stecken. Diese unscheinbare Lisa Koch spielt nur die Naive!"

Aylin weiß, dass Mike das Gold nicht haben kann, sie denkt nicht weiter darüber nach, wie auch Mike nicht weiter über den Fall nachdenkt, denn das Leben geht weiter. Er lächelt Aylin an und verrät ihr dann: „Ich werde mir heute Nachmittag ein Haus ansehen, hast Du Lust, mitzukommen?"

„Ja, von mir aus! Ist Dir meine Wohnung zu klein?" Aylin hat Mike schon angeboten, dass er seine Wohnung aufgeben soll und sich bei ihr melden kann, denn er wohnt ja schon fast ständig bei ihr.

„Irgendwie schon! Du hast eine schöne Wohnung, aber wir sollten auch an die Zukunft denken!", sagt Mike, als hätte er ein süßes Geheimnis.

„Soso, an die Zukunft also?" Aylin will keine Kinder und Mike hat noch kein Wort über Kinder verloren. Warum also sucht er ein Haus? Aylin trinkt ihren Kaffee aus und sagt: „Wir müssen los, die Arbeit wartet!"

Gleich nach dem Dienst fahren sie an den Stadtrand. Mike hält vor einem Haus direkt am See. Aylin steigt aus und schaut auf den Bungalow auf der gegenüberliegenden Seite. „Willst Du es für den Sommer?"

Mike schaut auf den alten Bungalow. „Nein, hier will ich hin!" Er weist auf die andere Seite, auf das Haus am See.

„Oh!" Aylin geht ihm hinterher und wundert sich.

Das Haus ist renoviert, hat vier Zimmer, zwei Bäder, einen Wintergarten mit Blick auf den See und einen eigenen Steg, von dem aus man baden gehen kann. „Und, was sagst Du?", fragt Mike, als die Besichtigung beendet ist.

„Wow! Du willst es kaufen?", fragt Aylin verwundert.

Mike lächelt. „Ja, wenn es Dir gefällt!"

„Ja schon, aber wie willst Du das bezahlen?", wundert sich Aylin. Schließlich weiß sie, dass Mike sein Haus seiner Ex vermacht hat.

„Meine Bank gibt mir einen Kredit und ein bisschen Geld konnte ich vor meiner Frau verstecken!", erklärt Mike.

Aylin gefällt das Haus so sehr, dass sie all ihre Prinzipien über den Haufen schmeißt: „Ich kann Dir was dazu geben! Ich habe was gespart!", lächelt Aylin.

„Ach lass nur, ich mach das schon, schließlich bin ich Beamter!", lächelt Mike.

Am nächsten Tag fährt Mike allein zu den alten Eigentümern. Eine Million verlangen sie für das Haus. „Wir wollen Deutschland verlassen!", erklärt die Frau.

„Ja, wir wollen hier weg! Deutschland entwickelt sich zu einer Diktatur!", fügt ihr Mann hinzu.

So viel will Mike nicht ausgeben, doch er heuchelt erst einmal Interesse an der Situation der beiden: „Wo soll es denn hingehen?"

„Wir gehen nach Paraguay, wir haben dort schon ein Haus in einer deutschen Kommune gekauft. Unser altes Haus wird unsere Altersvorsorge sein!", sagt der Mann.

Seine Frau fügt hinzu: „Wir werden es in Gold anlegen, das hat wohl die beste Rendite!"

Mike musste schon erfahren, dass es gar nicht so einfach ist, das Gold unbemerkt zu verkaufen. Zwanzigtausend Euro hat er erst zusammen. Mike schaut sich um, wird leiser und tritt an die beiden dichter heran. „Was halten Sie davon, ich gebe Ihnen achthunderttausend in Gold!"

„Nein! Eine Million, das ist das Haus wert!", sagt die Frau.

„Wenn Sie für eine Million Euro Gold kaufen, fallen jede Menge Steuern und Gebühren an! Außerdem weiß dann die Regierung, dass Sie dieses Gold besitzen und sie werden nicht zustimmen, dass Sie es außer Landes bringen dürfen!" Mike hat sich vorher über die beiden erkundigt. Sie organisierten so manche Demo und sie stehen unter Verdacht den Reichsbürgern anzugehören.

Der Mann hört genau zu und bestätigt seiner Frau: „Er hat recht!" Mike fragt er: „Wie haben Sie sich das gedacht?"

Auch auf diese Frage ist Mike vorbereitet: „Mietkauf! Ein befreundeter Notar würde den Vertrag auf zehn Jahre vordatieren und er läuft dann dieses Jahr aus!"

Tatsächlich hat Mike einen Notar, vor drei Wochen bei einem Betrugsfall gedeckt und nun muss dieser seinen Kopf für Mike hinhalten. So haben sie es vereinbart.

Der Hauseigentümer hat sich auch schon informiert und will sich die fälligen Steuern sparen. Er sagt seiner Frau: „Schatz, damit würden wir zwei Fliegen mit einer Klappe schlagen! Wir hätten unser Gold und bräuchten uns keine Sorgen um die Steuer machen!"

„Vergessen Sie nicht, dass niemand von Ihrem Gold weiß! Somit kann es Ihnen auch niemand wegnehmen!", bewirbt Mike den Handel.

Die beiden gehen auf dieses Geschäft ein und schon nach zwei Tagen sitzen sie beim Notar. Als erstes verlassen die ehemaligen Hauseigentümer das Büro des Notars, dann sagt der Notar zu Mike: „Damit sind wir Quitt?"

„Sicher!", lächelt Mike und gibt dem Notar die vereinbarte Goldmünze. „Vielen Dank, für die gute Beratung!", damit verabschiedet sich Mike. Endlich hat er erkannt, dass Dienst nach Vorschrift und ein gutes Netzwerk viel einträglicher sind als blanker Idealismus und sein viel zu kleiner Beamtensold.

Es dauert noch einen Monat, bis das Paar Deutschland verlässt und in Paraguay ein neues Leben beginnt. Mike richtet sich neu ein, beendet seinen Mietvertrag und bittet Aylin, ihn doch beim Kauf eines neuen Schlafzimmers zu beraten. „Was ist, ziehst Du mit ein?", fragt Mike, als er selbst in das Haus am See zieht.

Aylin liebt Mike und nun strahlt sie ihn an: „Ja gern!",
dann bietet sie ihm an: „Wenn ich meine Miete los bin,
kann ich Dir was für den Kredit dazu geben!"

Mike lächelt: „Das brauchst Du nicht! Es reicht mir, wenn
wir zusammen sind!"

Aylin gefällt Mike immer besser! Auf Arbeit ist er viel entspannter geworden und die beiden schieben eine ruhige
Kugel im Dienst. Jetzt muss Mike nur noch um ihre Hand
anhalten, aber Aylin würde auch ohne Ring mit ihm zusammenleben.

Als ein Handwerker Mikes Bad neugestaltet, reicht ihm
Mike eine Kunststoffbox: Machen Sie den Sockel etwas
breiter und mauern sie die hier mit ein!"

„Was ist da drin?", fragt der Sanitärfachmann.

Mike reicht ihm zwei Hunderter: „Wo drin?" Wortlos
steckt der Handwerker das Geld ein und die Box verschwindet unter den Fliesen. Aylin bekommt davon nichts
mit, ihr gefällt der breite Sockel unter dem Waschbecken
nicht besonders, aber sie kann darüber hinwegsehen.

Weitere Romane

Trilogie über Magie in der Gegenwart

Thomas, ein einfacher junger Mann erfüllt sich einen Traum. Er lebt im Einklang mit der Natur. Seine Nachbarin zeigt ihm die Magie und er trifft Grete. Tauchen Sie ein in das Leben dieser Hexe! Thomas erlebt turbulente Abenteuer mit ihr, vertieft sich in die Magie und wird selbst zum Magier. Mit seinen neuen Fähigkeiten will er die Welt verbessern!

Die Hexe aus dem Remstal   -ISBN: 9783757521363
Taschenbuch (epubli)

Grete Das Leben einer Hexe   -ISBN: 9783757577872
Taschenbuch (epubli)

Der neue Magier   -ISBN: 9783758412356
Taschenbuch (epubli)

Meine Bücher sind überall erhältlich!

...auch als eBook!

Die Oase

ISBN: 9783758313875

Taschenbuch   (BoD)

Drei unterschiedliche Pärchen begeben sich auf eine abenteuerliche Reise in die Sahara. Sie entdecken eine Oase, in der bereits jetzt schon das Klima herrscht, wovor uns die Experten warnen. Was passiert mit den Menschen in der Oase?

Zimmer 20

ISBN: 9783759720740

…oder **Wenn Computer die Erziehung übernehmen**

Taschenbuch   314 Seiten   14,99€

Begleiten Sie eine junge Frau auf ihrem Weg in eine neue Zukunft. Silvie erfährt in ihrer Schulzeit von einer anderen Form der Erziehung. Später im Studium wird sie wieder damit konfrontiert, danach entwickelt sie diese gemeine und brutale Erziehungsform weiter für die breite Öffentlichkeit. Wird sich diese Maschine durchsetzen?

Das Portal im Hinterhof

ISBN: 9783759766519

Taschenbuch (BOD)
282 Seiten für 13,99 €

Tauchen Sie ein, in die Welt der kleinen Männer aus Pitatia!

Ihre Welt ist nur durch ein Portal zu erreichen. Wer sind diese kleinen Wesen aus dem fernen Pitatia? Sind es die Kobolde oder Zwerge aus den alten Märchen? Sind sie uns gut gesonnen?

Tanja, ein elfjähriges Mädchen, geht durch dieses Portal und erhält einen ersten Einblick in diese fantastische Welt. Mit fünfzehn geht sie ein zweites Mal durch dieses Portal und erst nach ihrem Studium kann sie sich ausgiebig den kleinen Männern aus Pitatia widmen. Wir alle kennen die Legenden von kleinen Männern. Mal sind sie uns Menschen gutgesonnen, mal trachten sie uns nach dem Leben. Gab es mal vor langer Zeit Zwerge auf der Erde? Lebten sie im Wald oder kamen sie nur zu Besuch? In manchen Legenden leben sie unter Tage und kommen nur nachts, wenn der brave Bürger schläft. Sie helfen bei der ungeliebten Arbeit oder verschleppen Kinder in den dunklen Wald. Diese Geschichten wurden oft erzählt, waren es nur unterhaltsame Märchen oder sind es sogar Warnungen an die Menschheit? Wozu sind diese kleinen Wesen im Stande, welche Fähigkeiten haben sie? Wenn es sie denn gibt.

Der Autor

Martin Schneider fängt mit zweiundfünfzig Jahren an zu Schreiben. Bis dahin führte er ein ganz normales Leben, er arbeitete unter anderem als Mechaniker, Kraftfahrer, Hafenmeister und Eventkoch. Er ist in Berlin aufgewachsen und lebte zuletzt im beschaulichen Brandenburg, hier hat er sich ein Grundstück mit einem kleinen Wochenendhäuschen gepachtet und sich sein kleines Paradies geschaffen, bis er sich der Literatur gewidmet hat. Er hat 2020 sein Leben geändert und lebt nun minimalistisch in einem Wohnmobil, er arbeitet dort, wo die Menschen nett sind und das Klima angenehm ist.

Der Roman **Die Hexe aus dem Remstal** ist sein erstes Buch und Start einer Reihe aus drei Romanen. In seinem Roman wollte er ursprünglich sein eigenes Leben verarbeiten. Hinzu kam **Grete Das Leben einer Hexe** und die Fortsetzung **Der neue Magier**.

Nach den Science-Fiction-Romanen **Die Oase, Zimmer 20** und **Das Portal im Hinterhof**, flogt sein erster **Krimi**.

Für weitere Informationen, Fragen oder Hinweise, können Sie mich gern Kontaktieren:

E-Mail: martin-schneider-autor@gmx.de

Telegram: @Martin_Schneider_Autor
                      …aktuelles und monatliche Kurzgeschichten

Patreon: patreon.com/user?u=107999822
                               …hier gibt´s **eBooks**